LA MONTAGNE DE
Jasper
JOHN INMAN

LA MONTAGNE DE
Jasper

JOHN INMAN

Publié par
DREAMSPINNER PRESS

5032 Capital Circle SW, Suite 2, PMB# 279, Tallahassee, FL 32305-7886 USA
www.dreamspinnerpress.com

La montagne de Jasper
Copyright de l'édition française © 2017 Dreamspinner Press.
Titre original : Jasper's Mountain
© 2013 John Inman.
Première édition : août 2013
Traduit de l'anglais par Laura Brohan.

Illustration de la couverture :
© 2013 Reese Dante.
http://www.reesedante.com
Les éléments de la couverture ne sont utilisés qu'à des fins d'illustration et toute personne qui y est représentée est un modèle

Édition e-book en français : 978-1-63533-937-6
Édition imprimée en français : 978-1-63533-936-9
Première édition française : juin 2017
v 1.0

Édité aux États-Unis d'Amérique.

Tapi dans l'ombre
Il se rua dans des bras puissants pour y trouver
Protection et amour.

— Agnes Cousino

I

LA PROPRIÉTÉ de trente-sept hectares appartenant à Jasper Stone était majoritairement occupée par des pierres et de la brousse. Des grès se répandaient le long des montagnes de Juniper, situées à l'est de San Diego, en Californie. Il y avait aussi une pinède qui s'étendait sur douze hectares au pied de la propriété, là où le sol était plat, et Jasper s'amusait à l'appeler son Endor. Parfois, lorsque le vent soufflait de la bonne manière, il était possible de sentir l'odeur de l'Océan Pacifique, qui se trouvait non loin de là vers l'ouest, mélangée à celle des pins.

En plein milieu d'Endor se trouvait la maison de Jasper : un chalet rustique composé de quatre pièces avec tous les équipements que l'on trouverait dans un motel, ce qui était tout ce dont une personne avait réellement besoin selon Jasper. Le chalet n'avait jamais profité d'un ravalement de façade, mais il possédait une connexion Internet, une ligne téléphonique, une chaudière décente pour passer l'hiver, un toit en bon état et l'eau courante. C'était une maison propre, lumineuse et chaleureuse, même si elle manquait un peu de confort. Oh, et il y avait aussi une terrasse couverte avec une balustrade en bois. La terrasse s'étendait d'un côté à l'autre du chalet. Jasper s'y installait le soir pour y boire un verre, ses longues jambes étendues en l'air et ses pieds posés sur la balustrade. Pour réfléchir. Pendant ce temps, sa collection éclectique de chiens et de chats s'installait sur le plancher autour de lui, tout en faisant attention à son fauteuil à bascule. Aucun d'eux ne souhaitait se retrouver avec la queue coincée en dessous.

Quand le soleil se couchait derrière les montagnes, ils regardaient dans un silence plaisant la nuit tomber et les ombres recouvrir lentement la forêt. Avec le seul bruit du fauteuil à bascule pour les ancrer dans la clairière assombrie, Jasper et ses compagnons à quatre pattes s'asseyaient et écoutaient les bruits du jour se taire et ceux de la nuit apparaître, profitant de chaque minute paisible et solitaire. C'était une douce mélodie aux oreilles de Jasper. Les chouettes et les pigeons qui hululaient et roucoulaient du haut des arbres. Les grillons qui chantaient dans la brousse. La pomme de pin qui dévalait le toit et atterrissait avec un léger bruit sur le sol après être tombée du grand pin à sucre qui se trouvait au côté du chalet.

Mais lorsque la lumière du jour disparaissait complètement et que les étoiles brillaient au-dessus de leur tête, les moustiques faisaient leur apparition, assoiffés de sang. Jasper choisissait ce moment pour faire rentrer tout le monde et fermer la porte derrière lui, échappant à la nuit, aux insectes, et tournant définitivement la page d'une autre journée.

La décoration intérieure du chalet était un peu négligée, sauf si on aimait les choses épurées, ce qui était le cas de Jasper. Une énorme cheminée en dalles occupait tout un côté du salon. La cheminée était si grande que durant les hivers doux, lorsqu'il pouvait s'occuper du feu, Jasper n'avait parfois pas besoin d'allumer la chaudière.

Le chalet comprenait un salon, une cuisine, une bibliothèque et une petite salle de bain joliment aménagée avec une cabine de douche. Le mobilier était solide et sans prétention. Tout était en pin et tout était ancien.

La chambre de Jasper se trouvait en haut d'un escalier étroit, sous les combles. La fenêtre qui se trouvait au-dessus de la tête de son lit donnait sur le toit de la terrasse. Le lit était confortable, grand et généralement recouvert d'animaux. Contrairement aux lits des motels, le sien n'était pas équipé du système « *Magic Fingers* » – machine dans laquelle on insère vingt-cinq centimes pour vibrer de tout son corps. Étant célibataire, si Jasper voulait des doigts magiques, il utilisait les siens. Et s'il voulait vraiment se dépenser, il allait courir.

Lorsqu'il n'était pas en train de manger, de dormir ou de s'occuper du feu, Jasper se trouvait généralement dans la bibliothèque. C'était sa pièce favorite. Ici, où chaque mur était une bibliothèque qui s'étendait du sol au plafond et où chaque étagère était occupée par ses livres préférés, Jasper passait son temps assis, à écrire. Bien qu'il soit publié, avec six livres à son actif éparpillés sur les étagères qui l'entouraient, sa carrière d'auteur n'avait jamais vraiment décollé. Cette activité lui permettait de gagner un peu d'argent – pas beaucoup. Mais comme il ne faisait pas cela pour l'argent, il s'en fichait. Écrire était sa plus grande joie. Et ce, depuis son enfance. En toute honnêteté, il était heureux que ses livres aient même été publiés. Il ne s'attendait pas à recevoir un Pulitzer. Il voulait simplement raconter ses histoires. Alors il le faisait. Chaque nuit. Chaque matin. Chaque fois qu'il ne faisait pas autre chose, Jasper écrivait. Son amour de l'écriture lui réchauffait le cœur et lui permettait de se sentir vivant. Il était heureux d'avoir cette passion en lui.

La ferme de Jasper n'était pas vraiment une exploitation, parce qu'en dehors des histoires qu'il écrivait, peu de choses poussaient ici, si ce n'étaient les taxes et les lézards-alligators. Jasper en avait par-dessus la tête des lézards-alligators. Pas littéralement, Dieu merci. Mais ils se trouvaient presque partout ailleurs. Et les taxes, eh bien, *tout le monde* en avait, donc il ne pouvait pas vraiment se plaindre.

Le chalet était confortablement niché à l'intérieur d'Endor, la jungle de Jasper faite de pins à pignons, d'arbres de Josué et de genévriers luxuriants qui donnaient son nom à la montagne Juniper. La belle forêt aux senteurs de pin était la maison de tous les petits mammifères indigènes que l'on s'attendait à rencontrer dans ce petit coin du Sud-Ouest, des chauves-souris aux ratons laveurs. Mis à part les lézards-alligators, qui montraient leur tête chaque fois que l'on se retournait, Jasper recevait aussi la visite d'opossums, de mouffettes, de crotales, de faucons, d'écureuils, de tamias, de renards et de lapins. Parfois, il était même possible d'apercevoir un coyote ou bien, encore plus angoissant, un puma qui rôdait dans les arbres ou entre les rochers de la montagne. Jusqu'ici, les coyotes et les pumas n'avaient fait que traverser sa propriété, ne restant pas assez longtemps pour causer des problèmes, et Jasper leur en était vraiment reconnaissant. Cependant, il refusait de prendre des risques. C'est pourquoi il rassemblait ses chiens et ses chats à l'intérieur du chalet chaque nuit, afin qu'ils soient en sécurité.

De plus, il appréciait leur compagnie.

Les vallées des montagnes de Juniper commençaient tout juste à être menacées par l'expansion urbaine. Encore plus dangereux que les prédateurs à quatre pattes, la montagne avait commencé à attirer les entrepreneurs beaux-parleurs et les spéculateurs immobiliers affamés avec leurs grands sourires hypocrites et leurs carnets de chèques sans fond. Ils étaient là pour se faire de l'argent sur la nécessité grandissante de construire des habitations dans le Sud-Ouest. Jasper avait déjà reçu quelques offres qui avaient pour objectif d'ajouter ses trente-sept hectares de terrain à cette frénésie grandissante consistant à obtenir des terres inexploitées, mais il avait fermement refusé chacune d'entre elles. Et généralement, il les refusait avec le moins de courtoisie possible. Cette propriété était sa maison. Chaque mètre carré. Les rochers, les arbres, les lézards – la totale. Il n'allait pas la diviser en parcelles et regarder les animaux s'enfuir pour laisser place à des centres commerciaux, des lotissements et des autoroutes à huit voies qui recouvriraient son côté de la montagne. Sans compter les personnes qui

3

viendraient se précipiter pour vivre ici lorsque les entrepreneurs auraient terminé leurs aménagements.

Jasper n'aimait pas vraiment les gens. En bref, il trouvait que les gens *craignaient*.

Par contre, il adorait les animaux. Mis à part les animaux sauvages, la foule d'animaux apprivoisés avec lesquels il partageait sa propriété était la bienvenue. Trois chiens de races indéterminées étaient venus se perdre sur sa propriété à différents moments et avaient décidé de rester. Il avait nommé ces chiens Bobber, Jumper et Lola. Il avait aussi adopté deux chats errants, Fidji et Guatemala. Dieu merci, tous les deux étaient des mâles, sinon son terrain aurait été envahi par les chats. Même s'ils ne le dérangeaient pas. C'était simplement qu'il ne voulait pas se retrouver avec une horde de chats en train de chasser et de menacer la petite faune sauvage avec laquelle il partageait aussi sa forêt. Cependant, il était assez content que Fidji ait développé une préférence personnelle pour les lézards-alligators. Dieu sait que moins il y en avait, mieux Jasper se portait.

Jasper avait trente-deux ans. Une fois marié. Une fois divorcé. Maintenant célibataire et heureux de l'être. Il était séduisant. Un mètre quatre-vingt-huit. Musclé. Large d'épaules. Torse et jambes poilus. Des cheveux bruns et ondulés qui avaient pratiquement tout le temps besoin d'être coupés, ce qu'il faisait parfois lui-même avec un résultat plus que douteux. S'il se rasait à l'aube, l'ombre de sa barbe de deux jours commençait à refaire surface dès midi. Il souriait aisément, avait une fossette lorsqu'il le faisait, et ses yeux étaient aussi bleus qu'un ciel d'été, d'après ce que lui avait dit une fois son ex-femme – avant de l'assommer avec un poêlon électrique et de manquer de le tuer.

Jasper ne pouvait pas vraiment lui en vouloir. Cela faisait plus de deux ans qu'il n'avait pas couché avec elle lorsqu'elle l'avait attaqué avec le poêlon. Il n'avait plus couché avec elle parce qu'il en avait perdu l'envie. Il avait toujours envie de sexe. C'était seulement d'elle dont il n'avait plus envie. Il ne désirait plus les femmes dans leur généralité.

Le jour où elle l'avait assommé à l'aide du poêlon était le jour où il s'était avoué à lui-même qu'il était sûrement homosexuel. Il ne lui avait pas avoué à *elle*, bien entendu, ou elle aurait été capable de jeter le poêlon pour prendre l'arme à feu et le réduire en miettes. Après tout, la plupart des femmes préféreraient savoir que leur mari est homosexuel *avant* l'envoi des faire-part de mariage, pas trois ans plus tard. Les femmes n'avaient pas beaucoup d'humour lorsqu'il s'agissait de ce genre de choses.

Quoi qu'il en soit, après l'épisode du poêlon, la femme de Jasper avait fait ses valises à la hâte, vidé leur compte joint, engagé deux hommes pour venir récupérer toutes leurs possessions deux jours plus tard avec un camion (c'était avant qu'il emménage à la montagne), et laissé Jasper planté au milieu d'un appartement vide. Il avait été aux anges.

Jasper pensait souvent au fait que si sa femme avait su qu'en partant elle le rendrait aussi heureux, elle ne serait jamais partie. Elle était ce genre de femmes.

Curieusement, son départ avait coïncidé avec la nouvelle selon laquelle Jasper n'hériterait pas des millions qui lui étaient destinés, millions que sa femme avait certainement attendus avec impatience, quitte à patienter deux ans sans relations sexuelles afin de pouvoir mettre la main dessus.

Le père de Jasper avait amassé une fortune considérable grâce à sa chaîne de magasins d'armes présente dans toute la Californie. Vers la fin de sa vie, avant qu'on lui diagnostique la maladie d'Alzheimer qui transformerait bientôt son cerveau en bouillie, son père avait liquidé tous ses magasins, les revendant un par un. Puis il avait pris l'argent et l'avait distribué à des œuvres caritatives, ainsi que tout l'argent de son compte personnel. Chaque fichu centime. Il n'avait rien laissé d'autre que trente-sept hectares de brousse sans valeur qui serpentaient le long de la montagne Juniper et un chalet délabré niché en plein milieu, dans lequel personne n'avait habité depuis des années.

Selon Jasper, la seule raison pour laquelle il avait hérité de cette propriété était que son père en avait oublié l'existence. Ou bien il n'avait pas trouvé d'acheteur. En tout cas, lors du décès de son père, Jasper avait appris que son héritage de plusieurs millions de dollars avait été réduit à quelques tonnes de sable, une flopée de rochers, des trillions de satanés lézards-alligators et un chalet délabré planté au milieu d'un tas de genévriers et d'arbres de Josué.

Étrangement, cela ne l'avait pas dérangé.

Par contre, sa femme n'avait pas bien pris la nouvelle. Jasper ne l'avait pas revue depuis le jour de la lecture du testament. (Elle était courageusement revenue pour la lecture du testament, adressant de gentils mots de réconciliation à Jasper, allant même jusqu'à s'excuser de l'avoir frappé à la tête avec le poêlon électrique. Elle s'était comportée de manière impeccable jusqu'au moment où elle avait appris que l'héritage avait été réduit à quelques rochers sur le versant d'une montagne hideuse, et en un instant, elle avait disparu en fulminant. Sans même dire au revoir. Depuis, pas un jour ne passait sans que Jasper soit reconnaissant qu'elle ait quitté sa vie.)

Heureusement, elle n'avait jamais appris que Jasper possédait un compte secret contenant les cent mille dollars que son père lui avait offert pour son vingt et unième anniversaire. C'était avant que l'esprit malade de son père décide de léguer toute sa fortune à une foule d'inconnus. Jasper supposait qu'il avait toujours su, au fond de lui, que les choses ne se termineraient pas bien avec sa femme. C'était la raison pour laquelle il ne lui avait jamais parlé de ses économies personnelles. Et il avait bien fait. Il avait investi ces cent mille dollars de manière intelligente et maintenant, onze ans plus tard, sa mise de départ avait presque doublé. Et Jasper, grâce à son cadre de vie simple et au faible revenu que ses livres lui rapportaient, pouvait vivre confortablement sur les intérêts générés par ses investissements. Il ne lui arrivait que très rarement de retirer des sommes importantes en cas d'urgence.

C'était donc en utilisant un peu de l'argent que lui avait offert son père pour son vingt et unième anniversaire ainsi que ses deux mains que Jasper avait rénové le chalet dont il avait hérité pour le rendre viable. Un dimanche matin ensoleillé, il avait loué une camionnette de déménagement pour se rendre jusque dans la vallée de la montagne de Juniper, avec toutes ses possessions entassées à l'arrière du véhicule ou attachées sur le toit. Il avait ouvert les fenêtres du chalet pour laisser entrer l'odeur de pin, aménagé son mobilier comme il le souhaitait, et avait décrété que ce chalet était désormais sa maison.

Il n'avait jamais regretté d'avoir quitté la ville. Il adorait la vie calme qu'il menait sur la montagne. Cela aurait été plaisant de pouvoir partager cette vie avec quelqu'un – quelqu'un d'autre que son ex-femme, bien entendu – mais être seul n'était pas désagréable. Il arrivait à mener une vie en solitaire plutôt heureuse.

Et il n'habitait pas non plus à des milliers de kilomètres de la civilisation. Il pouvait toujours grimper dans sa Jeep pour se rendre en ville dès qu'il en avait envie.

D'ailleurs, c'était exactement ce qu'il avait fait durant un ou deux ans, après s'être lui-même isolé dans les montagnes. Il avait passé son temps à effectuer des allers-retours en ville pour comprendre ce qu'être homosexuel signifiait réellement. Il s'était rendu dans des bars gays, avait rencontré quelques hommes, avait découvert la sensation de dormir (et de coucher) avec d'autres hommes et avait en grande partie pris plaisir à le faire. Mais il n'avait pas apprécié ces rencontres au point de ramener quelqu'un en haut de la montagne avec lui. Il n'avait pas apprécié ces rencontres au point de ressentir une incroyable envie de partager sa vie avec quelqu'un. S'il y avait un homme auprès duquel Jasper aimerait se réveiller chaque jour de sa vie quelque part, il l'avait manqué durant ses errances nocturnes. Il comprenait parfaitement le désir sexuel, mais l'amour, le véritable amour, lui avait échappé. Et au bout d'un moment, il avait arrêté de le chercher. Désormais, les descentes en ville se faisaient de plus en plus espacées. Et lorsqu'il s'y rendait, c'était principalement pour faire les courses. Il ne se rendait que très rarement dans les bars. Après un temps, ces lieux étaient devenus déprimants. Le désespoir des personnes qui buvaient dans ces bars. Les rencontres sexuelles frénétiques et poisseuses dans de drôles d'endroits, de drôles de lits. Les numéros de téléphone inscrits à la hâte sur des serviettes en papier, et la promesse d'appeler que jamais personne ne tenait. Tout cela le tourmentait. Dès qu'il s'en était aperçu, il avait cessé de s'infliger cela. D'un seul coup.

En fin de compte, les bars gays étaient comme sa femme. Ils ne lui manquaient pas. Il ne les regrettait pas.

Et maintenant, il en était là. Célibataire, pas vraiment malheureux de l'être, appréciant sa vie en solitaire sur son côté de la montagne.

TOUTES CES pensées cessèrent de lui travailler l'esprit durant un bel après-midi d'août, alors qu'il posait le marteau à ses pieds et s'étirait pour dénouer son dos. Ce n'était pas facile de planter des piquets et d'installer une clôture soi-même. Cette tâche devait être accomplie par au moins deux hommes.

Il recracha des agrafes dans sa main gantée, les rangea dans la poche de son pantalon pour ne pas les perdre et frotta le menton de Jumper. Le gros chien noir remua vivement la queue pour le remercier, alors Jasper le lui frotta encore plus fort.

— Qu'est-ce que tu en penses, mon grand ? Est-ce que ça retiendra deux cochons ?

Jasper et Jumper observèrent la clôture qu'il venait d'installer sur deux cents mètres carrés de terrain, derrière l'appentis à l'arrière du chalet. Jasper s'était dit que cela pourrait être amusant d'acheter deux cochons. Un mâle et une femelle. Les installer dans leur propre petite cabane d'amour et voir ce qui en résulterait. Qui sait ? Il aurait peut-être du bacon gratuit un de ces jours, s'ils se reproduisaient et si les pumas ne venaient pas les enlever.

La ferme de Jasper était assez éloignée de la ville pour qu'il n'ait pas à se préoccuper des lois d'urbanisme et toutes ces bêtises. Il pourrait même élever un troupeau de rhinocéros s'il le voulait. Mais pour le moment, il se contenterait de ses cochons.

Il réfléchissait aussi à l'idée d'acheter un veau. Mais dans un futur plus lointain. Il devait d'abord voir comment allait se passer l'arrivée des cochons.

Plus tard, et pour la première fois depuis *longtemps*, il réfléchit à l'idée de se rendre en ville. La bosse quotidienne qui déformait l'entrejambe de son jean lui faisait comprendre que Mini Jasper avait besoin d'un peu d'action. Cela faisait plus de deux mois qu'il n'était pas descendu en ville pour autre chose que faire les courses. Jasper aimait sa vie en solitaire – il l'aimait vraiment – mais, de temps à autre, il aimait aussi sentir la peau d'un autre homme contre la sienne. La sensation des mains d'un homme explorant son corps et ses propres mains explorant le corps d'un autre. Leurs membres dressés lorsque leurs semences se déversaient. Le goût du sperme. La chaleur du moment.

Jasper rigola, secouant la tête et frottant sa main gantée contre son membre dur et douloureux. Bon sang, *ce* train de pensées l'avait bien excité. Il n'y avait plus aucun doute : il irait en ville. Et dire qu'il pensait en avoir définitivement terminé avec les bars. Enfin, les résolutions étaient faites pour ne pas être tenues. Du moins, c'était le cas des siennes.

Une douche rapide, un repas sur le pouce, et il serait en route.

Il ramassa son marteau et hissa le rouleau de clôture sur son épaule pour le traîner jusqu'à l'appentis qui se trouvait à l'arrière du chalet, où il rangeait tout ce qu'il ne savait pas où mettre ailleurs. Il était temps d'aller trouver un peu de compagnie sexuelle. Oh que oui !

Il était temps de prendre un peu de bon temps.

Et c'est exactement ce que Jasper prit. Un *peu* de bon temps.

À trois heures du matin, il conduisait sa Jeep le long de l'autoroute, approchant de sa sortie, impatient de rentrer à la maison. Il avait réussi à concrétiser ses plans. Autrement dit, avoir une relation sexuelle avec quelqu'un d'autre que lui-même, pour changer. Mais comme d'habitude, cela avait été décevant. Froid. Anonyme. Sans aucun lien émotionnel.

Parfois, Jasper se demandait pourquoi il prenait la peine de le faire. Son pénis devrait répondre à cette question. Lui ne le pouvait pas.

Il avait assouvi ses besoins sexuels, du moins pour le moment. Il ressentait aussi un étourdissement léger et agréable causé par toute la bière qu'il avait bue alors qu'il était perché sur son tabouret à l'Eagle Saloon, montrant qu'il était libre. Cependant, au-delà du vertige et du soulagement d'être satisfait sexuellement, il ressentait un soupçon de honte, en tout cas pour l'instant. Jasper ne cessait de se dire qu'il était simplement trop vieux pour arpenter les bars et chopper des hommes consentants partout où il pouvait les trouver. Peut-être était-il vraiment temps pour lui de se caser. Et s'il pouvait trouver un homme qui aimerait sa petite montagne autant que lui l'aimait et qui ne serait pas gêné par un troupeau de chiens, de chats et de faune sauvage qui le suivrait à chacun de ses pas ? Et si cet homme était une personne prête à s'engager auprès de Jasper, comme celui-ci était certain de pouvoir s'engager auprès de cet inconnu dont il rêvait tout le temps ? Si Jasper arrivait à prendre ces qualités, puis à les trouver chez un bel homme viril qui serait aussi attirant pour lui que Jasper le serait pour cet homme, alors peut-être arriveraient-ils à être heureux.

L'ingrédient le plus important de toutes ces hypothèses était, bien entendu, l'amour. C'était ce qui comptait le plus. Et honnêtement, Jasper ne fréquentait jamais assez longtemps quelqu'un pour que l'un des deux partis puisse ressentir de l'amour. Ce dont ses aventures d'un soir et lui se souciaient le plus, c'était d'atteindre l'orgasme, et ils finissaient par tituber jusque chez eux dans des directions différentes, sans culpabilité, sans engagement et, avec un peu de chance, sans avoir attrapé de maladie.

L'homme qu'il avait rencontré ce soir était beau, sans aucun doute. Mais Jasper avait déjà oublié son nom. Il se rappelait très bien son corps, la manière dont il réagissait à ses caresses, la libération de leur passion, le manque total de conversation. Mais rien de plus. Même l'appartement de cet homme, où ils avaient terminé leur soirée, était facile à oublier, bien que Jasper se souvienne d'un aquarium impressionnant qui brillait en arrière-plan tandis que leurs deux corps, nus et chauds, se mêlaient à la lumière bleue projetée sur le lit.

L'homme avait semblé apprécier le corps de Jasper, lui faisant des compliments même lorsque Jasper avait déversé un torrent de sperme dans sa gorge. Il sourit à cette pensée.

Mais qu'importe, la honte était là. Bien réelle derrière son sourire.

Après ce qui lui parut être une éternité, Jasper aperçut l'embranchement de sa propriété. La Jeep cahota le long de la terrible route pleine d'ornières et de nids-de-poule qui annonçaient le commencement du kilomètre et demi qui lui restait à parcourir avant d'atteindre sa maison. Les phares de sa voiture, qui illuminaient une fois en haut, une fois en bas, une fois sur les côtés à cause de la route cahoteuse, projetaient une lumière stroboscopique à travers les arbres d'Endor. Lorsque Jasper contourna un virage pour éviter une roche de la taille d'une maison, ses phares illuminèrent un coyote qui se tenait au milieu du chemin avec un lapin pendu à sa gueule. Jasper crut voir la lèvre supérieure du coyote se retrousser pour grogner face à cette interruption, et dans la seconde qui suivit, l'animal, qui tenait toujours sa proie sans vie entre ses dents, n'était plus là. Il avait disparu dans la pénombre comme une pensée brève. Présent à un moment, absent à l'autre. Jasper cligna des yeux. Il se demanda s'il avait vraiment vu ce coyote.

Le moteur rugissant et les pneus envoyant du gravier vers l'arrière, Jasper gravit la dernière pente raide qui menait à son chalet, puis il arrêta brusquement sa voiture dans un nuage de poussière avec ses phares illuminant directement sa porte d'entrée.

Jasper cligna à nouveau des yeux. Toute conséquence résiduelle de sa consommation d'alcool s'estompa en un instant de clarté. De clarté *nerveuse*.

La porte d'entrée, cette porte qu'il avait soigneusement verrouillée avant de partir en ville, était ouverte. Grande ouverte. Et il y avait de la lumière à l'intérieur du chalet.

Une lumière qu'il n'avait pas laissée allumée.

Jasper descendit de la Jeep, ouvrant et refermant la portière grinçante le plus discrètement possible. Il se tint debout, là, aussi tendu qu'un arc, pendant que le nuage de poussière créé par ses pneus s'estompait. Une chouette hulula quelque part dans les genévriers. Les arbres éclairés par la lune étaient rendus flous par la brume de la montagne, un précurseur à l'aube. C'était toujours dans ces dernières heures silencieuses de la nuit que l'odeur du pin était la plus forte. Même s'il était inquiet, Jasper prit une seconde pour respirer la douceur de cette odeur. Bobber, Jumper et Lola choisirent ce moment pour surgir par la porte d'entrée pour l'accueillir. Tête haute, queue remuant dans tous les sens et babines retroussées en un sourire, ils se précipitèrent autour de lui, poussant leurs museaux dans la paume de ses mains, marchant sur ses pieds, se frottant contre ses jambes.

Jasper caressa distraitement les trois chiens, mais ses yeux ne quittèrent jamais la porte d'entrée. Il ne voyait aucun mouvement causé par une bête, aucune ombre à l'intérieur du chalet. Il n'y avait aucun bruit laissant penser que quelqu'un s'enfuyait ou qu'une fenêtre était en train d'être ouverte afin que quelqu'un puisse s'échapper. La porte arrière du chalet ne claquait pas pour laisser penser qu'un intrus décampait afin d'aller se tapir dans l'ombre des arbres. Le chalet était totalement silencieux. Jasper se rendit compte que la lumière qui était allumée se trouvait à l'arrière du chalet, dans la cuisine.

Bien que le père de Jasper ait fait fortune dans la vente d'armes, Jasper n'aimait pas les armes à feu. Il possédait un fusil et un petit pistolet, cadeaux de son père avant que la maladie d'Alzheimer vienne détraquer son esprit, mais Jasper n'y touchait que rarement. Et grâce à de nombreuses heures passées au stand de tir, autre cadeau de son père durant ses années de lycée, Jasper savait comment se servir des armes qu'il possédait. Ces armes se trouvaient dans l'un des placards. Chargées et prêtes à l'emploi, comme avait l'habitude de dire son père. À quoi bon avoir une arme si elle n'était pas chargée ? Son père avait aussi l'habitude de dire cela. Mais si Jasper gardait ces armes, c'était pour se protéger de prédateurs *naturels*. Crotales. Pumas. Dingos. Il ne lui était jamais venu à l'esprit qu'arriverait un jour, sur sa petite montagne, où il aurait besoin de se défendre contre un envahisseur *humain*.

Et maintenant que ce jour était peut-être arrivé, Jasper se trouvait dans cette situation délicate où il était fort possible que l'envahisseur humain se situe *entre* lui et ses armes.

Eh bien, quelle poisse !

— Au pied, ordonna doucement Jasper.

Les poings serrés, ses chiens marchant docilement à ses côtés, il avança nerveusement vers la terrasse.

Après le choc initial d'avoir trouvé sa porte d'entrée grande ouverte et la lumière dans le chalet, Jasper se rendit compte que, peu importe qui était l'intrus, il devait avoir quitté les lieux. Sinon, ses trois chiens ne seraient pas si calmes. Il savait qu'ils étaient de meilleurs chiens de garde que cela. D'ailleurs, il les avait entendus aboyer comme des fous contre des coyotes alors que ces derniers se trouvaient à cinq cents mètres de la maison. Si un étranger était assis dans la cuisine, à manger la nourriture de Jasper et à boire sa bière, un de ses chiens l'aurait certainement prévenu.

Il tendit quand même le cou à travers le montant de la porte d'entrée comme s'il s'attendait à ce qu'une machette vienne lui arracher la tête ou une chose de ce genre. Quand il n'en fut rien, il baissa les yeux vers ses trois chiens, qui étaient en train de le regarder en se demandant quel était son problème. On aurait cru qu'ils disaient : « Est-ce qu'on va finir par rentrer ou quoi ? ».

Alors Jasper répondit « D'accord, on y va, » et entra dans sa maison.

Il n'y avait aucun bruit dans le chalet. Le seul son que Jasper entendit était le léger tic-tac du radio réveil qui se trouvait dans sa chambre. Cette horloge avait toujours été sacrément bruyante.

Il s'aventura plus loin dans le chalet, observant les alentours, allant de pièce en pièce le plus silencieusement possible. Il jeta un œil à travers la porte de la cuisine. Tout était à sa place. Rien n'avait bougé. Le réfrigérateur était fermé. La vaisselle était toujours empilée soigneusement sur l'égouttoir près de l'évier, comme il l'avait laissée. Aucun couvert sale n'avait été posé dans l'évier. Ni sur la table. Ni nulle part ailleurs. La lumière brillait vivement au plafond – lumière qu'il était certain d'avoir éteinte avant de se rendre en ville.

La porte de derrière était fermée et verrouillée. Mais en même temps, la porte de derrière se verrouillait automatiquement lorsqu'on la fermait, donc même si l'intrus s'était enfui par cette porte, Jasper n'en saurait rien.

Il ouvrit la porte et alluma la lumière extérieure, une simple ampoule accrochée à l'arrière du chalet, près de la fenêtre de la cuisine. Il ne vit rien dans la petite surface éclairée par l'ampoule. Pas de cambrioleurs. Pas d'ours. Pas de Bigfoot. Rien.

Il referma la porte de derrière et continua à observer le chalet.

Il s'arrêta d'abord près du placard du salon où il rangeait ses armes. Il les trouva là où il les avait laissées des mois plus tôt. D'ailleurs, il sentit la poussière qui s'était déposée sur le fusil lorsqu'il le prit dans ses mains. Il ne prit pas la peine de vérifier s'il était chargé parce qu'il en était certain. Il se contenta de poser le .22 sur son épaule, prudemment braqué vers le plafond, le doigt placé loin de la détente, puis il continua son tour. Il savait qu'il n'utiliserait jamais son arme contre qui que ce soit. Du moins, pas pour tirer, mais il pourrait s'en servir comme d'une batte. Dans tous les cas, c'était réconfortant de l'avoir à portée de main.

En observant sa maison, en fouinant partout où il était possible de fouiner, Jasper se rendit rapidement compte que toutes les pièces et tous les placards se trouvaient dans l'état où il les avait laissés. Vides de toute vie humaine sauf la sienne.

Après avoir vérifié le rez-de-chaussée, il monta l'escalier étroit qui menait sous les combles. Là aussi, tout se trouvait à sa place. Ses deux chats, Fidji et Guatemala, dormaient à poings fermés sur le lit. Ils ne bougèrent que lorsque Bobber poussa son museau contre le derrière de l'un d'eux. Le chat siffla de manière menaçante et Bobber recula instantanément. Ce grand chien roux, moitié setter et moitié Dieu sait quoi, avait appris depuis longtemps que Fidji et Guatemala étaient particulièrement grincheux et que leurs dents ainsi que leurs griffes étaient acérées comme des lames. Ils ne se gênaient pas pour utiliser toutes les armes dont ils disposaient contre les chiens présomptueux. Avec enthousiasme, devrait-on ajouter.

Jasper réprima un sourire à la pensée que Bobber, quinze fois plus grand que le chat, pouvait être intimidé si facilement. Puis il oublia le chien et descendit l'escalier afin de retourner au rez-de-chaussée. Il passa la porte d'entrée avec une lampe torche qu'il avait récupérée dans sa chambre et fit le tour du chalet.

Que ce soit au nord, au sud, à l'est ou à l'ouest, il ne trouva rien de particulier. Pas d'empreintes de pas au sol. Pas de signe de vandalisme sur les fenêtres et les portes. Malgré tout, il était certain que quelqu'un était entré dans son chalet, mais il supposa que l'identité de cette personne, la manière dont elle était entrée et la raison de sa présence deviendraient trois autres mystères non élucidés qu'il emporterait avec lui dans sa tombe. Après tout, chacun avait connu ce genre d'expériences.

Mais la supposition de Jasper allait bientôt se révéler fausse. Il allait rencontrer son intrus avant qu'une autre nuit assombrisse sa montagne.

Et cet intrus allait changer sa vie.

LE MATIN suivant, Jasper se réveilla en éternuant. Il plissa les yeux face au soleil qui éclairait à travers la fenêtre du grenier comme un faisceau laser résolu à se frayer un chemin jusqu'à son cerveau. Guatemala était blotti contre sa tête et accaparait une bonne partie de son oreiller. Il avait une patte posée confortablement dans l'oreille de Jasper et sa queue remuait pendant qu'il dormait, chatouillant le nez de Jasper. D'où l'éternuement.

Les jambes de Jasper étaient engourdies parce que Lola, la croisée beagle, était profondément endormie sur l'une d'elles et que Bobber était allongé sur l'autre. Ils ronflaient tous les deux comme des sonneurs. Bobber était dans un tout autre monde, en train de baver sur la cuisse de Jasper. Beurk.

Il laissa son regard descendre le long de son corps et de ses longues jambes, puis par-dessus Lola et Bobber, pour poser les yeux sur Jumper qui attendait au pied du lit, l'observant avec espoir. Jasper lui fit un signe de la main en guise de bonjour et entendit la queue de Jumper frapper le sol.

La seule créature manquante était l'autre chat, Fidji. Le chat tigré roux était probablement en train d'attraper des lézards-alligators pour son petit déjeuner. Fidji pouvait être observé en train de traquer ces fichues petites bêtes à toutes les heures du jour et de la nuit. Une fois de temps en temps, il en présentait un, tout ensanglanté et mutilé, à Jasper pour lui prouver son dévouement. Mais la plupart du temps, Dieu merci, Fidji se contentait de manger la fichue bestiole.

La première pensée de Jasper, après s'être assuré que tous ses animaux étaient bien là, se focalisa sur les événements étranges de la nuit précédente. Maintenant qu'il avait eu quelques heures pour assimiler toutes les informations, il en était arrivé à la conclusion que c'était lui, et personne d'autre, qui avait laissé la porte d'entrée ouverte et la lumière de la cuisine allumée en partant en ville. Rien n'avait disparu. Il n'y avait aucun signe de vandalisme. Il était forcément à blâmer. Dieu sait s'il avait été impatient de descendre de sa montagne pour aller faire sa traînée. Laissant son deuxième cerveau le guider, il n'était pas surprenant qu'il n'ait pas remarqué avoir laissé la porte d'entrée ouverte et la lumière allumée derrière lui.

Mais comme rien de grave ne s'était passé, il décida d'oublier cette histoire.

Il retira doucement ses jambes de sous Lola et Bobber et les balança sur le côté de son lit. Dès que son sang circula à nouveau et que les fourmillements s'estompèrent, il se leva et bâilla, écartant les bras en grand et étirant bien son dos. Nu, avec son érection matinale pointant vers le nord et se balançant devant lui, déjà impatiente de retrouver de l'action, Jasper s'avança vers la fenêtre pour regarder dehors.

Une belle journée s'annonçait. De là où il se tenait, il pouvait voir la pile de bois qu'il avait déposée près de la clôture installée la veille. Encore une tâche à accomplir, et son enclos serait prêt à accueillir les deux petits porcelets qu'il avait déjà achetés.

Mais d'abord, le petit déjeuner.

Il enfila un boxer, détruisant tous les espoirs de Mini Jasper concernant une séance de masturbation pour illuminer la matinée, et dévala l'escalier pour se rendre dans la cuisine. Le bruit de ses pas lourds entraîna celui de tous les animaux qui le suivirent dans un grondement, leurs griffes cliquetant, se bousculant pour se faire une place, aussi impatients de manger leur petit déjeuner que Jasper. Désormais, ce bruit annonçait le début de chaque matinée et l'heureux vacarme causé par ce troupeau de créatures qui le suivait dans l'escalier ne cessait de lui donner le sourire. C'était agréable d'avoir de la compagnie, même lorsque cette compagnie était une troupe d'animaux.

Maintenant convaincu que ses aventures nocturnes n'avaient été le fruit que de sa propre inattention, Jasper se mit à préparer le petit déjeuner avec son enthousiasme habituel. Pour ne plus avoir les animaux dans ses pattes, il remplit leurs gamelles individuelles de nourriture pour chats et pour chiens, et ses animaux attaquèrent leur repas avec engouement. Même Fidji entra tranquillement par la trappe installée sur la fenêtre de la cuisine afin de se joindre à la foule. Jasper attendit que tous ses protégés soient en train de manger avant d'aller préparer sa propre nourriture. Il engloutit un café tout en préparant des œufs, du jambon, des toasts et des céréales. Il profita du temps qu'il passa dans la cuisine à dévorer son petit déjeuner pour griffonner des notes sur le roman qu'il était en train d'écrire et qui ne quittait jamais vraiment son esprit. Entre deux notes, il réfléchissait à la manière dont il allait s'attaquer à sa mission du jour : construire un abri dans le nouvel enclos à l'arrière du chalet.

Jasper était loin d'être menuisier. Il l'admettait bien volontiers. Cependant, était-ce si compliqué de construire quatre petits murs et d'installer un toit au-dessus ? Les cochons n'auraient pas besoin d'un escalier en colimaçon pour se rendre dans une salle de billard au sous-sol, ni d'un petit salon pour prendre le thé quand ils seraient fatigués de se prélasser dans la boue. Tout ce dont ils avaient besoin était d'un espace protégé par un toit. Pas de parquet, pas de vitraux, pas de chevets. Juste d'une fichue cabane. Dans le fond, il n'était question que d'assembler quelques planches de bois et de les recouvrir d'un toit en tôle. Comment pouvait-il ne pas y arriver ?

Cette pensée le fit légèrement rire. Depuis qu'il avait emménagé sur cette propriété privée en pleine montagne, il avait fait face à sa propre incompétence à plusieurs reprises. La clôture délimitant l'enclos des cochons en était le parfait exemple. Il lui avait fallu plus d'un mois pour la construire, et il avait dû la démolir et recommencer depuis le début – à deux reprises. Même maintenant, alors qu'il respirait l'odeur des flocons d'avoine, il n'était pas certain que lorsqu'il sortirait, il ne verrait pas l'enclos s'effondrer sous ses yeux.

Jasper pouvait analyser la structure grammaticale d'une phrase les yeux fermés, mais si vous lui mettiez un marteau dans la main, ou quelque outil que ce soit, le résultat était toujours tangent. Après tout, c'était un citadin. Pur et dur. Bien qu'il soit imposant, baraqué et qu'il paraisse extrêmement viril en trimballant un marteau, son savoir-faire avec cet outil relevait plus de la chance qu'autre chose. Les apparences pouvaient être trompeuses. Oh que oui ! Et après le fiasco qu'avait été l'installation de la clôture, il avait deux ou trois ongles amochés par le marteau pour le prouver.

Une fois tout le monde rassasié, Jasper enfila un jean et un tee-shirt pour la journée. Il emporta ses bottes de travail sur la terrasse, puis il se laissa tomber dans une chaise à bascule pour les enfiler et les lacer. Il en profita pour inspirer une bouffée d'air aux senteurs de pin. C'était le paradis. Tout en rentrant son tee-shirt dans son pantalon, il descendit les marches de la terrasse et se rendit à l'arrière de la maison.

Comme Jasper Stone était un homme foncièrement heureux, cette journée commença de la manière habituelle. En musique. Il sifflait une douce mélodie, apparemment sans s'en rendre compte, alors qu'il s'employait à la tâche à l'arrière du chalet, et bientôt, les sifflements devinrent des fredonnements. Puis quelques paroles firent leur apparition, pleines de fausses notes. Sans même le remarquer, Jasper finit par chanter à tue-tête un air de *Big River*, l'une de ses comédies musicales préférées. Ce qu'il n'avait pas en talent vocal – et il n'en avait pas beaucoup – il le comblait par l'enthousiasme. Il était sur le point d'entamer le grand final lorsque Lola, la petite croisée beagle, l'interrompit dans un hurlement lugubre de reproche.

— C'est facile de critiquer, marmonna Jasper avec un sourire en coin.

Il recommença à fredonner. Lola s'allongea dans la poussière et ferma les yeux, clairement soulagée.

Une heure plus tard, avec le soleil plus haut dans le ciel et la journée se réchauffant, Jasper utilisa la tarière pour placer les poutres d'angle de sa nouvelle cabane à cochons. Une fois les poutres plantées et en place, il s'affaira à clouer des planches de bois sur la structure pour créer les murs. Cela lui prit une bonne partie de la matinée. Quand vint le moment où il commença à avoir faim et s'apprêta à faire une pause pour le déjeuner, il avait enlevé son tee-shirt et l'avait pendu sur l'une des poutres d'angle.

Jasper n'en était peut-être pas vraiment conscient, mais il était très agréable à regarder, en train de trimer sous le soleil avec la sueur qui perlait le long de son dos nu et trempait la ceinture de son jean. La sciure de bois tachetait sa poitrine velue ainsi que son ventre plat, et son jean était taillé assez bas sur ses hanches pour que l'on voie un léger soupçon de ses poils pubiens au-dessus de la boucle de sa ceinture. Ses bras étaient joliment dessinés et ses biceps roulaient sous l'effort. Contraction. Expansion.

La sensation du soleil sur son dos était la bienvenue, même s'il commençait à faire bien trop chaud. Il s'arrêta un instant pour essuyer la sueur de son visage à l'aide d'un bandana jaune qu'il avait tiré de la poche arrière de son jean. Il vit un écureuil qui le regardait du haut du toit du chalet. Et derrière l'écureuil, il vit Fidji guetter le pauvre animal. Jasper attrapa une pomme de pin et la lança sur le toit, faisant fuir l'écureuil. Fidji lança un regard écœuré à Jasper et se lécha le derrière, ce que Jasper traduisit comme une manière de dire « *je t'emmerde pour avoir fait fuir mon déjeuner* ».

Jasper se mit à rire. Les chats ! Toujours grincheux.

Il laissa tomber son marteau sur le sol et retira ses gants de travail alors qu'il marchait vers le chalet. Une fois à l'intérieur, il prit la carafe d'eau, en but la moitié, puis se prépara un sandwich. Il l'engloutit en quatre bouchées. Lorsqu'il eut terminé, il sortit à nouveau. S'il s'affairait à la tâche, il aurait terminé sa cabane à cochons avant que la nuit tombe. Elle ne serait pas belle, mais elle tiendrait debout. Cela lui convenait, et il était pratiquement certain que cela conviendrait aussi aux cochons lorsqu'ils arriveraient. D'après ce qu'il en savait, les cochons n'étaient pas trop difficiles en matière de literie.

Alors qu'il était en train de se battre contre une tôle de deux mètres quarante, Jasper remarqua une empreinte de pas. Elle se trouvait devant l'appentis, à l'arrière du chalet. Il ne comprenait pas comment il ne l'avait pas vue plus tôt.

Cela le surprit tellement qu'il en lâcha la tôle ondulée, cette dernière tombant sur le sol avec fracas tout en soulevant un manteau de poussière, et il fixa cette empreinte de pas pendant une minute. Il plaça son pied botté auprès de l'empreinte et les compara. La trace de pas faisait au moins cinq centimètres de moins que sa pointure quarante-sept. De plus, le motif inscrit dans le sol semblait provenir d'une paire de tennis. Bien entendu, Jasper en portait lorsqu'il courait, mais il lui serait impossible de courir dans des tennis de cette taille. À moins de se couper les orteils. L'empreinte était si petite qu'on aurait presque dit qu'elle appartenait à une femme. Ou à un enfant.

Jasper se tint avec les mains sur les hanches et tourna sur lui-même, observant les alentours : la cabane à cochons, l'arrière du chalet, la clairière dans laquelle se trouvait le chalet, et le chemin plein d'ornières qui menait à la route située à plus d'un kilomètre et demi d'ici, et qui finissait par déboucher sur l'autoroute et le monde extérieur.

Il ne vit aucune femme. Ni aucun enfant. Personne.

Il regarda à nouveau l'empreinte, s'accroupit et la toucha du bout des doigts, comme s'il essayait de lui soutirer quelques secrets. Mais si c'était ce qu'il essayait de faire, cela ne fonctionna pas.

Bobber arriva et renifla l'endroit où se trouvait l'empreinte. Si Jasper espérait que le gros chien noir traque la personne qui avait laissé cette mystérieuse empreinte jusque dans la forêt, il fut profondément déçu. Au lieu de cela, Bobber se laissa tomber sur le dos et réclama une caresse sur le ventre. Sacré traqueur qu'il avait là! Sacré chien de garde, aussi.

Alors que Jasper caressait vivement le ventre de Bobber, faisant grogner de plaisir le gros chien, il repensa à la nuit précédente et admit finalement que quelqu'un *était* entré dans son chalet. Il ne se rappelait pas la dernière fois qu'il avait reçu des visiteurs. Qu'ils soient invités ou non. Et comme l'empreinte de pas ne correspondait pas du tout à la sienne, qu'était-il censé en déduire?

La grande question était : qu'était-il supposé faire maintenant?

Il scruta les environs afin de trouver la personne à qui appartenait cette empreinte. Il entra dans l'appentis et observa le sol poussiéreux de l'abri de deux mètres sur quatre, légèrement éclairé par la lumière provenant de la porte. Tout se trouvait à sa place et il n'y avait aucune trace de tennis. Il retourna dehors et ratissa le terrain autour du chalet jusqu'à ce qu'il ait vérifié chaque mètre carré. Il ne trouva rien. Il s'aventura parmi les arbres, pensant qu'il pourrait y trouver quelque chose lui permettant de savoir qui était la personne qui avait laissé une empreinte à l'arrière de son chalet, ou quel avait été son objectif en entrant dans sa maison. Mais une fois de plus, il ne trouva rien.

Finalement, il accepta le fait qu'il ne pourrait rien tirer de cette empreinte et il plaça un seau à l'envers par-dessus afin de la préserver, bien qu'il ne sache pas à quoi cela allait lui servir. Puis il récupéra ses tôles et se remit au travail.

Deux heures plus tard, il avait une cabane à cochons. Elle n'était pas belle, et lorsque Jasper recula pour bien la regarder, il se rendit compte qu'elle était un peu de travers. Mais une fois encore, cela suffirait à un couple de cochons. Au moins, elle n'avait pas l'air d'être sur le point de s'effondrer.

Jasper emporta ses outils et les tôles restantes jusqu'à l'appentis, où il remit tout à sa place. Puis il retourna vers cette fichue empreinte de pas et souleva le seau. Il le déplaça de soixante centimètres, s'assit dessus et se contenta de fixer l'empreinte de pas tel un homme qui essayait de résoudre un problème. Il ne s'en rendit pas compte, mais avec son coude posé sur son genou et son menton dans la paume de sa main, ne portant rien d'autre que son jean et ses bottes de travail, il ressemblait étonnamment au Penseur de Rodin. La seule différence était que Jasper n'était pas nu en dessous de la taille.

Et le jeune homme qui le regardait depuis l'arrière d'un rocher, niché entre de jeunes pins à environ trois cents mètres de là, était nettement déçu que ce ne soit pas le cas.

II

C'ÉTAIT UNE étrange route qui avait mené Timmy Harwell, vingt ans, jusqu'à ces jeunes pins. C'était encore plus étrange qu'il prenne le temps d'apprécier la beauté de l'homme assis sur le seau, à moitié nu, face à lui, alors que sa vie était en danger et que les chiens de l'enfer étaient à ses trousses.

Il avait observé cet homme pendant des heures. Doux Jésus, il était assis dans les buissons depuis deux jours ! Au départ, Timmy n'avait eu aucune idée de ce qui avait attiré l'attention de l'homme pour le pousser à fixer le sol avec un si grand intérêt. Puis, ses battements de cœur s'étaient accélérés, car Timmy s'était rendu compte qu'il *connaissait* sûrement la réponse. La nuit dernière, il avait marché à l'endroit exact où se tenait l'homme. Ou plutôt *couru*, après s'être échappé silencieusement par la porte arrière du chalet dès qu'il avait entendu la vieille Jeep lutter pour monter la pente.

Maintenant, cet homme devait se demander pourquoi il avait retrouvé sa porte d'entrée ouverte et la lumière du chalet allumée en revenant à la maison la nuit dernière. Timmy s'était estimé heureux qu'il ne s'équipe pas comme un agent des forces spéciales pour chercher dans chaque buisson le malfaiteur qui était entré dans sa maison. Même si le malfaiteur n'avait rien volé. Timmy n'avait plus la force de fuir. Il voulait se reposer. Faire profil bas. Si cela voulait dire se cacher parmi de fichus pins remplis de ronces, alors soit.

Les aboiements des chiens ne l'avaient pas vraiment dérangé la nuit dernière, lorsqu'il avait posé pour la première fois le pied sur la terrasse du chalet et commencé à crocheter la serrure de la porte d'entrée. Ils étaient à l'intérieur. Il était à l'extérieur. Par ailleurs, ils ne faisaient que dire « bonjour ». Maintenant, Timmy et les chiens étaient comme de vieux amis. Ils étaient déjà venus le voir à plusieurs reprises durant les heures qu'il avait passé à se cacher dans les bois, cette première journée. N'était-ce qu'hier qu'il s'était trouvé allongé parmi les épines et les pommes de pin, à regarder cet homme installer sa clôture bancale ? Cela semblait faire des mois. Après que cette première journée longue et chaude fut arrivée à sa fin, Timmy avait dû rester caché pendant que l'homme se mettait sur son trente et un, comme s'il avait un rendez-vous. Quand l'homme était enfin monté dans la

Jeep, fraîchement lavé et diablement sexy, Timmy avait laissé échapper un soupir de soulagement. Et lorsque la Jeep avait enfin descendu la pente et que les phares arrière avaient disparu au loin, il avait su qu'il était enfin seul. Ses articulations avaient craqué lorsqu'il s'était levé et il s'était approché du chalet.

Timmy avait été plus que prêt à entrer par effraction dans la maison – n'allez pas croire le contraire. Il avait eu chaud, soif, faim et mal à cause des trillions de morsures d'insectes. Et cela seulement après *une* journée de cache-cache parmi les jeunes arbres, allongé sur un lit d'aiguilles de pin.

Timmy ne le savait pas, mais il était encore plus citadin que Jasper. Il n'était pas habitué à se tapir dans les buissons avec neuf millions d'insectes qui le dévoraient comme des vers sur une carcasse. Il détestait cela. Mais il ne pouvait pas aller plus loin. Il ne le pouvait pas. Il était exténué, et il devait trouver comment s'en sortir, mettre en place un plan. S'il devait se cacher dans un tas de buissons au milieu de nulle part pour le faire, alors c'était ce qu'il ferait.

Bien entendu, Timmy savait qu'il ne pouvait s'en prendre qu'à lui-même de s'être retrouvé dans cette situation. Pourtant, cela ne rendait pas les choses plus faciles.

Pour être honnête, même après avoir passé une journée longue et horrible assis parmi les herbes – ou les bébés arbres, ou quoi que ça puisse bien être – il n'avait eu aucune intention de *cambrioler* la maison de cet homme. Il avait juste eu besoin de manger et de boire. Il était mort de faim, et il avait eu tellement soif qu'il était au bord du coup de chaleur. En tout cas, il en avait eu l'impression.

Timmy était adepte de l'exagération. Il en avait bien conscience.

Alors, il avait placé son canif dans la serrure de la porte d'entrée, méticuleusement, afin de ne pas faire d'éraflures, et avait commencé à pratiquer sa magie. Cela lui avait pris exactement treize secondes pour faire céder la porte d'entrée. Timmy était doué pour crocheter les serrures. Les serrures de maison. Les serrures de voiture. Peu importait. Évidemment, il avait généralement les outils nécessaires avec lui lorsqu'il le faisait. Mais un canif faisait tout aussi bien l'affaire.

Au moment où la porte s'était ouverte, les chiens avaient surgi pour le saluer, se dandinant et remuant la queue. Timmy s'était penché et les avait caressés chacun leur tour. Il aimait les chiens. Et ceux-là étaient plus gentils que d'autres. C'étaient de mauvais chiens de garde, bien sûr, mais il n'allait pas leur en tenir rigueur.

Lorsqu'il avait eu accès au chalet, il s'était immédiatement dirigé vers l'évier de la cuisine, avait mis sa main en coupe sous le robinet et englouti un gallon d'eau. Bon Dieu, il avait été mort de soif! Il avait eu l'impression de tomber malade. N'aurait-ce pas été la cerise sur le gâteau? Attraper la grippe alors que l'on essaie de sauver sa peau. Génial !

Alors qu'il avait été en train de boire de l'eau comme une gazelle dans une oasis, il avait remarqué une enveloppe posée contre la fenêtre de la cuisine, directement au-dessus de l'évier. Elle était adressée à Jasper Stone. Voilà donc comment s'appelait cet homme bien gaulé. Timmy trouvait que ce prénom lui allait bien. Jasper. Un prénom sexy pour un homme sexy. Très bien.

Quand son estomac avait commencé à clapoter à cause de toute l'eau qu'il avait bue, il s'était retourné et avait jeté un œil à la cuisine. Par bonheur, Jasper semblait avoir fait le plein de courses.

Comme il n'avait pas voulu que sa présence soit remarquée, il avait farfouillé et n'avait mangé qu'une chose par-ci et une chose par-là. Une tranche de jambon, deux tranches de pain, quelques cuillerées de la salade de patates qui se trouvait dans une grande barquette au réfrigérateur, une banane. Des choses qui, avec un peu chance, ne manqueraient à personne. Cela avait été difficile de lutter contre sa faim et de ne pas s'empiffrer de tout ce qu'il pouvait trouver. Il avait dû faire appel à beaucoup de maîtrise de soi. Ses mains avaient même tremblé sous l'effort. Ou bien avaient-elles tremblé parce qu'il couvait quelque chose? Il avait peur de ne connaître que trop bien la réponse à cette question.

Finalement, une fois sa faim raisonnablement apaisée, il s'était rendu dans le salon et s'était effondré sur le canapé pour se reposer une minute. Il avait étendu ses longues jambes dans un grognement, posant ses pieds sur la table basse. Après avoir été tellement à l'étroit et dans l'impossibilité de se lever pendant toute une journée, misérablement caché dans ces fichus buissons, cela avait été un bonheur de pouvoir enfin détendre les muscles de ses jambes, déplier les genoux et poser ses fesses sur de l'authentique mobilier rembourré. Les trois chiens s'étaient réunis autour de lui quand il avait laissé tomber sa tête en arrière et fermé les yeux. Il les avait grattés et caressés distraitement chacun leur tour pendant que son corps se dénouait. Sans même s'en rendre compte, il s'était endormi.

Il s'était seulement réveillé lorsque les phares d'une voiture avaient illuminé les murs du chalet. Il avait cligné des yeux et écouté avec horreur la vieille Jeep toute délabrée de cet homme remonter la pente qui menait au chalet avec des cliquetis. Mon Dieu, il avait dormi des *heures* ! Il n'avait eu aucune idée de l'heure qu'il était, mais il avait semblé être tard. Très tard. Il avait même semblé être si tard que Timmy s'était dit qu'il était peut-être même tôt. C'était le petit matin.

Il s'était levé d'un bond et avait failli tomber. Sa tête avait tourné, et il avait eu l'impression que ses jambes étaient en caoutchouc. Il avait ressenti un frisson et avait compris, sans plus aucun doute, qu'il était en train de tomber malade. Eh bien, quelle poisse ! De toute manière, il devrait faire avec. Quel autre choix avait-il ?

Se disant qu'il attendrait encore longtemps dans les buissons, il avait pris quelques pommes dans un panier posé près de la porte de derrière. Et avant que le propriétaire bien gaulé entre par la porte d'entrée, Timmy était sorti en douce par-derrière pour rejoindre la nuit tel un voleur, ce qu'il supposait d'ailleurs être. *Bon, sois honnête*, s'était-il dit. *Tu es un voleur. Pas la peine de le supposer.*

C'est ce qui t'a mis dans ce sale pétrin. N'oublie jamais ça, même une seule seconde.

Cela s'était déroulé la nuit dernière. Maintenant, douze heures plus tard, après une autre longue journée de cache-cache, Timmy Harwell était assis parmi les jeunes arbres, en train de croquer sa quatrième et dernière pomme. Il était désormais malade comme un chien. Il avait vomi à deux reprises. Son pauvre corps était en proie aux frissons et à la fièvre. C'était comme s'ils arrivaient en poussées. Il mourait d'envie de boire à nouveau de l'eau, mais il savait qu'il devait rester caché le temps de savoir ce qu'il allait faire.

Il fixait attentivement l'homme qui était assis sur le seau à quelques centaines de mètres de lui. Il ne pouvait pas s'empêcher de le fixer du regard. Et il ne le fixait pas parce qu'il avait peur d'être découvert. Pas par cet homme. Cet homme ne lui faisait pas peur. Pas vraiment. Non, il le fixait parce que cet homme, avec son jean serré et sans tee-shirt, était incroyablement beau à regarder. Jasper Stone était un étalon, aucun doute sur cela. Et pendant que Timmy était assis à regarder cet homme séduisant qui se trouvait devant lui, son esprit commença à vagabonder. Bientôt, il se mit à revivre la suite abominable d'événements qui l'avait conduit jusqu'ici.

Tout avait commencé avec la Cadillac. Le magnifique SUV Cadillac noir. C'était un Escalade Hybrid. Mon Dieu, il était sublime. C'était le dernier modèle. Un alliage absolument époustouflant de métal, de caoutchouc et de chrome. Parfaitement propre. Aussi noir que la nuit. Tout équipé, son prix devait facilement tourner autour des quatre-vingt-dix mille dollars. Eh oui ! Une sacrée belle voiture ! Et d'une manière assez curieuse, Timmy avait su que la Cadillac allait lui causer des problèmes dès qu'il avait posé les yeux sur elle.

Cela l'avait-il arrêté ? Non. Il admettait bien volontiers être stupide dans ce genre de situation.

C'était marrant, car tous les problèmes de Timmy semblaient être liés aux voitures. C'était ce qui arrivait lorsqu'on aimait trop quelque chose. Ça ne vous apportait rien d'autre que de la misère. *Chaque. Fois.*

Une autre chose que Timmy aimait, c'était offrir des fellations. Il adorait sentir la peau d'un homme trembler sous sa main. Il adorait sentir les mains et les lèvres d'un homme sur son corps jeune. Mais même ces sensations ne rivalisaient pas avec celle de glisser ses fesses sur le siège en cuir d'une Cadillac dont le doux bruit du moteur résonnait à ses orcilles. Enfin, il y avait peut-être quelques exceptions. Il eut un sourire en coin.

Mais pour en revenir au SUV.

Cette Cadillac allait le conduire à sa mort. Timmy en était déjà convaincu, alors qu'il n'avait même plus cette satanée voiture. Plus vraiment. Il s'en était débarrassé à la minute où il avait compris dans quel bourbier il s'était fourré. Mais qu'importe, elle était trop proche de l'endroit où il se cachait en ce moment. Il aurait dû fuir plus loin tant qu'il en avait encore l'opportunité, mais il était maintenant trop tard. Il était bien trop malade pour aller où que ce soit.

Bon sang ! Il était accroupi sous les jeunes arbres, transpirait abondamment sous la chaleur, son état empirait à chaque minute, et il faisait rouler le trognon de sa dernière pomme dans sa main pendant qu'il réfléchissait à tout cela. À tous ses mauvais choix. À toutes ses décisions stupides. À la beauté de l'homme à moitié nu qui se trouvait devant lui. Ses pensées étaient bien trop disparates pour que son petit cerveau traite toutes les informations. Mais c'était amusant de voir que, même lorsque sa vie était en danger et qu'en *plus* on souffrait de la grippe, les pensées érotiques pouvaient encore remonter à la surface comme la crème au-dessus du lait frais dans un pot à traire.

Timmy Harwell fit un effort considérable pour ignorer l'érection douloureuse dans son pantalon alors qu'il tentait de déceler le moment exact où il était devenu si stupide durant ses jeunes années. Et après une minute ou deux, il se souvint. Son érection ne tarda pas à se faire totalement oublier. La douleur avait migré de son sexe jusqu'à son cœur. Les souvenirs le submergèrent.

Mon Dieu, il était vraiment stupide.

Sinon, il ne tenterait pas d'échapper à l'homme le plus dangereux de Tijuana.

Timmy avait bon cœur. Du moins, c'était ce qu'il pensait. Il venait aussi d'une bonne famille, d'après ce que tout le monde lui avait toujours dit. Il s'était peut-être engagé sur quelques mauvais chemins durant sa vie, mais bon sang, qui ne l'avait pas fait ?

Timmy savait que son grand défaut était de toujours avoir détesté être pauvre. Il avait détesté cela étant petit. Il avait détesté cela étant adulte. Il détestait *toujours* cela, même après tout ce qui lui était arrivé pour qu'il atterrisse sur cette satanée montagne, caché derrière ce satané rocher et ces tas de satanés bébés-arbres, à regarder un homme magnifique torse nu, assis sur son satané seau, en train de fixer une satanée empreinte de pas. L'empreinte de pas de *Timmy*.

Une fois de plus, les souvenirs l'assaillirent. Il pensa à son enfance. Sa misérable et satanée enfance.

Timmy avait grandi dans des familles d'accueil parce que ses parents étaient décédés dans un accident de voiture alors qu'il n'avait que trois ans. Il n'avait aucun souvenir d'eux. Il avait des photographies qui l'avaient suivi de famille d'accueil en famille d'accueil, mais pour lui, c'étaient des photographies d'inconnus. Il avait fixé ces photographies en noir et blanc un nombre incalculable de fois, essayant de faire en sorte qu'un souvenir en lien avec cet homme et cette femme jaillisse de sa mémoire, et il avait prié Dieu de bien vouloir lui accorder des bribes de souvenirs qui lui permettraient de s'assurer que ces personnes étaient bien ses parents. Mais si Dieu avait entendu ses prières, Il ne les avait pas exaucées.

Et dans le jeune esprit de Timmy, ce fut la fin de Dieu. Il n'avait jamais rien demandé d'autre. Un jour, il avait simplement jeté les photographies à la poubelle. Elles ne signifiaient rien pour lui. Elles pouvaient être des photographies de n'importe qui. *N'importe qui.*

Timmy se mit soudain à trembler, et dans un coin perdu de son esprit, il comprit que quelque chose n'allait vraiment pas. Ce n'était pas la grippe qui le mettait dans cet état. C'était quelque chose de bien plus grave. Il avait l'impression que ses articulations étaient en feu. Comme si quelqu'un avait appuyé sur un bouton, son énergie s'évapora et ses souvenirs s'estompèrent. D'un coup. Il se tourna sur le côté et se recroquevilla sur lui-même au-dessus des aiguilles de pin qui craquaient. Une soudaine crampe à l'estomac lui fit pousser un gémissement. À travers un rideau de larmes, il vit une coccinelle avancer sur le sol devant ses yeux. Il tenta de sourire lorsqu'il la vit déployer ses jolies ailes et s'apprêter à voler, mais il n'y arriva pas.

Avant que la coccinelle quitte le sol, il était inconscient. Son esprit s'était simplement éteint. La fièvre et les frissons explosèrent en lui, et dans cette obscurité atroce, ses réflexions intérieures s'évanouirent aussi. Timmy ne pensait plus.

Il ne se réveilla pas lorsque Lola passa la tête à travers les jeunes arbres. C'était l'odeur de la maladie qui l'avait attirée là. Elle avança doucement et renifla la flaque de vomi qui empestait au sol. Puis elle se rapprocha pour sentir la respiration de l'homme endormi. Elle le regarda trembler de froid alors même qu'elle sentait la chaleur anormale qui émanait par vagues de son corps. Comprenant son impuissance, elle se blottit contre lui pour lui apporter du réconfort. Pour le protéger. Lola avait aussi bon cœur.

Bientôt, avec son menton sur l'épaule de Timmy, elle s'endormit. De temps en temps, le jeune homme poussait des cris, et lorsqu'il le faisait, Lola ouvrait les yeux et geignait.

Mais l'homme n'entendait rien.

Même Lola comprit qu'il était autre part.

À TRAVERS la brume de la maladie, la deuxième nuit de Timmy dans la brousse toucha à sa fin sans qu'il s'en rende compte. Ce serait bientôt le matin. Il pouvait le sentir. Une traînée rouge illuminait déjà le ciel à l'est. Son état s'était empiré durant la nuit. Il avait désormais une vision limitée, comme la plupart des personnes lorsqu'elles étaient réellement malades. Il avait peur. Peur pour lui-même. Peur de la douleur qui l'envahissait. Il avait un énorme mal de tête. Chaque articulation, chaque doigt lui faisait mal. Il n'avait jamais été aussi malade de sa vie. Chaque organe semblait hurler de douleur.

Mon Dieu, ce qu'il était lamentable.

Dans un coin reculé de son esprit, il était conscient que la chienne marron et blanche était partie. Elle n'était plus allongée près de lui, pour le réchauffer, pour lui offrir du réconfort. Sa compagnie lui manquait, mais sa chaleur lui manquait encore plus. Il se sentait si seul, si *mal-aimé*, allongé ainsi en proie aux éléments sans que personne ne s'inquiète pour lui, ne s'occupe de lui. Pas de famille. Pas d'amis. Personne.

S'il avait été en bonne santé, il se serait moqué de lui-même en s'entendant s'apitoyer ainsi sur son sort. Mais dans ces conditions, non. Il était faible au point de ne presque plus pouvoir soulever la tête du sol, alors il ne trouverait pas l'énergie ni la volonté de rire. Même s'il en avait envie. La possibilité d'une mort prochaine commença à s'infiltrer dans ses pensées. Et s'il mourait, il se demanda si quelqu'un le trouverait. Ou bien s'il resterait allongé là pour toute l'éternité, dans ces satanés buissons, jusqu'à ce que ses os soient dispersés par le mauvais temps, la faune et la flore, jusqu'à ce qu'aucune trace d'humanité ne soit perceptible. Comme les animaux écrasés qui se décomposent au soleil. La puanteur de son corps en décomposition pousserait-elle le beau propriétaire de ce ranch, Jasper, à se rendre dans le sous-bois avec son tee-shirt couvrant son nez pour localiser la source de la chose qui faisait empester son jardin ?

Un grand frisson secoua Timmy alors qu'il était allongé, joue contre le sol, ses bras enroulés autour de lui-même, luttant contre le frisson qui parcourait son corps avec ce qui lui restait de forces. Il n'était pas assez mal en point pour ne pas se rendre compte qu'il était en mauvais état, et s'il ne s'abritait pas au plus vite, il irait encore plus mal. Si c'était une grippe, c'était la pire qu'il ait jamais connue. Il commençait à croire qu'il pouvait s'agir d'une pneumonie. Ce serait la cerise sur le gâteau.

Être chassé comme du gibier n'était pas suffisant. Maintenant, il fallait aussi qu'il soit pratiquement cloué au lit.

Sauf qu'il n'avait même pas de lit.

La première goutte d'eau froide qui tomba contre sa joue le fit sursauter. Il ouvrit les yeux pour voir quoi il s'agissait. La pluie. Génial ! Exactement ce dont il avait besoin.

Il résista à l'envie de hurler ; oui, à cet instant, il se sentait misérable à ce point. S'il n'avait pas été trop malade pour s'en rendre compte, il aurait réalisé que c'était sans doute le moment le plus difficile de sa vie. Et le son d'autres gouttes tombant sur les aiguilles de pin autour de sa tête lui assura que les choses n'allaient pas s'arranger.

Il faillit pleurer lorsqu'il se mit péniblement en position assise afin de regarder autour de lui. Mon Dieu, il avait mal partout. Il avait mal à la tête. Ses poumons semblaient être en feu. Chaque bouffée d'air frais qu'il inspirait paraissait attiser des flammes de douleur.

La pluie tombait maintenant plus abondamment. Plus rapide et plus fraîche. La chemise de Timmy colla à son dos en un rien de temps. On aurait dit une couche de glace contre sa peau. Il tremblait si violemment qu'il pouvait entendre ses dents claquer. Pour l'amour du ciel, il ne pouvait pas faire si froid que ça ! Il se trouvait en Californie du Sud. Il avait froid parce qu'il était malade. C'était la seule raison. Il n'était pas en train de faire une hypothermie ou quoi que ce soit. Il était simplement malade et devait vite aller s'abriter.

Le seul abri auquel il pensa, dans son esprit troublé par la douleur, était la cabane à cochons que l'homme avait construite aujourd'hui. Ce n'était pas très loin. Peut-être à trois cents ou quatre cents mètres. Il n'y ferait pas chaud, mais il serait au sec. Il serait protégé de la pluie.

Timmy se mit debout tel un tas de boulons. Bon sang. Il avait l'impression que ses os se détachaient les uns des autres, que toutes ses articulations se détérioraient, que les tendons de ses bras et de ses jambes claquaient les uns après les autres, vibrant comme les cordes cassées d'une guitare.

Il vacilla à travers l'obscurité, se tenant la poitrine, baissant la tête pour se protéger de la pluie qui tombait de plus en plus fort et espérant qu'il marchait dans la bonne direction. Quand il atterrit droit dans la nouvelle clôture de Jasper Stone, il comprit que c'était le cas. Il se dirigea vers la porte bancale que l'homme avait construite deux jours plus tôt, et il entra dans la cabane. Curieusement, il eut la présence d'esprit de refermer la porte derrière lui.

Efface tes empreintes de pas, se dit-il aussi. Mais il était trop malade pour l'envisager. S'il se mettait à quatre pattes pour effacer ses traces, il pourrait ne jamais se relever.

La pluie devenait rapidement torrentielle : glaciale et tombant si fort que les gouttes faisaient mal lorsqu'elles entraient en contact avec sa peau. Ou peut-être était-ce parce qu'il était malade et que toutes ses terminaisons nerveuses réagissaient comme une ribambelle de cloches de Noël. Au moins, avec un peu de chance, la pluie effacerait ses empreintes. Ça ne coûtait rien d'espérer.

Lorsqu'il passa la tête à travers l'ouverture de la cabane à cochons, il put sentir l'odeur du bois fraîchement coupé. Il ne voyait rien de ce qui se trouvait à l'intérieur, car il y faisait trop sombre, mais il crut sentir de la sciure de bois sous ses pieds. Et le sol était sec. Merveilleusement sec.

Il chancela jusque dans le coin qui se trouvait le plus loin possible de la porte et se laissa tomber pour s'asseoir dos au mur. Sa tête tomba en avant avec lassitude et son corps fut à nouveau parcouru par un tremblement alors que la maladie le secouait.

Avec des doigts tremblants, Timmy déboutonna sa chemise trempée et l'enleva de son dos comme on retire un morceau de peau brûlée. Il avait froid sans sa chemise, mais moins froid que lorsqu'il la portait. Il la roula en une boule humide et l'utilisa comme oreiller alors qu'il se laissait glisser sur le côté jusqu'au sol. Enroulant ses bras autour de son corps pour se protéger du froid, il se mit en position fœtale, geignant, tremblant et désireux de ne jamais avoir posé les yeux sur cette satanée Cadillac Escalade. Satan sur roues. C'est ce qu'elle était.

Il ferma les yeux et laissa la maladie l'emporter à nouveau. Au moins, il était protégé de la pluie.

Si seulement il pouvait se délester de ses problèmes aussi facilement.

Une larme solitaire s'échappa de son œil tandis que sa souffrance l'emportait dans son sommeil. *Je suis désolé*, marmonna-t-il dans l'obscurité, n'adressant ces paroles à personne en particulier. Ou peut-être se les adressait-il à lui-même. Il n'en était pas certain. Et ce n'était pas vraiment important.

Une nouvelle fois, il laissa le désespoir le submerger. Cette fois-ci, il ne se réveilla pas avant plusieurs heures, lorsqu'un museau piquant et froid, qui n'était pas humain, renifla son cou avec enthousiasme, le surprenant tellement qu'il se leva d'un bond dans un cri rauque. Puis un autre visage, celui-ci humain, apparut. Timmy plissa les yeux pour y voir plus clair, mais il n'arrivait pas à se concentrer. Des doigts humains poussèrent les cheveux de ses yeux, et une paume fraîche se posa sur son front.

Cette main était la bienvenue. Timmy essaya de sourire, mais lorsqu'il le fit, une douleur vive explosa dans son crâne. Son esprit s'obscurcit et il perdit connaissance.

À l'extérieur, la pluie se déchaîna dans un violent déluge, martelant le toit en tôle de la cabane à cochons et faisant un vacarme terrible.

Timmy n'entendit et ne sentit rien. Même lorsqu'il fut soulevé dans des bras puissants et apaisants, avant d'être emporté.

III

LA PLUIE cessa enfin. Jasper arrêta les essuie-glaces de sa vieille Jeep et s'installa confortablement pour le long trajet du retour. Une fois de temps en temps, il jetait un œil vers le siège passager et souriait. Là, installés dans une boîte en carton, se trouvaient deux minuscules porcelets qui le regardaient avec intensité. Un mâle et une femelle.

Ils venaient d'être sevrés et ne pesaient qu'environ un kilogramme chacun. Mais Dieu, qu'ils étaient turbulents.

Turbulents et bruyants.

C'étaient des Yorkshire, avec une robe blanche et des poils durs. Le rose de leur peau se voyait sur leur groin et leurs oreilles. Leur petite queue en tire-bouchon était tellement mignonne que, de temps en temps, Jasper en tirait une pour simplement la regarder redevenir une spirale. Il aurait pu jurer que les petits porcelets riaient chaque fois qu'il le faisait.

Jasper avait quitté le chalet avant l'aube. Il avait d'abord passé un coup de téléphone à M. McCracken pour s'assurer que tout était prêt, et on lui avait assuré que c'était le cas. Il fallait quarante minutes pour se rendre à la ferme McCracken et Jasper ne voulait pas faire perdre son temps à l'homme. Qui plus est, il voulait se familiariser avec ses deux nouveaux protégés aussi vite que possible. La dernière fois qu'il les avait vus, ils n'avaient qu'un jour et gigotaient dans tous les sens pour téter leur mère avec le reste de la portée. Cela remontait presque à deux mois. Ils avaient beaucoup changé depuis, mais Jasper était heureux de voir qu'ils étaient toujours aussi mignons. Et toujours aussi fougueux. Le mâle n'était qu'un tout petit peu plus grand que la femelle.

C'était une journée exaltante pour Jasper. C'était la première fois qu'il avait l'impression d'être un authentique fermier, bien qu'il ait vécu à la ferme depuis des années. Bien entendu, ce n'était que sa vision des choses. Il n'avait pas non plus l'impression d'être un écrivain authentique, alors que plusieurs de ses titres avaient été publiés.

Peut-être que certaines personnes avaient l'impression de n'être légitimes dans aucune catégorie, peu importe ce qu'elles faisaient.

Jasper avait acheté deux sacs de nourriture pour cochons au fermier afin que ses nouveaux protégés puissent manger correctement. Les porcelets venaient à peine d'être sevrés, mais si leur mère leur manquait, ils ne le montraient pas. D'ailleurs, on aurait dit qu'ils s'amusaient comme des fous.

Après quelques kilomètres, ils se calmèrent et se blottirent l'un contre l'autre pour dormir. Jasper se dit qu'ils étaient aussi mignons endormis que réveillés. Il se doutait aussi que les fermiers, les *vrais* fermiers, ne regardaient pas leur bétail avec un regard affectueux. Et pour être honnête, il avait un peu de mal à penser à Harry et Harriet comme à du bétail. Ils ressemblaient plus à des animaux de compagnie. Et cela faisait moins d'une heure qu'il les avait récupérés. Bon sang, d'ici deux mois, ces cochons partageraient probablement son lit avec tous les chiens et les chats.

En prenant conscience de cela, Jasper laissa échapper un rire bref. Génial ! Exactement ce dont il avait besoin. Davantage de compagnons de chambre. Non pas qu'un compagnon de chambre digne de ce nom ne serait pas agréable, chouette et sacrément excitant, mais il préférerait qu'il ait deux jambes et non quatre pattes. Et il ne parlait pas d'un poulet. Il parlait d'un homme. Un homme mignon.

Il posa sa main droite dans la boîte en carton et caressa distraitement la robe de Harry pendant qu'il conduisait. Lorsque Harriet ouvrit les yeux et poussa la main de Jasper pour réclamer un peu d'attention, il sourit et lui en donna.

Au fur et à mesure que les kilomètres passaient, les porcelets se rendormirent, ronflant et grognant doucement dans leur sommeil. Jasper les laissa tranquilles, s'occupant l'esprit en réfléchissant à de nouvelles idées de rebondissements pour le roman sur lequel il était en train de travailler. Il se mit à sourire lorsqu'il se retrouva en train d'essayer de penser à un moyen d'intégrer deux cochons dans son histoire. Bon sang. Il était un vrai tendre.

Trente minutes plus tard, il quitta l'autoroute et suivit le chemin de gravier durant plusieurs kilomètres. Enfin, il arriva à l'embranchement de sa propriété et s'engagea avec enthousiasme sur l'allée privée qui menait à son chalet. À ce moment précis, il se mit à nouveau à pleuvoir des cordes. En trois secondes, il n'y voyait plus rien. Il mit les essuie-glaces en route et se pencha en avant afin de mieux voir où il allait. C'était une épreuve de traverser l'allée sinueuse et pleine d'ornières quand il faisait *beau*. Dans un déluge torrentiel, c'était presque mission impossible. Il posa une main réconfortante sur le dos des porcelets lorsque la Jeep rebondit sur une série de

31

nids-de-poule, tous remplis d'eau de pluie boueuse, qui secoua les porcelets et les surprit tellement qu'ils se mirent debout dans un grognement.

Ils posèrent leurs pattes avant sur le côté de la boîte et essayèrent de voir dehors, leurs petits groins roses reniflant l'air comme s'ils sentaient que leur voyage touchait à sa fin.

Lorsque la Jeep clapota, lutta et cahota dans la dernière pente raide et que Jasper arriva dans son jardin, il fredonna une mélodie joyeuse malgré la pluie. Il était impatient de voir si Harry et Harriet allaient apprécier leur nouvelle maison. La maison sur laquelle il avait travaillé si dur pour eux. Et soudain, il se rendit compte avec le sourire que, grâce à la pluie, ils auraient même de la boue dans laquelle patauger. Les cochons adoraient la boue. Du moins, c'était ce que Jasper avait toujours entendu dire.

Comme la boîte en carton dans laquelle se trouvaient les porcelets se serait désintégrée en quelques secondes sous la pluie battante, Jasper mit sa veste en jean au-dessus de sa tête pour se protéger de la pluie et transporta les porcelets un par un jusqu'à leur nouvelle maison. Cela ne sembla pas perturber Harriet d'être portée, mais lorsque Jasper revint pour chercher Harry, celui-ci rouspéta, se tortilla et grogna à chaque seconde.

Jasper fut soulagé lorsqu'il arriva à la porte de la cabane et put déposer le petit bougre à terre. Il regarda Harry courir directement dans la cabane pour échapper à la pluie. Un instant plus tard, Harriet et Harry passèrent la tête à travers la porte et le regardèrent, comme s'ils se demandaient pourquoi il ne les avait pas rejoints.

Jasper sourit. Vu qu'il était déjà trempé jusqu'aux chaussettes, cela ne pouvait pas être pire, alors il passa la porte et pataugea dans la boue pour s'assurer que ses nouveaux protégés étaient confortablement installés dans leur nouvel habitat. Il baissa la tête pour passer la porte de la cabane et s'arrêta si vite qu'il faillit tomber à la renverse.

Allongé dans un coin, contre le mur nouvellement érigé qui sentait toujours le bois fraîchement coupé et la sciure, se trouvait un homme. Un homme inconscient. Il était allongé dos à Jasper, torse nu. Enroulé en position fœtale, il tremblait, ce qui assura à Jasper qu'il n'était pas mort. Et d'après la ligne solide et allongée de son dos et la courbe joliment incurvée de son fessier sous son jean trempé, Jasper s'attendait à ce qu'il s'agisse d'un *jeune* homme. Pour dire vrai, l'une des premières pensées de Jasper avait été celle-ci : si cet homme était aussi séduisant de face qu'il l'était de dos, alors il devait probablement être un régal pour les yeux.

Les deux porcelets reniflaient l'homme comme s'ils pensaient que Jasper l'avait placé là pour les divertir. Lorsque Harry commença à mordiller l'ourlet du pantalon de l'homme, Jasper se dit qu'il ferait mieux d'intervenir.

Il traversa le sol sec avec ses bottes pleines de boue en se courbant pour éviter de se cogner la tête contre le toit, puis s'agenouilla auprès de l'homme. Ce dernier ne bougea pas, mais Jasper put l'entendre respirer de manière irrégulière. Il remercia Dieu. C'était déjà assez déconcertant de trouver un étranger inconscient sur sa propriété. Alors trouver un étranger mort aurait été encore plus perturbant.

Quand l'homme ne fit rien pour indiquer qu'il savait qu'il avait de la compagnie, Jasper éloigna les porcelets et se pencha au-dessus du corps allongé afin de regarder son visage.

Une touffe de cheveux noirs se trouvait devant les yeux de l'homme, et Jasper les poussa doucement vers le haut. Il avait eu raison. C'était un jeune homme. Probablement pas plus de vingt ans. Beau, avec une mâchoire carrée et de jolies petites oreilles qui, en ce moment, étaient rouge vif. En y regardant de plus près, Jasper vit que les joues du jeune homme étaient aussi rougies.

Il posa sa paume contre le front de l'homme et, sans surprise, découvrit qu'il avait de la fièvre. Il était même brûlant. Et alors même qu'il était brûlant, il tremblait face au froid et à l'humidité. Cela ne rassura en rien Jasper. Il devait emmener cet homme à l'intérieur.

Il attrapa doucement l'épaule du jeune homme et le secoua.

— Hé ! Réveille-toi. Rentrons au chalet.

Rien.

Jasper le secoua à nouveau.

— Allez ! Si je te laisse ici, c'est la mort assurée. Soit tu mourras d'une pneumonie, soit les cochons te mangeront. Je pense qu'aucune de ces options ne te plairait.

Sa tentative d'humour tomba dans l'oreille d'un sourd. Littéralement.

Plantant fermement ses pieds sous lui, Jasper s'accroupit et fit attention à bien distribuer le poids sur son dos avant de glisser les bras sous le jeune homme. Il souleva le corps mou du sol dans un grognement. L'homme était tellement brûlant à cause de la fièvre que Jasper pouvait sentir la chaleur à travers les manches de sa veste.

Une fois debout, Jasper fut heureux de constater que l'homme qui se trouvait dans ses bras était aussi léger qu'une plume. D'ailleurs, il était de petite taille, Dieu merci. Et en voyant ses côtes à travers la peau pâle de son torse, Jasper se dit qu'il n'avait sûrement pas dû manger à sa faim ces temps-ci.

— Rentrons, répéta Jasper avant de se diriger vers la porte.

Le jeune homme gémit et battit des paupières, mais il ne dit aucun mot.

Jasper ressortit avec précaution de la cabane à cochons avec l'homme dans ses bras. Le pauvre homme eut le souffle coupé lorsque la pluie glaciale frappa son torse nu, mais il ne se réveilla pas.

Jasper courut le plus vite possible jusqu'à la terrasse, puis il déplaça maladroitement l'homme qu'il portait dans ses bras jusqu'à ce qu'il réussisse à attraper la clé de la porte qui se trouvait dans sa poche. Quand la serrure se déverrouilla et que la porte s'ouvrit, Jasper entra rapidement dans le chalet et claqua la porte derrière lui pour bloquer l'air froid.

Aussi doucement que possible, il allongea le jeune homme sur le canapé, puis il se redressa et le regarda.

Installé sur le dos et toujours inconscient, le jeune homme gémit à nouveau.

Jasper se demanda s'il devait plutôt installer cet homme dans sa Jeep et le conduire à l'hôpital le plus proche qui se situait à soixante kilomètres de chez lui, ou bien commencer par lui retirer ses vêtements trempés et essayer de le réchauffer avant qu'il soit victime d'une hypothermie. Appeler une ambulance n'était pas vraiment une option. L'ambulance mettrait sûrement une semaine à trouver sa maison. Sa ferme était à mille lieues de la civilisation.

Il se mit à réfléchir à la situation le plus calmement possible, en essayant de ne pas paniquer. Il ne faisait pas *si* froid dehors, alors l'hypothermie n'était probablement que le pire des scénarios. Mais une chose était sûre : cet homme était malade. *Très* malade. La chaleur était sûrement ce dont il avait le plus besoin en ce moment.

Une fois sa décision prise, Jasper se mit au travail.

En premier lieu, il alla chercher un tas de serviettes de bain et essuya le torse de l'homme. Il tenta aussi de retirer l'eau de pluie qui avait mouillé sa chevelure noire et épaisse. Puis il le débarrassa de ses tennis ainsi que de ses chaussettes. Une fois qu'il eut terminé, il batailla avec la boucle de ceinture tout en essayant de ne pas avoir de pensées lascives, parce que cet homme était vraiment très mignon. Lorsqu'il réussit à lui retirer sa ceinture, il déboutonna et baissa la braguette du pantalon, avant de le faire glisser le long de ses jambes, laissant le jeune homme nu.

Bon Dieu, cet homme était magnifique ! Mince, le teint pâle, parfaitement sculpté. Des jambes puissantes et velues. Un torse imberbe avec un soupçon de poils sombres allant de son nombril jusqu'à son pénis. Et en parlant de pénis, même le membre du jeune homme était magnifique, au repos, niché dans un lit de poils pubiens noirs. Ses testicules pendaient lourdement, de façon séduisante, entre ses jambes. Jasper les fixa si longuement qu'il dut finalement secouer la tête pour arrêter de reluquer le pauvre gamin.

Et il ressemblait à un gamin. En le regardant à cet instant, Jasper n'aurait pas juré qu'il était sorti de l'adolescence.

Commençant à se sentir tel un pervers de première classe, il se mit sérieusement au travail afin de venir en aide au jeune homme. D'abord, il le sécha à l'aide d'une serviette de bain. Énergiquement. Essayant de faire circuler le sang dans son corps presque comateux. Il plaça un oreiller sous la tête du jeune homme, drapa un plaid sur lui, veillant à le recouvrir des doigts de pied au menton, puis il s'affaira à faire un feu de cheminée. Quand les flammes se mirent à danser et que la pièce commença à se réchauffer, il poussa le canapé plus près de la cheminée. Puis il alla chercher une autre couverture dans le placard et la drapa aussi sur l'homme.

L'inconnu n'ouvrit pas les yeux une seule fois et ne sembla pas se rendre compte de ce qui lui arrivait. Sa température ne diminua pas non plus, et cela commença à inquiéter Jasper. Une nouvelle fois, il se demanda s'il ne devrait pas appeler une ambulance. Il pourrait les guider par téléphone jusque chez lui.

Tout en réfléchissant à cela, il humidifia une serviette de toilette avec de l'eau froide, la plia en un petit bloc et la posa sur le front du jeune homme. Peut-être que cela ferait descendre sa température.

Pendant ce temps, les trois chiens et les deux chats étaient assis contre le mur d'en face, en train d'observer ce qui se passait. C'était comme s'ils savaient qu'ils gêneraient s'ils approchaient trop. Mais avec le feu qui brûlait agréablement et le canapé situé à l'endroit où Jasper le souhaitait, leur maître semblait enfin avoir terminé de bouger dans tous les sens. Alors, un par un, ils avancèrent tous vers lui pour renifler le nouvel arrivant et lui souhaiter la bienvenue dans leur maison.

Lorsque Lola sauta sur le canapé et se blottit contre le jeune homme comme si elle le connaissait déjà, Jasper la laissa faire. Il savait mieux que personne que le réconfort d'un bon chien était parfois plus efficace que les médicaments. Et la chaleur émise par le corps de Lola ne pourrait que faire du bien à cet homme.

En pensant aux médicaments, Jasper marcha jusqu'à l'armoire à pharmacie qui se trouvait dans la salle de bain. Il n'avait pas grand-chose, puisqu'il ne tombait que rarement malade. Mais il trouva un sirop contre la toux et de l'aspirine, ce qui, si Jasper se rappelait bien, pourrait aider à faire baisser la fièvre.

Avant d'essayer de faire avaler un médicament à son patient, Jasper se dit qu'il ferait mieux d'aller voir comment se portaient Harry et Harriet.

Il releva le col de sa veste et fonça sous la pluie. En se dirigeant vers la cabane à cochons, il pouvait déjà voir ses deux nouveaux protégés à travers la pluie, en train de le regarder au sec depuis la porte de leur cabane. Ils semblaient totalement perdus, comme s'ils se demandaient pourquoi ils avaient été amenés dans ce trou paumé, au milieu de nulle part, pour ensuite être sommairement *abandonnés*.

Jasper dévia de son chemin et alla chercher une botte de paille dans un amas de choses qu'il avait achetées deux semaines plus tôt et qui étaient désormais empilées avec soin sous une bâche, à côté de l'appentis. Il porta la paille à travers l'enclos plein de boue et à l'intérieur de la cabane, où il commença à la diviser en plusieurs morceaux qu'il étala au sol pour que les porcelets s'y couchent. Cela permettrait de garder le sol sec et ses protégés au chaud.

Il sortit à nouveau sous la pluie et alla chercher le seau qu'il avait placé à l'envers au milieu du jardin, par-dessus l'empreinte de pas mystérieuse – qui, selon Jasper, n'était plus si mystérieuse puisque l'homme qui l'avait probablement laissée était actuellement en train de ronfler devant un feu de cheminée sur son fichu canapé. Le seau à la main, il ouvrit le coffre de la Jeep, tira l'un des nouveaux sacs de vingt-cinq kilos de nourriture pour cochons et en mit assez dans le seau pour satisfaire les cochons pendant un certain temps.

Plaçant le seau sous sa veste afin de le garder à l'abri de la pluie, il se précipita vers la cabane à cochons. Une fois là-bas, il déversa la nourriture dans la gamelle en métal déformée qu'il avait décidé d'utiliser pour nourrir les petits nouveaux jusqu'à ce qu'ils soient assez grands pour pouvoir utiliser l'auge à cochons qu'il avait construite à l'extérieur.

Une fois que Harry et Harriet furent en train de manger et commencèrent à se sentir comme chez eux, Jasper récupéra la chemise de l'homme, toujours roulée en boule sur le sol de la cabane, fit attention à bien verrouiller la porte de l'enclos afin que ses protégés soient en sécurité et rentra au chalet.

Arrivé à l'intérieur de la maison, ce fut au tour de Jasper de s'essuyer. Comme le jeune homme était encore profondément endormi, il retira ses vêtements mouillés juste devant la cheminée. Attrapant l'une des serviettes de bain qu'il avait ramenées pour son invité, il se sécha et monta nu jusque dans la chambre, où il prit quelques vêtements secs pour rapidement les enfiler.

La cheminée commençait à réchauffer le chalet, et comme il ne faisait pas un froid glacial à l'extérieur, il ne serait sûrement pas obligé d'allumer la chaudière. De plus, aussitôt que la pluie cesserait de tomber, il était pratiquement certain que la température remonterait. C'était simplement une drôle de tempête printanière. Elle ne durerait pas éternellement.

Vêtu d'un jean et d'un pull secs, mais pieds nus, Jasper descendit l'escalier à toute vitesse et se tint derrière le canapé, à regarder Lola et son nouveau meilleur ami.

Le jeune homme semblait respirer plus aisément, ou alors Jasper prenait seulement ses désirs pour des réalités. En tout cas, pendant son absence, l'homme avait drapé un bras sur le dos de Lola et la tenait comme un nounours. Lola était aux anges. Elle leva les yeux pour regarder Jasper qui se tenait au-dessus d'elle, mais elle ne bougea pas la tête, qui était posée sur la poitrine du jeune homme.

Alors qu'il la regardait, Lola ferma les yeux et s'endormit. Parfois, l'inconnu était pris de tremblements provoqués par la fièvre ou des frissons qui le parcouraient, et quand cela arrivait, Lola ouvrait brièvement les yeux pour regarder son visage. Lorsqu'elle était sûre que tout allait bien, elle refermait les yeux et se rendormait. Jasper sourit, se disant que si Lola avait déjà eu une portée de chiots avant d'apparaître sur le seuil de sa maison, elle avait dû être une mère incroyable. Car c'était exactement ce qu'elle était en train de faire. Materner.

Et honnêtement, Jasper n'avait jamais vu un humain ayant plus besoin d'attention que celui-ci.

Peut-être que cela n'avait aucun sens, mais si Lola faisait confiance à cet homme, alors Jasper devait faire de même. En toute sincérité, Jasper pensait depuis longtemps que Lola avait plus de bon sens que *lui*.

Et lorsque *cette* pensée lui traversa l'esprit, il se mit à rire doucement. Non pas parce que c'était une drôle de prise de conscience, oh que non, mais parce que c'était la *vérité*.

Il secoua la tête et revint au moment présent.

Soupe. De la soupe chaude. Il ne savait pas quand ce jeune homme avait mangé pour la dernière fois, mais cela ne devait pas être récent. Puis il pensa à la nuit dernière, lorsqu'il avait trouvé la porte d'entrée du chalet ouverte en rentrant. Rien ne semblait avoir été volé, mais il connaissait maintenant la personne supposément responsable de l'effraction. Et comme cet homme avait sûrement été affamé lorsqu'il était entré chez lui, Jasper ne put ressentir de la rancune à son encontre. Lui-même aurait pu faire la même chose dans des circonstances semblables. Il regrettait que le jeune homme n'ait pas simplement demandé de l'aide. Peut-être que s'il l'avait fait, il ne serait pas resté assez longtemps dehors, dans l'air de la nuit, sous la pluie glaciale, pour tomber aussi malade.

Mon Dieu, Jasper se rendit brusquement compte que l'homme avait dû se blottir sous des arbres, quelque part, pour se protéger du mauvais temps. Sans nourriture. Sans abri. Et il se demanda combien de temps cela avait duré. Des jours ? Comment avait-il atterri ici ? Le chalet de Jasper se trouvait si loin de l'autoroute. Si loin de n'importe quel autre endroit. Et Jasper n'avait vu aucun véhicule abandonné le long de son allée ou du chemin en gravier qui y menait.

Il se demanda si cet homme était un randonneur qui avait pris une mauvaise direction et avait fini par se perdre. Mais il n'avait pas porté de vêtements de randonnée, seulement un jean, un chino et une paire de tennis. Et même s'il s'était perdu, pourquoi n'avait-il pas simplement frappé à la porte du chalet pour demander de l'aide ? Pourquoi se compliquer la vie en entrant par effraction dans sa maison pendant qu'il était absent ? Et comment était-il entré ? Jasper n'avait trouvé aucune preuve de crochetage sur les portes et fenêtres.

Eh bien, c'était une chose à laquelle il devait réfléchir. Si cet homme avait réussi à entrer par effraction dans le chalet sans laisser de trace derrière lui, il avait dû savoir comment s'y prendre. Et s'il savait comment s'y prendre, qui était-il ? Un escroc ? Un cambrioleur ? Un petit voleur ? Comment George W. Bush avait-il l'habitude d'appeler les méchants ? Des scélérats ?

Jasper ne pouvait pas y croire. Bien entendu, en plus de ne pas y croire, il savait qu'il n'avait peut-être aussi pas envie d'y croire. Le fait était que cet homme lui plaisait. Et il ressentait de la tristesse pour lui. Si Lola l'avait apprécié si rapidement, il ne pouvait certainement pas être un tueur en série ou quelqu'un d'aussi atroce. Juste un jeune homme malchanceux en très mauvais état de santé qui n'avait nulle part où aller. Certainement

38

une personne dont il était inutile d'avoir peur. Jasper en était convaincu. Cette conviction ricocha dans son esprit pendant une minute. Devrait-il avoir peur ? Ou éprouver de la méfiance ? Il valait mieux qu'il fasse des recherches pour en avoir le cœur net. Cet homme n'en saurait jamais rien. Il était toujours inconscient.

Avec un soupçon de culpabilité, Jasper récupéra le pantalon mouillé de l'homme sur le sol, à l'endroit où il l'avait jeté. Il vida les poches et étala sur la table basse tout ce qu'il y trouva. En silence. Il se sentait mal à l'idée de fouiner dans ses affaires. Mais malgré tout…

Il constata rapidement qu'il n'y avait pas vraiment matière à fouiner. Quelques pièces de monnaie. Une liasse mouillée de billets d'un dollar roulés en boule – pas plus de six ou sept dollars au total. Une clé de voiture semblant neuve, portant le logo de la marque Cadillac. Un portefeuille avec quelques papiers d'identité à l'intérieur. Une carte de sécurité sociale. Un permis de conduire délivré en Californie. Une carte de fidélité à un supermarché. Deux bouts de papier sur lesquels étaient notées des inscriptions illisibles, et un ticket de caisse qui était si effacé que Jasper ne savait pas s'il le tenait à l'endroit.

Et c'était tout.

La clé de la Cadillac était un peu déconcertante. Si cet homme avait une Cadillac, où était-elle ? Pourquoi était-il à pied ? Était-il tombé en panne quelque part ? Était-ce la raison pour laquelle il se trouvait ici ? Si c'était le cas, cela n'expliquait toujours pas pourquoi il avait choisi de se cacher dans les arbres assez longtemps pour tomber malade. S'il lui fallait un déluge pour chercher à s'abriter, et là encore seulement dans une cabane à cochons, alors il devait sûrement y avoir une bonne raison. Et Jasper commençait à avoir du mal à croire que cette raison était strictement légale.

Quelque chose ne tournait vraiment pas rond.

Jasper reprit le permis de conduire et l'étudia.

Il était inscrit Timothy Sebastian Harwell. Jasper regarda sa date de naissance et en déduisit l'âge qu'il avait : eh oui, vingt ans. Enfin, la semaine prochaine il aurait *exactement* vingt ans. C'était presque un gamin. Jasper vérifia son adresse sur le permis de conduire. C'était une adresse à San Diego, mais Jasper ne connaissait pas la rue. Il pouvait s'agir de n'importe quelle rue dans la ville.

Il regarda la photo du jeune homme et sourit. Ce gamin était particulièrement photogénique, cela ne faisait aucun doute. La photo sur le permis de conduire de Jasper le faisait passer pour un homme de Neandertal –

il aurait vraiment dû se raser le matin où il l'avait prise. Mais la photo de Timothy Harwell était superbe. Il avait même un grand sourire sur le visage. Et c'était un très joli sourire. Jasper se surprit à sourire en réponse. C'est à ce moment-là qu'il décida de faire confiance à cet homme. Il était de toute façon trop malade pour effrayer Jasper. Il ne pensait même pas que le jeune homme aurait la force de se tenir debout, alors il serait bien incapable de le kidnapper contre une rançon ou de faire quelque chose d'aussi litigieux. Et si des menaces de violences physiques étaient proférées, Jasper pourrait mettre l'homme à terre sans trop de problèmes. Pour l'amour du ciel, il faisait une tête de plus que cet homme et était deux fois plus musclé.

Jasper regarda l'homme qui était étalé sur le canapé, tel un corps sans vie.

— Eh bien, Timothy Sebastian Harwell, murmura-t-il, attirant l'attention des chiens. Qu'as-tu bien pu faire pour te retrouver dans ce pétrin, hein ? Quelque chose d'illégal, peut-être ? Pour quelle autre raison te cacherais-tu dans mes bois ?

Aucune réponse, bien évidemment. L'homme était inconscient. Il semblait tellement innocent. Et, à cet instant, pathétique. *Vraiment* pathétique.

Jasper tendit la main et poussa les épais cheveux noirs de son visage. Il retira le linge humide qu'il avait placé sur le front de Timothy et sécha sa peau à l'aide de la manche de sa chemise. Les yeux de Timothy roulèrent sous ses paupières, mais ce fut la seule réaction qu'il eut. La peau du jeune homme était toujours chaude. Peut-être même plus chaude qu'elle l'avait été plus tôt.

Mon Dieu. Pauvre homme. De la soupe ! Donne un peu de soupe à cet homme, imbécile ! Il a besoin de nourriture, d'eau et de médicaments. Ne reste pas sur place, à réfléchir et à le toucher ! Fais quelque chose pour l'aider !

Doucement, pour ne pas gêner le patient ou les chiens, Jasper se rendit dans la cuisine. Sur le chemin, il mit les vêtements mouillés de l'inconnu ainsi que les siens dans le lave-linge qui se trouvait près de la porte de derrière. Puis il y jeta aussi les tennis de l'homme et le mit en route.

Il marcha jusqu'au plan de travail, trouva une boîte de conserve d'une soupe qui semblait nutritive, l'ouvrit avec un ouvre-boîte, la déversa dans un bol et la mit au four micro-ondes. Pendant qu'elle chauffait, il mit de l'eau dans la théière et la posa sur la cuisinière, puis il alluma le grand feu afin que l'eau bouille rapidement. Il attrapa un plateau qu'il n'utilisait jamais et, lorsque la soupe fut chaude et l'eau, bouillante, il prépara une tasse de thé et plaça le tout sur le plateau, ainsi que de nombreuses serviettes en papier ; il se doutait qu'en faisant avaler de la soupe et du thé au jeune homme, il risquait de le salir.

Jasper souleva le plateau, se dirigea vers le salon et se figea après trois pas.

Timothy Sebastian Harwell le fixait depuis le canapé, avec les yeux les plus grands et les plus marron que Jasper ait jamais vus. À cet instant, son regard traduisait un trouble important.

— Bonjour, dit Jasper, rassemblant ses esprits et marchant jusqu'à la table basse, où il posa avec précaution le plateau pour ne pas que la soupe déborde. Tu es réveillé.

Les yeux du jeune homme ne quittèrent pas une seconde le visage de Jasper. Ses lèvres s'entrouvrirent, comme s'il s'apprêtait à dire quelque chose, mais aucun son ne vint.

Jasper s'assit sur le bord du canapé, près du jeune homme, et s'approcha de lui.

— Pardon, Tim. Essaies-tu de dire quelque chose ?

Un horrible frisson parcourut le corps du jeune homme, presque comme une convulsion. Il sortit une main de sous la couverture et s'agrippa au bras de Jasper. Sa poigne était étonnamment forte. Jasper fit un effort considérable pour ne pas grimacer.

Néanmoins, le jeune homme ne parla pas. La fièvre rendait ses yeux brillants et il fixait le visage de Jasper, mais ce dernier avait le sentiment étrange que l'homme ne le regardait pas vraiment ; en fait, l'homme ne voyait *rien du tout*.

Jasper posa sa main libre sur le front de Harwell afin de vérifier à nouveau sa température et il eut l'impression de poser la main sur un poêle dans lequel brûlait un feu vif. Sa fièvre avait empiré, du moins elle en donnait l'impression. Jasper n'était pas un spécialiste, mais il commençait à avoir un peu peur.

Il regarda le jeune homme être de nouveau secoué par un frisson irrépressible qui, cette fois, lui fit serrer la mâchoire et émettre un gémissement de douleur.

Jasper murmura quelques mots pour le calmer tout en sortant deux cachets d'aspirine du flacon. Il tenta de les glisser entre les lèvres du jeune homme, mais la mâchoire du gamin était toujours serrée. Jasper ne pouvait pas faire passer le médicament.

Puis il eut une meilleure idée. Il posa quatre cachets d'aspirine sur la table basse, les transforma en poudre avec le dos d'une cuillère et, après avoir ramassé la poudre dans sa main, il la mit dans la théière. Il s'installa plus confortablement auprès du jeune homme et lui souleva la tête afin de pouvoir lui faire avaler un peu de thé à la cuillère. Cette fois-ci, cela fonctionna. Le thé glissa entre les dents serrées du gamin et, cuillère par cuillère, Jasper réussit enfin à faire avaler presque toute sa tasse de thé à son patient.

Quand il eut terminé, le rictus de douleur causé par les tremblements avait disparu du visage du patient. Le jeune homme ouvrit à nouveau les yeux et regarda Jasper. Cette fois, il y avait de la lucidité dans son regard, ce qui fit sourire l'écrivain.

— Bonjour, dit-il avec un sourire doux, la paume de sa main posée sur la joue de l'inconnu.

Le jeune homme leva une main et couvrit celle de Jasper. Puis il entrelaça leurs doigts et s'accrocha à lui comme un homme en train de couler s'accrocherait à la proue d'un bateau.

— Merci, siffla-t-il.

— Je t'en prie, répondit Jasper en souriant. Je vais te donner de la soupe, d'accord ?

Mais le temps qu'il dise ces mots, son patient était à nouveau profondément endormi. Ce n'était peut-être que l'imagination de Jasper qui lui jouait des tours, mais il avait l'impression que Timothy respirait un peu mieux. Le thé avait peut-être été bénéfique. Et l'aspirine ne lui ferait pas de mal non plus, une fois qu'elle ferait effet. Jasper décida d'attendre un peu avant d'essayer de lui donner de la soupe. Le sommeil était probablement aussi important que la nourriture à ce stade.

Alors qu'il retirait sa main tout en se levant, le jeune homme referma son poing sur les doigts de Jasper – dans son sommeil. Jasper attendit une minute et essaya d'extraire sa main de la prise du jeune homme, mais ce dernier s'accrochait à lui de toutes ses forces.

Jasper ne savait pas quoi faire.

Finalement, il s'installa le plus confortablement possible, assis sur le bord du canapé avec la hanche du jeune homme pressée contre sa jambe, et il patienta. Et pendant qu'il patientait, il étudia le beau visage de Timothy.

Il l'étudia pendant ce qui parut être des siècles. En réalité, plus d'une heure passa.

Quand Jasper ouvrit les yeux, sa tête était posée sur le torse de Timothy. Il se réveilla en sursaut. Mon Dieu, il s'était endormi ! Il leva la tête pour regarder son patient.

Et surprise : cette fois, son patient le regardait avec plus de lucidité dans le regard. Il ne tremblait plus et ses joues étaient moins rougies. Sa température était peut-être en train de descendre.

Jasper lui adressa ce qu'il espérait être un sourire chaleureux et, à sa grande stupeur, Timothy Sebastian Harwell lui rendit son sourire. Il était léger, mais c'en était définitivement un. Et c'était un très beau sourire.

Le cœur de Jasper vacilla légèrement de voir que ce sourire lui était adressé.

Puis lorsqu'il entendit les mots prononcés par l'homme, il se demanda si ce dernier avait vraiment repris tous ses esprits. Ses mots n'avaient pas beaucoup de sens.

— Magnifique… commença-t-il. Torse nu.

Puis il ajouta quelque chose qui ressemblait à « seau ».

Et alors, les yeux du jeune homme se fermèrent à nouveau. Mais lorsqu'il se laissa emporter par le sommeil, la douleur n'était plus aussi présente sur son visage. Il semblait presque paisible. Du moins, selon Jasper.

Jasper resta bouche bée, essayant d'analyser ce qu'avait dit l'homme. La signification de ses mots. Avait-il voulu dire ce que Jasper *pensait* qu'il avait voulu dire ? Il se mit à sourire. Eh bien, c'était un retournement de situation des *plus* intéressants. Peut-être.

Maintenant que sa main n'était plus tenue dans une poigne de fer, Jasper la posa doucement sur le front de Timothy. Il n'était pas un spécialiste, mais il était presque certain que la température avait un peu diminué, même si le jeune homme était encore chaud au toucher. Reconnaissant face à cette petite victoire, Jasper se leva avec difficulté. Il était resté trop longtemps assis dans une position inconfortable. Il prit le plateau et retourna dans la cuisine. Quand son patient se réveillerait, il essaierait de lui faire boire de la soupe.

D'ici là, il réfléchirait à toute cette situation pendant que le pauvre homme se reposait. Plus tard, lorsqu'il se réveillerait, Jasper essaierait de le nettoyer un peu. Il semblait ne pas s'être lavé depuis quelques jours. Une fois encore, il se demanda combien de temps son visiteur avait passé parmi les arbres avant de se traîner jusqu'à la cabane à cochons pour se protéger de la pluie. Il savait que l'homme avait été là hier. L'empreinte de pas qu'il avait retrouvées le jour précédent en étaient la preuve. Et l'entrée par effraction le prouvait aussi de manière indiscutable, même si, encore une fois, Jasper ne pouvait pas éprouver de la rancune contre une personne qui ne lui avait rien volé. Qui serait assez stupide pour éprouver de la rancune contre un homme affamé à la recherche de nourriture ?

Jasper courut çà et là avant de s'installer à la table de la cuisine avec sa propre tasse de thé et un paquet de gâteaux. Il but son Earl Grey tout en écoutant la pluie tomber sur le toit. Il allait apparemment pleuvoir toute la journée, non pas que cela le dérange. Caressant distraitement la tête de Jumper qui était assis près de lui à le regarder en priant pour qu'il laisse tomber quelques miettes, il essaya une nouvelle fois d'imaginer comment le jeune homme avait pu trouver le chemin menant jusqu'à cette montagne isolée. Mais plus important encore – *pourquoi* il avait trouvé son chemin jusqu'ici. Plus il y réfléchissait, moins il était tranquille.

L'homme était peut-être extrêmement mignon, mais quelque chose clochait. Et une fois que son patient serait de nouveau sur pied, il était bien décidé à découvrir de quoi il s'agissait.

Jasper se rappela les mots que son jeune protégé avait prononcés un peu plus tôt.

« Magnifique… torse nu. » Et il avait prononcé un autre mot. Seau ?

Jasper retint un rire ironique. Finalement, peut-être que l'homme n'avait pas encore toute sa tête. Il se dit qu'il valait mieux ne pas tirer de conclusions hâtives de ces paroles, ni même se faire des idées d'ordre romantique. Pas en se basant sur une phrase délirante prononcée par un inconnu en mauvais état concernant l'apparence de Jasper lorsqu'il avait été assis torse nu sur son fichu seau. C'était bien connu, les personnes en proie au délire disaient toutes sortes de choses étranges. Jasper se dit qu'il valait mieux complètement oublier ce qu'avait dit Harwell. C'était la chose la plus adulte à faire.

Jasper eut le sourire aux lèvres, amusé par ses pensées. C'était agréable de constater que, de temps en temps, son bon sens pouvait encore avoir le dessus sur son deuxième cerveau. Ce n'était pas souvent. Mais de temps en temps.

Finalement, peut-être qu'il n'était pas une traînée prête à tout.

IV

JASPER FUT un peu étonné de voir qu'il avait un don pour prendre soin des autres. Il en avait vraiment un.

Il avait aussi une érection. Et pas une petite. Elle était totalement comprimée dans son jean.

Son visiteur était allongé nu devant lui pendant que Jasper le lavait à l'aide d'un gant de toilette. Il était obligé de le faire. Timothy Sebastian Harwell commençait à sentir.

Le jeune homme avait dormi comme une souche tout au long de la nuit. Jasper avait monté et descendu les escaliers tellement de fois pour s'occuper du feu et garder un œil sur son patient que, aux alentours de trois heures du matin, il s'était recroquevillé dans le fauteuil près du canapé et y avait dormi, laissant son lit aux animaux. Il ne dormit pas très bien, entre son patient qui gémissait, le feu qui crépitait et la pluie torrentielle qui battait contre le toit.

Il finit par abandonner l'idée de s'endormir, enfila quelques vêtements, attrapa une lampe torche et courut dans la boue pour aller voir comment se portaient Harry et Harriet. Il les trouva profondément endormis sous un tas de paille, blottis l'un contre l'autre. Plutôt que de les réveiller, Jasper rentra en courant sous la pluie et se précipita à l'intérieur du chalet, se secouant pour se sécher comme le ferait un chien.

La matinée pluvieuse, très pluvieuse, était désormais bien entamée et Timothy avait dormi une bonne partie du jour et de la nuit en ne se réveillant que par moments, brièvement. L'aube s'était levée sous un ciel triste et gris, qui déversait encore de vastes quantités de pluie sur la montagne de Jasper. Durant tout ce temps, Timothy n'avait pas prononcé un autre mot, en dehors des trois ou quatre mots pratiquement inintelligibles qu'il avait lancés le jour précédent. Lorsqu'il s'était réveillé durant la matinée, Jasper n'était pas certain d'avoir décelé de la lucidité dans les yeux de l'homme. Il avait été allongé là, le regard fixé au plafond, parfois tremblant de froid, parfois transpirant à grosses gouttes à cause de la fièvre qui le rongeait. Lorsque des frissons le parcouraient, Jasper pouvait entendre ses dents claquer de l'autre bout du chalet. Timmy finissait toujours par se rendormir et Jasper était soulagé lorsque ça arrivait. Il s'inquiétait moins pour son patient lorsque celui-ci dormait. Quand il était éveillé, il y avait trop de douleur qui se lisait sur son visage, trop de lutte pour respirer. Au moins, quand il dormait, Jasper savait qu'il ne souffrait pas.

C'était finalement Jasper qui avait pris l'initiative d'emmener l'homme jusqu'aux toilettes. Il s'était douté que Timmy avait besoin d'y aller. Et il avait eu raison. Jasper n'avait eu qu'à attendre qu'il se réveille pour mettre son plan à exécution.

Vers huit heures du matin, dès qu'il avait commencé à battre des cils, Jasper l'avait soulevé comme un bébé et transporté jusqu'à la salle de bain, où il l'avait prudemment installé sur les toilettes afin qu'il puisse faire ce qu'il avait à faire. Timmy – qui était la manière dont Jasper l'appelait, parce qu'il avait une *tête* à se faire appeler Timmy – avait été si mortifié par cette expérience qu'il était resté assis là, en pleurs, pendant que son corps avait eu le bon sens de faire ce qui était nécessaire.

Timmy avait été si affaibli qu'il n'avait pas pu s'essuyer lui-même, alors Jasper avait utilisé une pile de gants de toilette pour nettoyer les fesses du jeune homme, et Timmy s'était alors remis à pleurer.

Jasper avait tenté de le rassurer avec des mots, des murmures, des bruits, afin qu'il se sente moins gêné, mais il n'était pas certain d'avoir réussi. Et Jasper devait avouer que si leurs rôles avaient été inversés, il aurait été tout aussi mortifié que Timmy. Malgré cela, les besoins de l'organisme étaient plus importants que la pudeur. Jasper était certain que Timmy se serait senti encore plus humilié s'il avait fait ses besoins partout sur le canapé.

Le jeune homme avait réussi à retourner jusqu'au canapé en chancelant, avec Jasper qui le soutenait, mais à la minute où il s'était allongé, il avait à nouveau été emporté par le sommeil. Ou bien il avait fait semblant de dormir suite à la honte qu'il avait éprouvée après l'épreuve qu'avait été ce passage dans la salle de bain. Même s'il faisait semblant de dormir, ce dont Jasper était pratiquement certain, il se dit que c'était le moment parfait pour le laver. Il ne voulait pas revoir Timmy pleurer par honte, alors il n'éprouva aucun scrupule à le laver à l'aide d'un gant de toilette pendant qu'il dormait. Ou faisait semblant de dormir.

C'était maintenant au tour de Jasper d'être gêné. Il ne s'était pas attendu à ce que prodiguer des soins puisse être aussi excitant. Cela n'aurait pas été si gênant si le jeune homme n'avait pas été si mignon. Mais il l'était. Et il avait toujours de la fièvre, sa peau chaude plus excitante qu'elle ne l'aurait été autrement. Jasper essaya de ne pas s'attarder. Il devait simplement le laver et passer à autre chose, comme par exemple faire boire un peu plus de soupe à son patient. Mais tout en essayant d'être doux en nettoyant le corps de Timmy, Jasper était conscient des sensations érotiques qui l'envahissaient. Il ne pouvait rien y faire.

Apparemment, Jasper n'était pas le seul à ressentir un peu d'excitation. Alors qu'il savonnait l'entrejambe de Timmy, il sentit un mouvement distinct sous sa main lorsque le membre du jeune homme tressaillit et commença à gonfler, pulsant au même rythme que son cœur. Jasper fut hypnotisé par cette transformation. Voir le sexe de Timmy passer du repos à l'érection était l'une des plus belles choses qu'il ait vues de sa vie.

Pourtant, Jasper avait l'impression d'être un pervers. Cet homme était pratiquement sur son lit de mort, pour l'amour du ciel, et Jasper était là en train de savonner son érection. Et c'était une érection conséquente. Épaisse. Non circoncise. Alléchante. Cependant, Timmy était déjà affaibli. Si Jasper le caressait jusqu'à ce qu'il éjacule, l'homme finirait probablement raide mort sur le canapé, ses dernières forces jaillissant dans l'air du matin.

Jasper chercha au plus profond de son être et trouva un peu de retenue au fin fond de son abdomen. D'ailleurs, c'était plutôt amusant. Il avait vécu sa vie entière sans savoir qu'elle se trouvait là. Il rigola à cette pensée. Mon Dieu, quel imbécile il faisait !

Au final, il n'y avait qu'un moyen pour Jasper d'accomplir sa tâche. Il devait simplement regarder autre part pendant qu'il passait le gant savonneux sur le corps du jeune homme, puis regarder le tapis lorsqu'il rinçait le gant et regarder à nouveau autre part lorsqu'il nettoyait Timmy à l'eau claire pour enlever le savon, faisant de son mieux pour ignorer la verge qui s'agitait sous son gant. Lorsqu'il eut fini de nettoyer et rincer Timmy de la taille aux pieds, il l'essuya à l'aide d'une serviette de bain et laissa échapper un soupir de soulagement en le recouvrant jusqu'au nombril. Ensuite, il répéta le même processus sur le torse de Timmy, ce qui se révéla aussi être une expérience érotique, mais Jasper n'était plus obligé de regarder cette verge séduisante qui se tenait devant lui.

Une fois le torse du jeune homme nettoyé et essuyé, Jasper borda les couvertures autour de son patient et s'assit sur le rebord du canapé pour le regarder. Bon sang, c'était une vraie épreuve. Les mains de Jasper tremblaient et son érection réclamait un peu d'attention, ce qu'il refusait de lui donner. Chanceler jusqu'à la cuisine pour se masturber aurait été bien trop pervers pour l'envisager. Alors Jasper resta assis près du jeune homme assez longtemps pour que leurs cœurs cessent de palpiter frénétiquement dans leurs poitrines.

Un peu plus tard, le corps du jeune homme fut une nouvelle fois secoué par une explosion de frissons, puis le tremblement cessa pour laisser place à une poussée de fièvre. Mais bientôt, même la fièvre parut retomber. Timmy ne parlait pas, mais parfois il gémissait. Et une fois, juste une, il tendit la main et caressa les poils sur l'avant-bras de Jasper, comme s'il voulait dire « merci pour ton aide », ou peut-être simplement pour s'assurer qu'il n'était pas seul. Jasper chercha quelques mots rassurants à lui dire pour répondre à son geste doux, qui traduisait son besoin d'affection, mais une autre avalanche de frissons le secoua, le faisant claquer des dents, et l'instant passa.

Cependant, le temps que ce moment tendre avait duré, Jasper avait apprécié ce contact. Il l'avait beaucoup apprécié. Peut-être même un peu trop.

Il rassembla la bassine, les gants et les serviettes de bain, et se rendit dans la cuisine. Il mit le linge dans la machine à laver et rinça la bassine métallique avant de la pendre sur le mur extérieur, près de la porte de derrière. Puis il se tint près de la porte et regarda la pluie tomber, tout en tripotant son téléphone portable, le faisant tourner sans cesse dans sa main.

Jasper était toujours indécis concernant l'ambulance. L'état de son patient ne semblait pas empirer, mais Jasper n'avait pas non plus l'impression que son état s'améliorait. Sa plus grande peur était que Timmy souffre d'un cas de pneumonie et qu'il ait besoin d'antibiotiques pour s'en débarrasser. Mais il ne toussait pas. On toussait lorsqu'on avait une pneumonie, non ? Le pire symptôme qu'il présentait, en dehors de la fièvre et des tremblements, était sa respiration laborieuse. Et elle ne s'était pas calmée. Jasper pouvait l'entendre de n'importe où dans la maison en train de lutter pour respirer. Était-il possible que son patient ne souffre que d'un affreux cas de grippe, qui se serait envenimé parce qu'il avait été allongé dans une cabane à cochons, torse nu, pendant la pire averse torrentielle que Jasper ait vue depuis dix ans ? Est-ce qu'un simple cas de grippe, peu importe sa gravité, pouvait forcer un homme à respirer avec autant de difficulté ? C'était toute la question.

Bien, se dit Jasper. *Je lui laisse jusqu'à demain matin. Si son état ne s'est pas amélioré d'ici là, soit je le conduirai jusqu'à l'hôpital, soit j'appellerai une ambulance pour qu'ils viennent le chercher.*

Fermant la porte de derrière pour faire taire la pluie, Jasper s'approcha de la porte qui donnait sur le salon. Il se tint là, son épaule appuyée sur le montant de la porte, les jambes croisées, et regarda son pauvre et misérable patient qui tremblait de l'autre côté de la pièce. La cheminée accomplissait sa mission. La température de la pièce était bonne et agréable. Mais la chaleur ne semblait pas pénétrer le corps de l'homme, où elle avait sa place. Jasper se demanda ce qu'il pourrait faire pour remédier à cela.

Encore plus de soupe. Ce fut la seule chose qui lui vint à l'esprit. D'ailleurs, Timmy n'avait dû manger que l'équivalent d'une tasse de ce breuvage. Pourtant, Jasper avait essayé de lui en faire boire au moins six fois.

Eh bien, quoi? Peut-être était-il temps d'essayer une nouvelle fois.

Il réchauffa à nouveau le bol, prépara le plateau et emmena le tout sur la table basse, s'asseyant sur le rebord du canapé comme il l'avait fait à maintes reprises.

Jasper fut surpris de constater que des yeux le scrutaient sous ces cils noirs et épais. Non seulement il semblait réveillé, mais en plus il semblait alerte. Jasper fut tellement surpris qu'il failli faire tomber le plateau.

— Eh bien, il était temps, dit Jasper. Bonjour.

Il tendit la main et posa sa paume contre le front de son patient. À moins qu'il ne souffre de graves hallucinations, la peau de l'homme était bien plus fraîche.

Un léger sourire apparut sur le visage du jeune homme pendant que Jasper vérifiait s'il avait de la fièvre. Puis il déglutit et grimaça, comme s'il avait mal à la gorge. Enfin, il prononça les premiers mots intelligibles qu'il avait prononcés de toute la journée :

— C'est toi qui m'as porté jusqu'ici.

Ce n'était pas une question. C'était une affirmation. Et il y avait un certain degré de gratitude dans la façon dont il l'avait dit. Du moins, Jasper le ressentait ainsi.

— Oui, acquiesça-t-il, retirant sa main du front de Timmy pour en poser le dos contre sa joue, afin de jauger à nouveau sa température. Tu étais inconscient dans la cabane à cochons. Je devais te porter à l'intérieur avant que tu réduises la valeur de ma propriété.

Pour la énième fois ce jour-ci, le jeune homme laissa échapper une larme.

— Merci, dit-il doucement. Je pense que j'aurais pu mourir si tu ne l'avais pas fait.

— Oui, dit à nouveau Jasper en lui tapotant le bras de manière gauche et conciliante, alors que tout ce qu'il voulait faire était de le prendre dans ses bras et de lui donner un grand câlin pour qu'il sache que tout irait bien. Je le pense aussi.

Les yeux de Timmy se fermèrent de leur propre chef. Le jeune homme semblait incapable de les en empêcher.

— Je... Je dois dormir. Je suis dés...

Et il était à nouveau endormi.

Jasper sourit en le bordant, si bien qu'on aurait dit une maman poule. Il lui fallut une minute pour se rendre compte qu'il souriait. Mais quand il le constata, son sourire s'agrandit. Il remercia le ciel que l'homme se porte mieux. Quel soulagement ! Peut-être que sa fièvre avait cessé. Jasper n'en était pas sûr. Mais au moins, sa température avait baissé. Et c'était une très, très bonne nouvelle. Pour s'assurer que sa température avait vraiment baissé, il posa délicatement sa paume sur le front de Timmy. Oui. Nettement plus frais. Encore chaud, mais ce n'était rien par rapport à la peau brûlante qu'il avait touchée plus tôt.

Il poussa une nouvelle fois les cheveux épais du visage de l'homme. Il laissa ses doigts s'attarder pendant une seconde, puis, dans un soupir, il se leva et s'approcha du placard près de la fenêtre – où il rangeait l'alcool.

Il avait besoin d'un verre. Prendre soin d'une personne était éprouvant. Surtout lorsqu'une telle tension sexuelle régnait. Du moins, *Jasper* ressentait de la tension sexuelle. Il n'était pas certain que ce soit le cas de Timmy. Peut-être que l'érection de l'homme n'avait été qu'une réaction instinctive au fait de sentir un gant de toilette savonneux nettoyer son sexe. Peut-être que la caresse délicate de Jasper n'avait rien à voir avec la réaction de son patient.

Dommage.

Oui. Il avait vraiment besoin d'un verre.

QUELQUES HEURES plus tard, la pluie s'était calmée, même si elle tombait encore assez fort. Jasper n'arrêtait pas de se remémorer la sensation du membre de Timmy devenant dur dans sa main, et ce souvenir le rendait fou. Il ne savait pas pourquoi, mais cela avait été l'un des moments les plus érotiques de sa vie. Incontestablement. Pour se changer les idées, Jasper enfila un poncho en plastique et pataugea dans la boue pour retourner voir comment allaient Harry et Harriet. Si une pluie torrentielle, un demi-hectare de boue et deux petits porcelets ne pouvaient pas lui faire oublier ses pensées sexuelles, alors rien ne le pourrait.

Harry et Harriet semblaient aller très bien. Lorsque Jasper passa la tête à travers la porte de la cabane, ils étaient toujours enfouis sous la paille tel un couple de gaufres, ronflant et grognant dans leur sommeil. Harry ou Harriet avait passé une patte hors de la paille et elle remuait sans cesse. Jasper se demanda à quoi pouvaient bien rêver les cochons, s'ils rêvaient. Il mit plus de nourriture dans leur gamelle et s'éclipsa sans les réveiller, satisfait de savoir qu'ils s'acclimataient à leur nouvel environnement sans trop de souci.

De retour au chalet, Jasper recommença à s'inquiéter pour son patient. Bon sang, cet homme dormait tellement. Mais sa peau était moins chaude et son sommeil semblait moins agité, alors il le laissa dormir à contrecœur. Peut-être que l'organisme du gamin savait mieux que lui ce qu'il était nécessaire de faire.

Une fois encore, au grand dam de Jasper, Timmy dormit toute la journée.

Au crépuscule, alors que la pluie se calmait et que la montagne passait dans l'obscurité, le jeune homme ouvrit enfin les yeux.

Jasper était vautré dans le fauteuil, en train de tripoter l'oreille de Jumper et d'essayer de griffonner quelques notes pour son prochain roman tout en jonglant avec deux chats endormis qui s'étaient installés sur ses genoux. Bobber était allongé sur le tapis devant la cheminée, profitant de la chaleur, et Lola était blottie contre Timmy sur le canapé. Les deux chiens ronflaient comme des sonneurs.

L'intérieur du chalet devenant de plus en plus sombre, Jasper venait juste de chasser les félins de ses genoux pour pouvoir se lever et allumer quelques lumières lorsqu'il jeta un œil vers Timmy et constata que le jeune homme le fixait du regard.

Jasper cligna des yeux face à cette surprise. Dans la lumière orangée du feu, on aurait dit que son patient avait de nouveau de la fièvre, mais Jasper comprit rapidement qu'il ne s'agissait que d'un effet d'optique.

En réalité, l'homme semblait aller beaucoup mieux. Et Jasper sentit un sourire fendre son visage lorsqu'il le constata.

— Eh bien, bonjour, jeune homme. De retour parmi les vivants ?

— Pas… sûr, répondit Timmy d'une voix enrouée. Quelle heure est-il ?

— Tu veux dire, quel jour sommes-nous ?

— Pourquoi ? Depuis combien de temps suis-je ici ?

Jasper s'approcha du canapé et s'installa sur le rebord. Il posa une main sur le front du jeune homme. Sa fièvre avait disparu.

Timmy leva les yeux pour regarder la main de Jasper, et ce dernier réalisa qu'il l'avait probablement touché assez longtemps. Il retira sa main et la posa sur ses genoux, là où elle ne pourrait pas causer de problème.

— Voyons, commença-t-il, essayant de dissimuler sa gêne. Tu es dans le chalet depuis deux jours. Je ne sais pas combien de temps tu as passé dehors, dans les bois, à te rendre malade au lieu de venir demander de l'aide. Quant à la cabane à cochons, tu n'as pas dû y rester longtemps. Je viens tout juste de la construire.

— Elle est bancale.

Et pour la première fois en deux jours, Jasper rit.

— Bon sang, gamin, tu es architecte ou quoi ?

— Non. Et je ne suis pas non plus un gamin.

Jasper serra les lèvres et hocha la tête.

— Tu as raison. Pardon. Mais pourquoi *étais-tu* dehors, dans les bois, si tant est que tu y *étais*, ce dont je suis convaincu. Tu es celui qui est entré par effraction dans le chalet, non ?

Timmy ferma les yeux, comme s'il n'aimait vraiment pas la tournure que prenait la conversation.

— Je suis désolé. Je… J'avais faim. J'ai essayé de ne pas prendre trop de choses.

— Ce n'est pas grave, Timmy, répondit Jasper avec un sourire sincère. Je ne suis pas en train de te faire la morale. Mais ça aurait été plus simple si tu avais frappé à ma porte et demandé de l'aide.

— Peut-être.

Après un moment de silence, Timmy demanda :

— Comment connais-tu mon prénom ?

C'était maintenant au tour de Jasper de se sentir coupable.

— J'ai fouillé dans tes poches. J'ai trouvé ton portefeuille. Ne m'en veux pas. Ce n'est pas tous les jours que je retrouve un voyageur inconscient dans ma cabane à cochons.

Timmy souleva les couvertures assez haut afin de jeter un œil en dessous, puis il les ramena plus fermement sous son menton.

— Je suis nu. Où sont mes vêtements ?

— Dans le lave-linge, du moins ce qu'il en reste. Tes chaussures aussi. Toutes tes affaires étaient trempées, et comme j'avais peur que tu attrapes une pneumonie, je te les ai retirées. Comme je viens de le dire, il n'en restait de toute façon pas grand-chose. S'il s'arrête un jour de pleuvoir, je les étendrai sur le fil à linge pour qu'elles sèchent. À en croire ton état de santé et l'état de tes vêtements, tu as dû passer deux jours assez difficiles.

Si Jasper espérait que ces mots allaient encourager l'homme à expliquer pourquoi il s'était retrouvé à dormir dehors dans la cabane à cochons, il allait être déçu.

— Merci, se contenta de répondre Timmy. Je devais être dans un sale état. Tu m'as aussi lavé, n'est-ce pas ? J'ai quelques souvenirs…

Jasper sursauta, essayant de ne pas paraître gêné, mais échouant lamentablement.

— Oui, parce que tu commençais à sentir. Mais maintenant que tu es propre et réveillé, je vais te préparer quelque chose à manger. Reste ici, et je t'amène ça tout de suite.

— Merci, répéta Timmy. J'ai assez faim. Et… je ne suis pas certain de pouvoir me lever. Je suis désolé de faire ma chochotte.

— Tu n'es pas une chochotte.

Jasper commença à partir vers la cuisine pour préparer un bol de soupe au jeune homme. Et peut-être un peu de purée. Mais avant qu'il ne soit hors de portée, Timmy lui demanda :

— Où sont les toilettes ?

— Tu ne te rappelles pas ? demanda Jasper en se retournant.

Timmy parut troublé.

— Non. Je…

— Viens. Je vais t'aider.

— Mais je suis nu.

— Et tu es aussi frêle qu'un chaton, répliqua Jasper. Je ne regarderai pas. Promis.

Mon Dieu, quel menteur il faisait !

Il aida l'homme à se mettre debout et, avec son bras autour de la taille de Timmy et sa main calée sous l'aisselle du jeune homme pour le soutenir, il l'aida à se rendre jusqu'à la salle de bain. Une fois assuré qu'il était bien installé sur les toilettes, Jasper ferma la porte derrière lui et retourna à la cuisine afin de préparer quelque chose à manger à son patient.

Ses doigts étaient en feu après avoir été en contact avec la peau de Timmy.

Pour la première fois, Jasper constata à quel point le jeune homme était petit. Il lui arrivait au niveau du menton. Mais cela ne le dérangeait pas vraiment. Ce qui le dérangeait était la chaleur de velours de sa peau. Mon Dieu, on aurait dit du satin chauffé au soleil. Et sa fièvre avait pratiquement disparu, ce qui voulait dire que la peau de cet homme était *tout le temps* chaude. Une fois de plus, Jasper se retrouva en train d'essayer de lutter

53

contre une érection naissante avant qu'elle puisse gonfler sous son pantalon et le mettre dans l'embarras le plus total lorsqu'il devrait aller aider Timmy à retourner jusqu'au canapé. N'étant pas certain qu'il réussirait à gagner cette bataille, il tira les pans de sa chemise hors de son jean et les laissa retomber pour dissimuler la preuve de son désir malvenu. Bon sang, son sexe n'avait-il aucun sens de la retenue ?

D'ailleurs, son sexe n'était-il pas inquiet de ne pas savoir pourquoi cet homme s'était caché parmi les arbres de Jasper en premier lieu ? Il y avait clairement quelque chose de louche dans cette histoire. Et c'était un mystère qu'il devait résoudre. La dernière chose dont il avait besoin, ou envie, était de se retrouver à abriter un criminel. Bien que, si Timothy Sebastian Harwell était bel et bien un criminel, c'était le plus mignon des criminels que Jasper ait vus de toute sa vie.

Lorsque Harwell aurait plus de forces, Jasper apprendrait la vérité. Soit ça, soit il mettrait l'homme à la porte. Après tout, il avait quelques explications à donner. Tout d'abord, pourquoi avait-il une clé de voiture s'il n'avait pas de voiture ? Et comment avait-il pu entrer si facilement par effraction dans le chalet de Jasper, sans laisser aucune trace derrière lui, s'il n'avait pas eu un peu d'expérience dans ce domaine ? Et quel genre de domaine, exactement ? Un domaine *légal* ? C'était très peu probable.

Une autre question. S'il était un criminel en cavale, pourquoi se comportait-il de manière si charmante et innocente ? Et pourquoi, ô grand Dieu pourquoi, Jasper se laissait-il avoir comme un bleu ? Il n'était pas en manque à ce point, si ?

Bon, Jasper éviterait certainement de lui poser cette dernière question. S'il était une femme, il mettrait sûrement ces pensées sur le compte de l'horloge biologique qui tournait, mais étant un homme, il ne pouvait pas vraiment blâmer cela. Et il savait qu'il ne pouvait pas interroger Harwell. Pas encore. Cet homme était encore bien trop mal en point pour être assailli de questions. Pourtant, Jasper aimerait avoir quelques réponses. Après réflexion, il se dit que l'homme serait peut-être plus enclin à parler s'il n'était pas nu.

Non, sans blague ?

Cette pensée le fit s'activer. Il fouilla dans le dressing de sa chambre jusqu'à ce qu'il trouve un pyjama. C'était un cadeau de son ex-femme qui datait de mille ans ; c'était tellement son genre de lui offrir des pyjamas. Elle savait très bien qu'il dormait toujours nu. Il ne se rappelait pas avoir porté un seul pyjama de sa vie. Et s'il fallait apporter la preuve de ce qu'il avançait, ce satané pyjama était encore dans son emballage d'origine.

Il déchira le plastique pour l'en sortir. Le pyjama était bien trop grand pour Harwell, mais c'était ce qu'il avait de mieux à offrir à cet instant précis.

Il l'apporta jusqu'à la salle de bain, essayant sans succès de le défroisser en chemin. Il frappa doucement à la porte et lança le pyjama à l'intérieur.

Un instant plus tard, il entendit un léger « merci ».

MÊME EN étant assis sur les toilettes, le fait de se pencher pour récupérer le pyjama sur le sol lui fit monter le sang au cerveau. Les murs tournèrent autour de lui, et pendant un horrible instant, il crut qu'il allait tomber face contre terre.

Lorsque sa vue redevint claire, il regarda ce que Jasper Stone lui avait lancé depuis la porte. *Bon Dieu*, pensa-t-il, *on pourrait faire entrer deux ou trois moi dans cette chose. Si j'ai assez de forces pour marcher, je vais sûrement finir par le perdre et me retrouver à nouveau nu.*

C'était peut-être le plan de son hôte. Oui, dans ses rêves.

Il rapprocha le pyjama de son visage et prit une grande inspiration, espérant trouver l'odeur de Stone sur le vêtement. Mais il semblait neuf et sentait le neuf. Timmy doutait que ce pyjama ait déjà touché la peau de Jasper. Et c'était vraiment dommage.

Il sentait que sa fièvre avait pratiquement disparu, mais il était toujours dans un si mauvais état qu'il pouvait à peine réfléchir. Il se demandait pourquoi sa libido était toujours en état de marche parce que, même si l'opportunité de coucher avec Jasper Stone ou qui que ce soit d'autre finissait par se présenter, Timmy était pratiquement certain qu'il ne serait pas à la hauteur de la tâche. Il pouvait à peine avaler quelque chose sans manquer d'air.

Il se demandait toujours s'il n'avait pas une pneumonie. Et s'il en avait une, que pouvait-il faire pour guérir ? Sûrement se reposer. Il pourrait être utile de prendre des antibiotiques, mais il n'avait aucune intention de laisser Stone le conduire en bas de cette montagne pour le traîner jusqu'aux urgences. D'un seul coup, les informations le concernant seraient disponibles dans une douzaine de cercles différents. Les dossiers médicaux. Peut-être les dossiers de la préfecture, parce qu'ils devraient vérifier ses antécédents pour voir s'il avait une assurance avant de l'admettre à l'hôpital. Et la police pourrait être impliquée dès que Stone raconterait aux docteurs comment il en était venu à prendre soin de Timmy. Cette situation pouvait très vite dégénérer.

Et Dieu seul savait où se cachaient les hommes de main de l'homme le plus dangereux de Tijuana. Sûrement partout. Timmy avait la vague impression qu'ils étaient tous à la recherche du bon petit Timothy Sebastian Harwell. L'idiot le plus malchanceux du monde. Il l'avait toujours été et le serait toujours.

Sa vie était un vrai pétrin !

Il passa ses bras dans les manches du haut de pyjama, car il commençait à trembler de nouveau. Il ne faisait pas si froid dans la salle de bain. Il savait que les frissons étaient causés par sa maladie. Le haut de pyjama en flanelle le fit se sentir un peu plus au chaud. Un peu plus protégé.

Toujours assis, il passa ses pieds dans le bas de pyjama et le remonta jusqu'à ses genoux, le temps de finir de faire pipi. Il se demanda s'il aurait la force de se relever.

Se sentir impuissant était une nouvelle expérience pour Timmy. Il s'était toujours débrouillé seul. Toujours. Peut-être qu'il ne l'avait pas toujours fait de la plus *intelligente* des manières, mais au moins il était son propre patron. Il avait le contrôle. Il savait qu'à cet instant, à cette minute, il avait un contrôle restreint sur la situation dans laquelle il se trouvait, plus restreint que dans n'importe quelle autre situation rencontrée durant sa vie sordide. Curieusement, pour la première fois de sa vie, il avait honte du comportement stupide qui l'avait mis dans ce pétrin. Il aimait bien Stone. Et il était terrifié à l'idée qu'il découvre pourquoi Timmy avait atterri sur sa montagne.

À l'heure actuelle, une certaine tension sexuelle régnait entre eux deux. Timmy l'avait perçue aussi bien que son hôte. Et ce dernier l'avait perçue. Timmy pouvait le voir dans ses yeux. Il l'avait senti dans les gestes de Stone lorsque ce dernier l'avait lavé.

Tout cela cesserait dès que Jasper apprendrait pour quelle raison il se trouvait ici. Ce constat lui fit mal au cœur, comme s'il n'avait pas déjà assez mal.

Bon sang, il voulait que cet homme l'apprécie. Rien de plus. Était-ce trop demander ? Ce n'était pas comme s'il réclamait une relation à long terme ou quoi que ce soit. Mais quelques heures de plaisir charnel – une fois qu'il se sentirait d'attaque – n'iraient à l'encontre des mœurs de personne. Quelques mots doux échangés ne tueraient personne non plus. L'homme était un apollon, après tout. Et un apollon adorable, en plus de cela. Timmy ne voulait qu'une chose – lorsqu'il pourrait le faire – mettre ses mains sur lui et le faire gémir. De la meilleure des manières, bien entendu. Et peut-être laisser Stone lui décrocher quelques gémissements à son tour.

Il se mit debout avec difficulté et remonta le bas de pyjama jusqu'à sa taille. Il regarda son corps et laissa échapper l'un de ces gémissements auxquels il venait de penser. Enfin, pas vraiment. C'était plus un gémissement de mortification. Cet horrible pyjama pendait sur lui comme un drapeau de douze mètres sur un mat qui n'en faisait que trois. Et il avait eu raison. S'il ne faisait pas attention à ce qu'il faisait, il allait perdre son pyjama.

Si tant est qu'il puisse marcher seul.

Il réussit à atteindre le lavabo de la salle de bain – qui ne se trouvait qu'à deux pas – sur des jambes tremblantes, mais même cela était un effort trop considérable pour son système nerveux fatigué. Alors qu'il trempait ses mains sous le robinet et les savonnait avec une barre de savon, il fit l'erreur de regarder dans le miroir.

Oh mon Dieu ! Il avait vu des morts avec une peau plus pigmentée que la sienne. Et ses cheveux étaient redressés au-dessus de sa tête comme si son cerveau avait explosé. Note à lui-même : quand tu veux séduire quelqu'un, évite de passer trois jours, malade, sur son canapé, avec les cheveux mouillés.

Il s'essuya les mains sur une serviette, puis tenta de marcher jusqu'à la porte. Il avait fait trois pas en avant et venait de réussir à ouvrir la porte lorsque toutes ses forces le quittèrent. Dans un cri, il tomba en avant et heurta le sol tellement fort que les cinq animaux de son hôte se mirent à courir dans tous les sens à travers le chalet.

La joue contre le tapis, Timmy vit les jambes couvertes d'un jean et les bottes de travail de Stone se précipiter vers lui. Il essaya d'en rire, de montrer qu'il allait bien, qu'il était juste maladroit, mais avant qu'il puisse esquisser un sourire, il perdit à nouveau connaissance.

Il ne sut jamais que Stone l'avait ramassé sur le sol et doucement reposé sur le canapé, près du feu de cheminée. Il ne sentit pas les mains délicates de Stone essayer de remettre en ordre le pyjama gigantesque qui était tout entortillé autour de lui. Et il ne le vit pas le recouvrir d'une couverture, le border jusqu'au menton et s'en aller silencieusement jusqu'à la cuisine afin de le laisser dormir.

UN PEU plus tard, Timmy sentit de la chaleur sous sa main et comprit que la chienne était de retour. La croisée beagle. Elle était allongée près de lui, comme elle l'avait été ces deux derniers jours. Et comme elle l'avait fait lorsqu'il était dans les bois. Elle semblait se plaire auprès de lui et Timmy trouvait que cette loyauté était une leçon d'humilité. Il n'avait jamais eu de chien. Désormais, parmi tous ses regrets, il commençait aussi à regretter cela.

Bon sang, n'avait-il jamais *rien* fait de bien?

Alors que la nuit tombait et que Timmy reprenait connaissance de temps à autre, il se rendit compte, petit à petit, que les bruits environnants changeaient, qu'ils s'adoucissaient. Le chalet devint curieusement calme, si ce n'était les craquements du feu. Cela prit un certain temps à son esprit affaibli pour comprendre ce que le silence signifiait.

C'était logique, pourtant. La pluie avait enfin cessé.

V

TIMMY NE fut pas le seul à remarquer le calme brutal qui s'abattit dans
le chalet suite aux deux jours durant lesquels la pluie avait tambouriné sur
toutes les façades de la maison. Ces changements sonores mettaient souvent
du temps à être perçus par l'esprit. Comme le tic-tac de l'horloge sur le
chevet de Jasper. Parfois, il était péniblement bruyant, mais la plupart du
temps, il ne l'entendait pas du tout. Il était juste là. Comme le battement de
son propre cœur. Jasper se réveilla dans ce nouvel environnement sonore
vers trois heures du matin. Au début, il ne comprit pas ce qui était différent.
Il savait que la pluie avait cessé de tomber. C'était arrivé plus tôt dans la
nuit. Mais autre chose avait changé. Il y avait une nuance de calme dans
l'air qu'il n'arrivait pas à comprendre.

   Puis il comprit ce que c'était. Son patient respirait mieux. Comme le
bruit de sa vieille horloge bruyante à son chevet, le son que faisait Harwell
lorsqu'il peinait à respirer était une sorte de bruit monotone et incessant que
l'on ne remarquait plus après un moment. Mais lorsque ça s'arrêtait et que
le silence revenait d'un coup, on le remarquait immédiatement. Jasper avait
écouté ce son grinçant et plein de douleur pendant deux jours et deux nuits.
Et maintenant, comme par magie, il avait disparu. Timmy ne suffoquait plus
chaque fois qu'il reprenait sa respiration. Jasper rampa sur le lit, ce qui lui
valut un tout petit grognement de Bobber, qui n'aimait pas être dérangé, peu
importe la raison.

   Jasper caressa la tête du vieux chien pour le rassurer tout en jetant ses
jambes nues hors de son lit. Il attrapa sa robe de chambre sur le dos de la
chaise et l'enfila pour dissimuler sa nudité. Puis il descendit silencieusement
les escaliers pieds nus, jusqu'au salon.

   La pièce n'était éclairée que par les braises incandescentes de la
cheminée. Jasper ajouta doucement deux gros morceaux de bois sur les
braises, puis il se retourna et plissa les yeux pour mieux voir le canapé sur
lequel était allongé son patient dans l'obscurité.

   La respiration de Timmy ne ressemblait plus au bruit d'un vieux
bus scolaire qui grimpait une pente. Il respirait aisément et sans problème.
Jasper se rapprocha et posa doucement sa main contre la joue du jeune

59

homme. Il n'avait plus de température. Sa peau était fraîche au toucher. Fraîche et piquante. Un rasage était nécessaire.

Jasper sentit son cœur s'alléger en voyant que l'homme allait mieux. Peut-être qu'il ne se retrouverait finalement pas avec un corps sur les bras.

Il sursauta lorsque Timmy se mit à parler.

— Je me sens mieux, si c'est ce que tu te demandes.

Jasper sourit, même s'il savait que Harwell ne pouvait pas le voir.

— J'en suis ravi. C'est l'impression que j'avais. Tu respires mieux. Tu l'as remarqué ?

— Oui, répondit-il. En fait, j'étais justement en train d'y penser tout en sommeillant. Je suis toujours assez affaibli, mais je ne me sens plus aussi malade. Je me demande si tu ne m'as pas sauvé la vie.

Jasper sentit ses joues s'empourprer.

— Eh bien, je n'irai pas jusque-là. Tout ce que j'ai fait, c'est permettre aux cochons de ne pas avoir à te supporter.

Ils rirent tous les deux.

— Bien, continua Jasper. Si tu n'as besoin de rien, je vais retourner au lit. Je sais que tu es fatigué.

— Non, ça va. Je suis resté allongé trop longtemps. J'ai besoin de m'asseoir un peu.

Jasper entendit le froissement des vêtements du jeune homme. Doucement, il se redressa pour s'asseoir. À en croire ses gémissements et ses grognements, il avait toujours mal à quelques endroits. Jasper alla jusqu'à un bureau qui se trouvait dans le coin et alluma une lampe. Il s'installa ensuite dans le fauteuil et, pour la première fois, les deux hommes se regardèrent l'un l'autre.

Jasper vit un beau jeune homme avec des cheveux noirs en pagaille portant un pyjama qui faisait trois fois sa taille. Comme il venait de se réveiller, il avait de petits yeux, mais l'expression de son visage traduisait le soulagement. Sûrement parce qu'il n'était plus malade comme un chien. Il semblait savoir qu'il était sur la voie de la guérison, et Jasper était aussi heureux que lui que ce soit le cas.

De l'autre côté de la pièce, Timmy vit un homme légèrement plus âgé que lui. Beau, musclé, avec des cheveux ondulés et ébouriffés, puis une légère barbe qui venait assombrir son visage honnête et sincère. Le V que formait sa robe de chambre dévoilait un torse dessiné et velu, et des jambes musclées et poilues se trouvaient sous la robe de chambre.

Timmy essaya de ne pas le fixer du regard, mais ce n'était pas chose facile. Jasper Stone était tout à fait son type, et sûrement l'homme le plus sexy qu'il ait vu de sa vie. Pour éviter de penser à cela, il pencha la tête sur le côté et fit semblant d'écouter la nuit calme.

— Il ne pleut plus. La pluie a cessé de tambouriner sur le toit.

Jasper hocha la tête.

— Maintenant, il ne nous reste plus qu'à attendre que la boue sèche.

— Tu n'es pas un grand amateur de boue, hein ?

— Pas vraiment, non.

Timmy fit soudain basculer le ton léger de la conversation en un ton sérieux.

— Je suis désolé de m'être imposé de cette manière. Je n'en avais pas l'intention. C'est juste arrivé.

Jasper joignit ses mains sous son nez et hocha la tête. Il releva le repose-pied du fauteuil pour s'installer plus confortablement.

— Pourrais-tu me dire *pourquoi* tu t'es imposé de cette manière ? Tu as de la chance d'être en vie, tu sais. Tu aurais pu mourir dehors. Bon sang, tu as même failli mourir en étant *dans* le chalet. Du moins, c'est l'impression que j'ai eue.

Timmy haussa les épaules. Comme si ce n'était pas important.

— J'étais en train de faire une randonnée. J'ai pris un mauvais chemin. Je me suis perdu. Rien de plus bête.

Il fixa les flammes de la cheminée parce qu'il ne pouvait pas regarder le visage de Jasper. Ce visage plein d'honnêteté. Les personnes au visage sincère pouvaient déceler un mensonge avec facilité. Du moins, c'était ce que Timmy avait toujours cru. Étant plutôt bon menteur, il était au courant de ce genre de chose. Il n'en était pas particulièrement fier, mais il l'était.

Jasper ne crut pas l'histoire de Timmy, mais il se dit que ce n'était pas le bon moment pour interroger cet homme. Même après avoir été assis pendant seulement quelques minutes, Timmy semblait déjà fatigué. Sa voix était plus faible, plus enrouée, comme les voix des personnes malades lorsqu'elles arrivent en fin de vie. S'il avait des questions auxquelles il voulait des réponses, elles pouvaient bien attendre.

Sauf une question importante qui lui taraudait l'esprit. Il aimerait vraiment obtenir une réponse à *cette* question.

— Timmy, y a-t-il une personne que nous devrions appeler pour lui dire que tu vas bien ? *Quelqu'un* doit t'attendre, s'inquiéter pour toi. Ton travail, peut-être ? Ta famille ?

Timmy semblait plus choqué que si un serpent à sonnette avait atterri sur ses genoux.

— Pourquoi ? Est-ce que quelqu'un me cherche ? demanda-t-il en se penchant en avant, aussi tendu qu'un arc.

Ses yeux marron transpercèrent ceux de Jasper alors qu'il attendait une réponse.

— Non, répondit calmement Jasper, ignorant l'accélération de son pouls.

Il avait touché une corde sensible et il en était conscient.

— Pensais-tu que quelqu'un viendrait frapper à ma porte ?

Timmy gigota sur le canapé, essayant de paraître nonchalant, de reprendre son sang-froid. Bon sang, il avait failli se faire avoir.

— Non… Non. Personne ne me cherche. Pourquoi me chercherait-on ?

Timmy se laissa retomber dans le canapé. Tous ces mensonges l'épuisaient. En général, ça ne le dérangeait pas du tout de mentir. Mais en même temps, il n'était pas au meilleur de sa forme.

— Tu es devenu pâle, tout à coup, remarqua Jasper. Tu devrais peut-être t'allonger. Dormir un peu. Nous pourrons discuter demain.

Il avait bien sûr raison. Timmy pouvait sentir son énergie se consumer alors même qu'il écoutait les mots de Stone. C'était vraiment dommage. Il avait été sur le point de le charmer un peu. Maintenant, il savait qu'il n'en avait même pas l'énergie. La question innocente que Jasper avait posée, en lui demandant si quelqu'un s'inquiéterait de savoir où il se trouvait, l'avait vidé de toutes ses forces. Il avait besoin de se retrouver seul un moment pour trouver un moyen de gérer cette situation. Devrait-il dire la vérité à Jasper ? Mon Dieu, non. Ce dernier le jetterait directement dehors, et Timmy avait besoin de faire profil bas jusqu'à ce qu'il décide quoi faire.

Il adressa un sourire bref et naïf à Jasper, espérant limiter les dégâts.

— Tu as sûrement raison. Je devrais dormir. Je suis vraiment désolé d'être si pénible.

Jasper secoua la tête.

— Je ne devrais pas t'embêter avec toutes ces questions. Je suis désolé. Maintenant, dors. Ta femme t'attend.

Timmy regarda Lola, qui était blottie contre son dos. Il dut la pousser un peu afin d'avoir de la place pour s'allonger sur le canapé. Elle ne se réveilla même pas lorsqu'il la fit glisser sur le côté.

— Ma femme, dit Timmy en souriant. C'est une première.

Et il s'allongea dos à la chienne, sa tête posée sur sa main et les yeux fixés sur le feu de cheminée. Jasper avait déjà éteint la lumière. Timmy se demanda comment l'homme avait interprété sa dernière remarque. S'il y avait fait attention.

— Bonne nuit, dit-il lorsqu'il entendit les pas de Jasper dans l'escalier qui menait à la chambre derrière lui. Merci, Jasper.

— Pas de quoi, gamin. Bonne nuit.

Timmy crut entendre un sourire dans les paroles de l'homme, alors peut-être qu'il n'avait finalement pas fait tant de dégâts que cela. C'était un soulagement. Ses mensonges ne l'avaient pas encore condamné à retourner se tapir dehors, dans le froid. Mais il savait aussi que Jasper n'avait pas gobé son histoire de randonnée et de chemin perdu.

Timmy pensa à cette famille d'accueil horrible dans laquelle il était resté un moment lorsqu'il était enfant et vivait en Indiana. Qu'est-ce que l'homme disait juste avant de venir voir Timmy avec une badine pour le fouetter jusqu'à ce qu'il cesse de mentir ? Ah oui.

« Ce n'est même pas la peine d'essayer, fils. Ce n'est même pas la peine d'essayer. »

Bon sang, Timmy avait détesté ce vieil enfoiré cruel qui citait la Bible.

Il ferma les yeux lorsqu'il sentit subitement une vague de fatigue le submerger et le mettre au tapis. Elle le frappa avec une telle force que ses yeux se révulsèrent un instant. Parfois, même lorsqu'il n'était pas malade, ces terribles souvenirs de son enfance le terrassaient, l'envoyant dans une spirale de dépression. Pour trouver du réconfort, et pour sentir sa chaleur bienvenue, il posa une main sur Lola. Cela lui permit de se calmer.

Non, décida Timmy, revenant au temps présent et écoutant le grincement du lit au-dessus de sa tête. Jasper n'était pas idiot. Il n'avait pas du tout cru au tas de mensonges que Timmy lui avait servi. Ce qui était étonnant, c'était que l'homme soit trop gentil pour le dire. Alors, pour résumer, Jasper Stone était sexy *et* gentil. Aux yeux de Timmy, c'était la combinaison la plus fatale qui soit.

La fatigue qui s'était emparée de l'esprit et du corps de Timmy ne tarda pas à prendre le dessus. Il s'assoupit. Cependant, même les douleurs qui le martelaient à cause du mal inconnu qui le rongeait ne purent pas empêcher les pensées sensuelles de danser dans son esprit alors qu'il fermait les yeux.

Mais bientôt, même ces pensées prirent fin. Timmy dormait comme une souche. Et c'était exactement ce dont il avait besoin. Au-dessus de sa tête, Jasper resta éveillé jusqu'à l'aube, à fixer le plafond en se demandant pourquoi l'homme qui se trouvait au rez-de-chaussée avait ressenti le besoin de mentir.

Que cachait exactement Timothy Harwell ? Et pourquoi Jasper était-il si attiré par lui, alors même qu'il savait que son visiteur le prenait pour un idiot ?

Se cramponnant au bord du lit parce que Jumper, Bobber et les deux chats s'étaient regroupés au centre, Jasper serra les dents et se prépara au combat. Façon de parler. Demain, il obtiendrait quelques vraies réponses, ou Harwell devrait retourner dormir dans les bois.

Peut-être.

JASPER ÉTAIT prêt pour la journée et buvait son café du matin sur la terrasse, comme il le faisait souvent. Tous ses animaux dormaient, allongés autour de lui sur le plancher, sauf Fidji qui était en train de tourmenter un lézard-alligator près de la Jeep. C'était *leur* routine. Jasper pouvait entendre Timmy prendre sa douche et se déplacer dans la salle de bain. Le jeune homme s'y était rendu trente minutes plus tôt, sans l'aide de Jasper, et ce dernier ne l'avait pas vu sauf lorsque Timmy avait passé la tête à travers la porte pour demander timidement s'il avait une brosse à dents à lui donner – ce qui était le cas.

Jasper était heureux de voir que Timmy semblait un peu plus robuste ce matin, mais il n'était clairement pas encore au bout de ses peines. Bien qu'il se soit rendu jusqu'à la salle de bain par ses propres moyens, il ne l'avait pas fait en sautillant. D'ailleurs, il avait dû se tenir à quelque chose tout au long du chemin, tout en suppliant Jasper de le laisser se débrouiller seul. Les beaux yeux sombres de Timmy avaient eu cet air désabusé que l'on voit d'habitude chez les personnes malades, et Jasper s'était demandé si un passage aux urgences était une si mauvaise idée que ça.

L'aube avait laissé place au ciel bleu de Californie. Aucun nuage gris en vue, et après deux jours d'averses torrentielles, c'était une vraie bénédiction. Les arbres d'Endor qui entouraient le chalet étaient encore en train de se délivrer de la pluie, se secouant comme d'heureux géants dans la brise rafraîchissante qui remontait le long du flanc de la montagne. Jasper pouvait entendre les gouttes de pluie crépitantes qui tapotaient contre le tapis d'aiguilles de pin, en dessous des branches étincelantes, lavées par la pluie. Les oiseaux étaient aussi en train de s'amuser. Chantant et voletant.

Ils étaient apparemment aussi heureux que Jasper de voir que la pluie avait cessé de tomber. La température était à nouveau de saison et la journée s'annonçait chaude. Le taux d'humidité serait élevé, avec toute l'eau que le ciel avait déversée sur la montagne et la vallée. Mais c'était une bonne chose. Au moins, la montagne se dessécherait. Il ne serait pas obligé de patauger dans la boue pour le restant de ses jours.

Pendant que Jasper buvait son café et attendait que Timmy refasse surface, il regarda vers le sol, près de sa chaise à bascule, et observa ses deux nouvelles acquisitions.

Harry et Harriet reniflaient autour des trois chiens, essayant de se montrer amicaux, pendant que ces derniers essayaient de comprendre ce qu'étaient ces deux créatures agaçantes. Apparemment, ils n'avaient jamais vu de cochons de leur vie.

Les porcelets avaient été si heureux de le voir ce matin, lorsqu'il leur avait donné leur ration de nourriture, qu'il n'avait pas eu la force de les laisser seuls dans leur enclos. Ils avaient eu l'air si pathétiques, à le regarder partir avec leurs petits groins coincés à travers la clôture et leurs grands yeux tristes le fixant comme ceux d'un faucon... Il avait fait demi-tour, ouvert la porte et ri lorsqu'ils s'étaient dandinés près de lui jusqu'au chalet, comme une paire de chiots pleins d'entrain.

Après un moment, une alliance tendue avait été conclue entre les nombreux protégés de Jasper. Chiens, chats et porcelets. Lorsqu'ils s'étaient tous allongés et endormis ensemble, Jasper avait su qu'une entente acceptable avait été forgée. Maintenant, ils étaient amis. Génial. Tout se passait comme il l'avait imaginé. Il avait désormais deux autres animaux de compagnie. Même Guatemala, le chat tigré, trouva que les porcelets étaient de bonne compagnie et procéda au nettoyage de son derrière avec aise, pendant que Harry ronflait, remuait et grognait près de lui pendant son sommeil.

Jasper essayait encore de trouver quoi faire concernant son visiteur inattendu. Ça ne le dérangeait pas qu'il soit là, et ça ne le dérangeait pas non plus d'aider un inconnu. La seule chose qui l'inquiétait était le mystère entourant sa venue, qui nécessitait des explications.

Il n'aimait pas qu'on lui mente. Il n'aimait pas cela du tout.

Comment était-il possible que personne ne recherche ce jeune homme ? Comment Timmy avait-il pu arriver à pied jusqu'au fin fond des bois, au milieu de nulle part, sans avoir ne serait-ce qu'un sac à dos et une paire de chaussures de randonnée décente ? S'il n'avait rien à cacher, pourquoi avait-il traîné dans les bois pendant deux ou trois jours sans révéler sa présence ? Et pourquoi avait-il trouvé préférable d'entrer par effraction dans le chalet pour y trouver quelque chose à manger dès que Jasper avait descendu la montagne dans sa Jeep plutôt que de simplement demander un peu d'aide comme toute personne normale l'aurait fait ?

D'une façon ou d'une autre, Jasper était déterminé à obtenir des réponses aujourd'hui. Pour ce qu'il en savait, cet homme pouvait tout aussi bien être un fugitif. Ce n'était pas parce qu'Harwell était terriblement mignon qu'il était forcément un saint. Et ce n'était pas parce qu'il avait un air dangereux qui le rendait encore plus attirant qu'il fallait le garder sous la main. Ou bien si ? *Mon Dieu*, pensa Jasper, *je suis vraiment un obsédé.*

Il rit doucement dans sa tasse de café, puis se redressa lorsqu'il entendit la porte de la salle de bain s'ouvrir dans un grincement.

Une minute plus tard, Timmy passa la tête à travers la porte d'entrée. Jasper remarqua qu'il tenait fermement le chambranle de la porte pour soutenir son propre poids. Il semblait encore plus petit que dans le souvenir de Jasper, toujours enveloppé dans le pyjama qui faisait cinq ou six tailles de plus que sa petite corpulence. Mais cette impression venait surtout du fait que Timmy était en quelque sorte… *renfermé* sur lui-même. Comme le sont parfois les personnes malades. Comme si elles se protégeaient de souffrances supplémentaires. Ou que chaque mouvement était une souffrance à contempler. Il serrait la taille de son pyjama dans son poing pour empêcher son pantalon de pyjama de glisser le long de ses fesses.

— Bonjour, le salua Jasper avec un sourire, comme son hôte semblait en avoir besoin à cet instant.

Timmy lui adressa un signe de tête en guise de bonjour et plissa les yeux en passant le pas de la porte pour profiter de la vue. Il dut se racler la gorge pour faire fonctionner sa voix. Il ne l'avait pas beaucoup utilisée ces derniers temps.

— C'est magnifique, ici, dit-il.

Il pencha la tête sur le côté et observa les bois.

— Tu entends les colombes ?

— Oui, répondit Jasper avec le sourire. Elles chantent toute la journée dans les arbres. La plupart des gens de la ville pensent que ce sont des chouettes, mais tu as directement su qu'il s'agissait de colombes. Comment ça se fait ?

Timmy haussa les épaules.

— J'ai passé quelque temps dans une ferme lorsque j'étais enfant, expliqua-t-il avant de faire un signe de tête pour désigner l'autre chaise à bascule. Je peux me joindre à toi ?

Jasper sursauta, atterré par son manque de courtoisie.

— Oh merde, Tim ! Non. Enfin, si. Je t'en prie, assieds-toi. Tu ne devrais pas rester debout. Tu sembles toujours très affaibli. Assieds-toi, et je vais aller nous préparer un petit déjeuner. Tu veux un peu de café ?

Timmy avança avec précaution jusqu'à la chaise à bascule et s'installa dedans. Une fois qu'il fut assis, ses jambes tremblèrent. Cela montrait à quel point il était affaibli. Jasper ne manqua pas de le remarquer.

— Pas de café. Merci. Je n'ai jamais vraiment aimé ça.

Sa voix n'était toujours qu'un soupçon au-dessus du murmure. La fatigue semblait avoir pris racine jusque dans ses os.

— Dans ce cas-là, je vais te servir du jus de fruits. Je n'en ai que pour une minute.

Jasper déposa sa tasse de café sur la rambarde de la terrasse avec précaution, puis il se leva d'un bond et disparut dans le chalet. Il était de retour moins d'une minute plus tard avec un verre de jus d'orange frais. Il le passa à Timmy, réprimant son envie de tendre la main pour la poser sur le front de l'homme. Il se dit qu'il l'avait déjà assez fait ces derniers jours. Timmy commençait certainement à en avoir marre. Même si ce n'était pas du tout le cas de Jasper. Cette fois, il décida de lui donner un conseil à la place.

— Tu devrais probablement rester au lit un jour de plus. Tu ne sembles pas en forme.

Timmy glissa une jambe sous lui et s'installa sur la chaise comme un enfant, se balançant doucement, sirotant son jus d'orange, tenant le verre de ses deux mains. Ses yeux étaient écarquillés et brillants par-dessus le rebord du verre. L'homme avait vraiment un visage angélique, pensa Jasper. Même maintenant, en le regardant, Jasper avait un peu mal au cœur.

Il retourna vers sa chaise à bascule, slalomant entre tous les animaux sur son chemin.

Il vit Timmy qui regardait fixement le sol avec un air perplexe. Une fois que Jasper fut enfin installé dans sa chaise à bascule, qu'il eut récupéré sa tasse de café sur la rambarde de la terrasse et qu'il l'eut confortablement placée sous son menton, Timmy dit :

— Je pensais aller mieux, mais ce n'est peut-être pas le cas. Soit je suis en train d'halluciner, soit il y a deux cochons qui dorment au milieu de tes chiens et tes chats. De mignonnes petites choses.

Jasper éclata de rire.

— Ce ne sont pas des hallucinations. Ils sont le commencement d'un magnifique troupeau de Yorkshire. J'imagine que dès qu'ils atteindront la puberté, ils se mettront au travail. Mais pour l'instant, ils ne sont que… mmh… des animaux de compagnie.

— Des animaux de compagnie ?

— Des animaux de compagnie. J'ai pris cette décision ce matin. Ou plutôt, ils l'ont prise. Je ne suis pas vraiment sûr de savoir qui a pris cette décision. Enfin bref, maintenant, ils sont des animaux de compagnie. Apparemment.

Timmy observa longuement et curieusement Jasper. Il ne semblait pas très convaincu par ce qui se déroulait devant ses yeux.

— Alors, tu es un éleveur de cochons.

Jasper laissa échapper un grand éclat de rire.

— Grand Dieu, non ! Je suis écrivain. Les cochons sont une activité secondaire. Je me suis juste dit que ce serait marrant de fabriquer mes propres saucisses, pour changer. Bien entendu, je ne toucherai pas à ces deux cochons-là. Je les considère déjà comme faisant partie de la famille. Mais dans un an ou deux, leurs descendants pourraient être délicieux.

Il regarda alors affectueusement Harry et Harriet, qui étaient toujours en train de grogner et de remuer dans leur sommeil.

— Enfin, ils le seront si ces deux-là finissent un jour par grandir et s'accoupler.

Timmy observa l'homme de l'autre côté de la terrasse. Mon Dieu, Jasper Stone était *vraiment* gentil. Timmy ne rencontrait pas beaucoup de personnes gentilles dans son secteur d'activité. Il se surprit à vouloir tout avouer. À dire toute la vérité à Jasper. Mais la prudence l'en empêcha. La prudence, et peut-être un peu de bon sens. Quand bien même Timmy était attiré par cet homme de toutes les manières imaginables, il savait aussi qu'il avait *besoin* de lui. Il avait besoin que Jasper le laisse rester ici. Pendant un temps. Jusqu'à ce qu'il soit de retour sur pied, jusqu'à ce qu'il retrouve ses forces, jusqu'à ce que les démons qui étaient à ses trousses à ce moment précis perdent sa trace.

Jusqu'à ce qu'il sache comment il allait se sortir de ce pétrin dans lequel il s'était fourré.

Jasper Stone avait des pensées plus simples à l'esprit.

— Je vais faire sécher tes vêtements aujourd'hui pour que tu puisses marcher sans avoir peur que ton pantalon tombe. Désolé que ce pyjama soit si grand. J'ai l'impression qu'il serait même trop grand pour moi. Un cadeau de ma femme. Cette idiote n'a jamais été douée en shopping.

Les yeux de Timmy s'agrandirent un peu.

— Oh. Alors tu es…

Il allait dire *hétéro*, mais il s'arrêta à temps. Il ne savait pas pourquoi il n'avait pas osé poser la question franchement.

— … *marié*.

Son hôte sembla amusé par ses mots.

— Non. Je l'ai été une fois. Et je ne le serai plus jamais. Désolé. J'aurais dû dire *ancienne* femme. Comme dans *ancienne* vie.

Timmy fixa le regard de Jasper. On aurait dit qu'il l'hypnotisait. Bon sang, cet homme était vraiment superbe.

Finalement, Timmy répondit :

— Elle est sûrement partie à cause des cochons.

Jasper jeta la tête en arrière et rit si fort qu'il renversa du café sur ses genoux. En le voyant ainsi la tête renversée en arrière, Timmy eut envie de se précipiter de l'autre côté de la terrasse et de presser ses lèvres contre le cou mal rasé de Jasper. Son envie était si forte qu'elle faillit le faire haleter. Il sentit son sexe s'agiter sous ce pantalon de pyjama très ample et comprit que son pénis avait trouvé le rire de Jasper aussi grisant que lui. Il était agréable de voir qu'après tout ce qu'il avait traversé, la maladie et tout ce qui allait avec, une partie de son anatomie située sous l'équateur fonctionnait toujours. Et à en croire son érection dure et soudaine, elle fonctionnait incroyablement bien. Oui, monsieur. Il posa son verre vide sur la rambarde de la terrasse et posa son bras sur ses genoux pour dissimuler son érection à son hôte, même s'il n'en avait aucune envie.

Plutôt que de parler, Timmy se contenta de sourire en réponse au rire de Jasper. Quand ce dernier ouvrit les yeux et vit le sourire de Timmy, le sang lui monta à la tête. Le sourire de Timmy s'agrandit. Et alors, de façon curieuse, Timmy sentit ses joues s'empourprer à leur tour.

Quand Jasper parla enfin, tout ce qu'il dit fut :

— Je pense que tu vas vivre. On dirait que ta peau reprend de la couleur.

— La tienne aussi, répliqua Timmy d'une voix rauque.

Cette fois, ce n'était pas causé par la maladie. C'était causé par la faim. Il avait faim de cet homme qui se trouvait face à lui. Et il était presque sûr que l'homme en était conscient.

D'ailleurs, un moment plus tard, lorsque Jasper s'excusa hâtivement et passa la porte d'entrée pour, selon ses dires, préparer le petit déjeuner, Timmy en était certain.

Il en était certain grâce à la bosse conséquente qu'il avait remarquée au niveau de l'entrejambe du jean de Jasper.

Pendant que l'homme s'affairait dans la cuisine, faisant cliqueter les poêles et cachant probablement sa gêne, Timmy était assis sur la terrasse et souriait.

Bon sang. Il ne se rappelait pas la dernière fois qu'il avait été excité à ce point. Et si ce n'était pas un signe de sa guérison, il ne savait pas ce que c'était.

VI

JASPER FAISAIT en sorte de paraître occupé, posant avec force la poêle sur la cuisinière, fermant et refermant la porte du réfrigérateur, attrapant ceci, attrapant cela. Que diable s'était-il passé dehors ? D'où était venue cette montée de désir ? Son visiteur et lui avaient été en train de plaisanter entre eux, de rire et d'avoir une conversation tout à fait normale, puis tout à coup, son sexe avait pris le relais, et il était pratiquement certain que le membre de Timmy s'était aussi dressé.

Jasper n'avait jamais ressenti une montée de désir sexuel aussi forte de sa vie. Et Timmy n'était même pas encore rétabli ! Bon Dieu, il était encore si affaibli qu'une bonne partie de jambes en l'air finirait certainement par l'achever.

Jasper se tint droit debout au milieu de la cuisine et rigola doucement. Malade ou pas, cet homme savait parfaitement comment faire monter la température d'une conversation. Ou alors c'était l'imagination de Jasper qui avait fabriqué tout cela par elle-même. Il n'en savait rien. Une boîte à œufs en carton dans une main et une brique de lait dans l'autre, Jasper baissa les yeux vers son érection qui poussait encore contre sa braguette, suppliant d'être libérée dans un monde crédule. Elle voulait causer des ravages. Vraiment.

— Reste où tu es, marmonna-t-il.

Et derrière lui, Timmy demanda :

— À qui parles-tu ?

Jasper laissa tomber lourdement les œufs et le lait sur le comptoir. Il attrapa un torchon et fit semblant de se sécher les mains. Une fois qu'il eut terminé, il rentra le torchon dans la ceinture de son pantalon et l'étendit comme un tablier. Bien entendu, il l'avait placé à cet endroit pour une tout autre raison et ne doutait pas que Timmy la connaisse parfaitement. Malgré cela, mieux valait passer certaines choses sous silence.

Du moins, selon Jasper.

Il se retourna et indiqua la table.

— Assieds-toi. Je vais te préparer des œufs brouillés. Si tu as trop faim, il y a le grille-pain. Fais-toi quelques toasts en attendant. La confiture est dans le frigo.

— Je peux attendre, répondit Timmy.

Il détacha à contrecœur ses yeux du torchon. Et de ce qui, selon lui, se cachait derrière. Il traîna pieds nus jusqu'à la table de la cuisine et tira l'une des chaises. Il tenait encore la ceinture de son bas de pyjama dans son poing pour éviter qu'il termine sur le sol. Il s'installa sur la chaise et laissa échapper un soupir. Au diable la tension sexuelle ; il était encore aussi vulnérable qu'un nouveau-né. Un petit déjeuner complet lui ferait le plus grand bien. Regarder Jasper ne lui ferait pas de mal non plus. Seigneur, cet homme était magnifique.

— Tu es un homme bon, Jasper Stone, dit-il en souriant. M'accueillir dans ta maison de cette manière. Me nourrir. Me donner des vêtements.

M'exciter, n'ajouta-t-il pas, même s'il en avait très envie. Et il était heureux de voir que cette excitation semblait affecter *tout le monde* ce matin. *Plus* qu'heureux, d'ailleurs.

Jasper faisait six choses en même temps, et son érection n'était que l'une d'entre elles. Il ne plaisantait pas lorsqu'il cuisinait. En quelques secondes, la cuisine était remplie de l'odeur délicieuse du bacon en train de crépiter dans la poêle. Des petits pains étaient en train de chauffer dans le grille-pain et, dans une autre poêle, des galettes de pomme de terre congelées doraient dans de la graisse de bacon et avaient l'odeur d'un petit bout de paradis.

Tous les arômes se mélangeaient pour faire saliver Jasper. Il y avait autre chose dans cette cuisine qui le faisait saliver, mais il essayait de ne pas penser à Timmy, qui était assis à trois mètres de lui dans un pyjama qui pourrait *s'envoler* de son corps, ne laissant rien d'autre qu'un Timmy Harwell complètement nu assis sur sa chaise. *Cette* pensée ne fit rien pour l'aider à se débarrasser de son érection.

Mais au milieu de toute cette tension sexuelle et de ces pensées coquines, Jasper commençait aussi à se sentir un peu utilisé. Il ne connaissait toujours rien de l'homme qui était assis à sa table, et cela commençait à le déranger. Il décida d'utiliser une autre manière pour lui soutirer des informations. Il était écrivain. Il avait sûrement assez d'imagination pour obtenir les réponses qu'il souhaitait.

Pendant que tout cuisait et que la cuisine se remplissait d'un mélange d'arômes divins, Jasper servit à nouveau du jus d'orange à Timmy, puis s'installa en face de lui. Il adressa ce qu'il espérait être un sourire charmeur à Timmy, pour tenter de lui faire baisser sa garde.

— Comme je te l'ai dit, Tim, j'aimerais que tu te reposes aujourd'hui. Tu as toujours mauvaise mine.

C'était un mensonge. Cet homme était délicieux.

— Je vais faire sécher tes vêtements, et ce soir, je te ramènerai chez toi. Je suppose que tu vis dans le centre-ville.

Timmy hocha la tête. Il faisait glisser son doigt dans le cercle humide qu'avait laissé son verre de jus d'orange, dessinant distraitement des cercles sur la table. S'occupant. Évitant le regard de Jasper. Il semblait être en pleine réflexion, et cela rendit Jasper encore plus méfiant qu'il l'était déjà. Lorsque Timmy finit par dire « D'accord », Jasper acquiesça et retourna à la cuisinière pour retourner le bacon et remuer les galettes de pomme de terre. Les petits pains sautèrent du grille-pain, et Jasper les posa sur le comptoir pour les beurrer.

Dieu merci, son érection avait disparu. C'était un soulagement. Il tira le torchon de sa ceinture et le lança dans l'évier.

— Je serai prêt à partir dès que tu le voudras, dit Timmy derrière lui.

Mais tout en prononçant ces mots, il savait qu'il était en train de mentir. Il ne pouvait pas quitter la montagne. Pas encore. Il devait trouver un moyen de rester. Mais pas maintenant. Plus tard. Quand il aurait retrouvé un peu de forces. Un bon repas, quelques heures de sommeil en plus, et il pourrait peut-être élaborer un plan pour que Jasper décide finalement de ne pas le jeter hors de sa ferme. Un sourire lui chatouilla les lèvres. Il avait déjà une idée de la manière dont il allait s'y prendre.

Alors même qu'il réfléchissait à cette idée, une certaine dose de culpabilité vint tenailler Timmy, ce qui le surprit. La culpabilité de ne pas être franc envers Jasper. La culpabilité de ne pas lui dévoiler la vérité. La culpabilité de *mentir*. Il se demanda s'il ressentirait cette même culpabilité si Jasper était horriblement laid et pesait deux cent vingt kilos. Probablement pas. Timmy avait utilisé des personnes par le passé. Il n'en faisait pas une habitude, mais la nécessité de le faire était survenue quelques fois au cours de ses vingt années d'existence. Aussi curieux que cela puisse être, Timmy ne se souvenait pas d'avoir ressenti de la culpabilité pour l'avoir fait dans le passé.

Et pourtant...

Ses pensées furent interrompues par Jasper qui posait une assiette devant lui, pleine d'un petit déjeuner qui semblait savoureux. Timmy marmonna un remerciement, et ils commencèrent à manger sans aucun autre mot.

Jasper sourit en voyant le gamin manger. Le gamin. Il devait arrêter de penser à cet homme de cette façon. Il n'était pas un gamin. Il était un jeune homme. Il y avait une différence. Il devait aussi arrêter de l'appeler Timmy. Timmy était le nom d'un gamin. Il s'appelait Tim. *Tim*.

Il observa *Tim* pendant qu'ils mangeaient. Il était tellement obnubilé par ce qu'il mangeait que Jasper n'avait aucun mal à l'observer discrètement. De temps en temps, Timmy levait les yeux vers lui et souriait, mais il rebaissait la tête tout aussi rapidement pour dévorer sa nourriture. On aurait dit qu'il n'avait pas mangé depuis un mois.

Timmy avait retrouvé des couleurs et Jasper pouvait désormais voir que la peau de son visiteur était plus sombre que la sienne, comme s'il y avait un ancêtre mexicain quelque part dans son arbre généalogique. Ses cheveux étaient épais et noirs, et ils avaient besoin d'être coupés. Ou alors Timmy aimait les avoir longs. En tout cas, *Jasper* les aimait longs. Ça lui allait très bien, même si Timmy – *Tim !* – était obligé de les retirer de devant ses yeux toutes les deux minutes.

Il y avait un duvet de poils noirs sur le dos de ses mains, là où elles sortaient des manches trop longues du pyjama, et Jasper résista à l'envie de les caresser des doigts. Les mains du jeune homme étaient grandes et taillées pour le travail, avec d'épais ongles blancs coupés court. En fait, pour un homme si petit, ses mains ne semblaient pas être à leur place. Comme si elles avaient été collées sur la mauvaise personne par erreur.

Ses yeux étaient d'un marron sombre, très sombre, avec un soupçon de doré qui bordait les pupilles, capturant la lumière. Cela faisait de ses yeux des aimants. Ils capturaient Jasper chaque fois qu'ils regardaient vaguement dans sa direction. Il y avait une pointe de fatigue sous ses yeux, mais Jasper se dit qu'elle disparaîtrait lorsqu'il aurait retrouvé ses forces. Les cils qui bordaient ces yeux tachetés d'or étaient les plus longs et les plus épais que Jasper ait vus de toute sa vie. Toutes les femmes de la planète seraient sûrement prêtes à tuer pour les avoir.

Le premier bouton du haut de pyjama était déboutonné, et Jasper était captivé par le creux triangulaire à la base du cou de son invité. Il se demanda quel goût aurait cet endroit s'il y déposait sa langue. Et si Tim tremblerait de désir quand il le ferait.

Lorsque son sexe tressaillit et menaça de revenir à la vie dans toute sa gloire, Jasper se força à arrêter de fixer l'homme qui se trouvait face à lui et se concentra de nouveau sur sa nourriture. Il y réussit plutôt bien.

Une fois son assiette vide, Jasper se leva avec un grognement de satisfaction et déposa doucement son assiette et ses couverts dans l'évier.

— J'ai des choses à faire, dit-il. Continue de manger. Une fois que tu auras terminé, retourne dormir. Nous verrons plus tard quand nous te ramènerons chez toi.

Timmy hocha la tête et le regarda sortir par la porte de derrière. Il retint un sourire lorsqu'un défilé de chiens, de chats et de cochons le suivit dehors. Mon Dieu, quelle ménagerie !

Dès que la porte de derrière claqua derrière eux, le sourire de Tim s'effaça. Une expression inquiète passa sur son visage, rapidement remplacée par un air déterminé.

Il savait une chose. Il n'irait nulle part. Pas encore. Lorsque le soleil se coucherait, il le saurait aussi. Et quand Tim en aurait terminé avec son hôte, ce dernier ne s'en plaindrait pas.

Il avala une autre bouchée de galette de pomme de terre, prit un bout de pain et sentit une goutte perler au bout de son érection alors même qu'il mangeait. Il résista à l'envie de prendre son sexe dans sa main et d'étaler cette goutte à l'aide de son pouce. Mon Dieu, qu'il soit malade ou non, il était sacrément excité.

Cette soirée promettait d'être divertissante. Il était impatient d'y être.

Mais il avait aussi des choses à faire *avant* ce soir. Cette pensée le rendit un peu nerveux. Si Jasper le surprenait, la situation pourrait dégénérer.

Il devrait faire attention. Mais il était habitué à se faire discret. Il avait passé sa vie à être prudent.

Enfin, jusqu'à ce que cette satanée Cadillac Escalade croise son chemin.

L'AVERSE QUI avait duré pendant des jours avait saccagé la ferme. Toute la propriété était un bain de boue. Des branches avaient été arrachées des arbres alentours lorsque la tempête avait atteint son apogée, et Jasper récupéra distraitement celles qui se trouvaient sur son allée, les jetant hors de son chemin. Seul un ordre clair, sinon amusé, empêcha Jumper de courir après les branches jetées pour les ramener chacune leur tour aux pieds de Jasper.

Ne sachant pas vraiment quoi faire des facéties du chien, Harry et Harriet partirent explorer leur nouvelle maison, grognant et reniflant comme deux vieux hommes. Jasper garda un œil sur eux tout en commençant à travailler. On ne savait jamais quand un puma ou un coyote pouvait avoir envie d'un supplément bacon au petit déjeuner. Même si le bacon n'était encore qu'un bébé.

Derrière le chalet, près de l'appentis, Jasper trouva trois morceaux de bardeau qui s'étaient détachés du toit pendant la tempête. Reculant en protégeant ses yeux du soleil matinal, il balaya le toit du regard et trouva l'endroit où s'étaient trouvés les morceaux de bardeau. Mince. Il devrait réparer cela avant qu'il pleuve à nouveau. Il était presque certain d'avoir quelques bardeaux en rabe dans le cabanon de jardin. Le trou qui se trouvait dans le toit était situé sur le bord de l'avant-toit. C'était la raison pour laquelle la pluie n'avait pas déjà coulé à l'intérieur du chalet. Malgré cela, le toit se dégraderait s'il ne le réparait pas rapidement. Un peu de couverture lui donnerait quelque chose à faire pour se changer les idées et ne plus penser à ce bel abruti qui était toujours en train de traîner dans son chalet, dans ce pyjama bien trop large, telle une récompense d'un million de dollars qui refusait de révéler ses secrets… Petite ordure.

L'écrivain qu'était Jasper détestait les dernières pensées qui avaient traversé son esprit. Cependant, comme il était occupé par d'autres tâches, il ne prit pas le temps de faire un travail mental de révision, comme il le faisait si souvent avec d'autres pensées malvenues. Jasper se dit que tous les écrivains étaient un peu bizarres. Du moins, c'était son cas. Corriger ses pensées. Les imaginer couchées sur du papier. Les condenser.

D'accord, j'ai compris, se dit-il à lui-même, laissant de côté la question de la correction des pensées pour le moment. Il y avait des choses plus importantes dont il devait s'inquiéter. Comme de réparer le toit. Et de réparer quelques autres dégâts dont la ferme avait été victime, à cause de la tempête. Ce serait seulement alors, peut-être durant la soirée, qu'il essaierait de forcer Harwell à dévoiler certains de ses secrets. Jasper voulait au moins obtenir une explication plausible concernant la manière dont l'homme était arrivé jusqu'à sa montagne solitaire, perdue au milieu de nulle part. Et du moment que la justice n'était pas à sa recherche, Jasper se satisferait de n'importe quelle explication que l'homme lui donnerait.

Du moment qu'il ne s'agissait pas d'un autre mensonge. Jasper n'avait pas beaucoup de patience avec les menteurs. Même ceux qui étaient mignons.

Soudain, il se figea et se rappela le corps nu et allongé de Tim devant lui alors qu'il le lavait à l'aide d'un gant de toilette. La sensation de la peau fiévreuse du jeune homme, sa chaleur. Une étincelle apparut dans les yeux de Jasper lorsqu'il se remémora le sexe de Tim, gonflé de sang, s'agitant sous la main gantée de Jasper. Mon Dieu, c'était quelque chose ! Il ferma les yeux et laissa le souvenir le submerger. Finalement, il secoua la tête et revint au moment présent. Il regarda la branche dans sa main, et cette fois, lorsqu'il la lança, il adressa un claquement de langue à Jumper et le chien se précipita à la poursuite de la branche comme s'il avait le feu au derrière. Le gros chien noir attrapa la branche dans sa gueule en plein vol, pivota sur lui-même et revint directement vers Jasper, souriant tout du long et traînant cette fichue branche avec lui, fier comme un coq et plus heureux que jamais.

Jasper rit.

Il utilisa toute la volonté qu'il possédait pour ignorer au mieux l'érection qui poussait contre son pantalon. Décidé, il se mit au travail. Mais, tel un jouet préféré, Jasper garda le souvenir du corps nu de Tim dans un coin de son esprit, accessible à tout moment pour visionnage. Et au fil de la journée, il le visionna souvent.

Et toujours avec du désir dans son cœur.

TIM TROUVA les armes de Jasper dans le deuxième placard qu'il fouilla. Un joli fusil à pompe Remington .22 qui ne stopperait rien de plus qu'une chèvre, mais qui fonctionnerait sûrement assez bien contre un humain énervé, en cas de besoin. Et un .38 Special avec le même pouvoir d'arrêt que le fusil. Le genre d'armes que Tim s'attendait à trouver chez un fermier pour se protéger des serpents à sonnette et autres méchantes vermines.

Tim vérifia que le fusil et le revolver étaient tous les deux chargés ; c'était le cas. Il trouva des cartouches supplémentaires sur une étagère au-dessus de sa tête, puis il remit chaque chose à sa place.

Si la situation se gâtait – et Timmy ne pensait pas à Jasper en disant cela – il se sentirait un peu plus en sécurité maintenant qu'il savait qu'il pourrait s'armer. Non pas qu'il en connaisse un rayon sur les armes, mis à part ce qu'il avait lu sur le sujet. Mais il en savait assez pour viser, tirer et recharger ces engins. Et il n'aurait aucun scrupule à mettre une balle dans la tête de l'homme le plus dangereux de Tijuana, ou de l'un de ses hommes, s'ils venaient le chercher. Pourquoi en aurait-il ? Après tout, Tim savait parfaitement bien qu'ils n'hésiteraient pas à *lui* mettre une balle dans la tête.

Bon sang, certaines personnes n'aimaient pas du tout qu'on les vole. Elles devenaient carrément grincheuses quand ça leur arrivait. Crétins. Soulagé de savoir qu'il avait des armes à portée de mains si n'importe qui arrivait à suivre sa trace jusqu'à la ferme de Jasper, ce qui d'après lui était peu probable, Tim referma doucement la porte du placard, attrapa son pantalon de pyjama pour ne pas qu'il lui tombe au niveau des chevilles et retourna s'installer sur le canapé.

Il n'y avait plus de feu dans la cheminée, mais avec le soleil qui tapait à nouveau comme dans un ciel habituel de Californie du Sud et les nuages de pluie qui s'étaient déplacés pour aller ennuyer quelqu'un d'autre, le chalet s'était bien réchauffé. Il ne prit pas de couverture et s'affala sur le canapé, les mains derrière la tête, puis il regarda le plafond tout en se laissant emporter par le sommeil. Il sourit lorsque Lola sauta près de lui et s'installa confortablement.

Le petit déjeuner lui avait fait un bien fou. Il avait l'impression d'avoir retrouvé la moitié de ses forces. Il se dit que la réponse se trouvait là. Il avait souffert de la grippe, et non d'une pneumonie. La pneumonie aurait demandé un temps bien plus long de guérison. Et même s'il était encore affaibli, il n'était plus aussi souffrant qu'il l'avait été ces deux ou trois derniers jours, et il savait qu'il devait remercier Jasper pour cela.

Et il ne manquerait *pas* de le remercier. Pas seulement sous la couette, non plus.

Après tout, le fait de savoir où trouver des armes au moment voulu pourrait sauver la vie de Jasper ainsi que la sienne. Ce serait une très belle manière de le remercier.

Il espérait ne pas en arriver là, mais rien n'était moins sûr. Cela pourrait très bien arriver.

Bien entendu, s'il ne se trouvait pas dans ce chalet, Jasper ne serait même pas en danger, mais Tim essaya d'ignorer ce fragment de logique. On rencontrait trop de culpabilité sur cette voie.

Bien trop de culpabilité.

Il pensa au corps de Jasper, à son torse musclé et velu, à la gentillesse dans son regard. La douceur de ses gestes lorsqu'il l'avait lavé. Tim était impatient d'être à ce soir, quand il séduirait cet homme. Il l'était vraiment. Il y avait des endroits intéressants à explorer sur cet homme, et Tim était d'humeur aventureuse.

Quand il trouva enfin le sommeil, il s'endormit avec un léger sourire aux lèvres.

Et ce fut ainsi que Jasper le trouva quelques heures plus tard, lorsqu'il rentra pour déjeuner.

JASPER TRAVERSA le salon sur la pointe des pieds, rassembla silencieusement les ingrédients pour préparer son sandwich et attrapa une canette de soda. Se rappelant sa promesse, il arrêta assez longtemps ce qu'il était en train de faire pour étendre les vêtements et les tennis de Tim sur la corde à linge. Une fois la tâche accomplie, il retourna dans la cuisine et mit son déjeuner sur un plateau, emportant le tout à l'extérieur pour que Timmy puisse se reposer sans que Jasper fasse du bruit et le dérange.

Il avait été surpris par la déception qu'il avait ressentie en trouvant Tim endormi. Cela aurait été agréable d'échanger quelques mots. De lui demander comment il se sentait. D'avoir un autre aperçu de ces mains solides et taillées pour le travail, ainsi que de ce creux intrigant à la base de son cou.

Jasper n'était pas idiot. Il savait qu'il était en train de se laisser emporter par son attirance pour l'homme qui était affalé sur son canapé. Vu l'apparence de Tim, il lui était difficile de faire autrement. Et bien que Tim soit un mystère complet pour Jasper, il était tout de même entraîné dans l'orbite de l'homme, cherchant à se rapprocher de lui, espérant que Tim serait heureux de l'avoir auprès de lui. Pour discuter. Pour se toucher. Pour aller jusqu'au bout. Pour déchirer ce fichu pyjama et sentir cet homme nu, excité et chaud contre sa peau tout aussi chaude. Le corps fin de Timmy se perdrait dans les bras de Jasper. Mais il y serait aussi protégé. Savouré. Vénéré. Si Timmy n'était pas aussi excité par Jasper que ce dernier l'espérait, peut-être que la seule excitation de Jasper suffirait à les satisfaire tous les deux. Il pourrait mener cet homme jusqu'à l'orgasme, il en était certain. Il sentait que Tim en avait envie.

Une fois dehors, Jasper prépara son sandwich, but son soda d'une seule traite et se moqua de lui-même. Il était en train de devenir un idiot de romantique ! Il était aussi pathétique que Lola, à vouloir passer chaque maudite minute auprès de son hôte. Peut-être que ce dont il avait vraiment besoin, c'était d'être satisfait sexuellement. D'ailleurs, ce n'était pas qu'une hypothèse. Eh bien, rien ne l'empêchait de se rendre dans quelques bars cette nuit, une fois qu'il aurait ramené Timmy en ville. Il pourrait même lui demander s'il ne voulait pas se joindre à lui, s'il se sentait d'attaque.

Oups. Le voilà qui recommençait. Encore en train de chercher un moyen de se rapprocher du jeune homme.

Dans un élan de détermination, Jasper chassa toutes les pensées concernant Timothy Sebastian Harwell et rassembla quelques clous à toiture, quelques bardeaux tout neufs et un marteau. Il déposa tout ça dans le jardin de derrière, puis il alla chercher une échelle. Il se rendit compte que marteler un tas de clous dans une toiture après avoir fait attention à ne pas déranger son invité n'était probablement pas l'idée la plus brillante qu'il ait eue.

Mais qu'est-ce que ça pouvait bien lui faire? Même s'il réveillait Tim en le faisant, peut-être que cela donnerait envie à son invité de sortir et d'entamer une conversation. Ce serait agréable.

Avec cette idée en tête, Jasper attrapa le premier bardeau, le positionna correctement sur le côté sud-ouest de la toiture et, avec une lueur espiègle dans le regard, il martela le bardeau en y enfonçant six clous pour qu'il tienne en place.

Si cela ne réveillait pas son visiteur, rien ne le ferait.

Mais apparemment, et à la grande déception de Jasper, ça ne le réveilla pas.

Il termina de réparer la toiture et effectua quelques autres travaux. Il réinstalla Harry et Harriet dans leur enclos, puisqu'il ne pouvait vraiment pas les laisser vivre dans la maison pour le restant de leur vie, et une fois qu'il eut terminé, il décida d'aller prendre une douche. La nuit commençait à tomber. Il avait beaucoup travaillé et il était fatigué. Sa libido était toujours forte, mais il était fatigué.

En traversant le salon, Jasper vit que Tim était toujours endormi sur le canapé. Cependant, il avait dû se doucher parce que ses cheveux semblaient humides et son visage, brillant et propre.

Jasper résista à l'envie de poser sa main sur le front de l'homme pour voir s'il avait de la fièvre.

Retirant ses vêtements sales, il partit se laver avant de devoir préparer le dîner. Et avant de ramener Harwell chez lui. Cette idée ne l'enchantait pas, mais il ne pouvait pas laisser un total inconnu vivre dans sa maison pour le restant de sa vie, tout comme il ne pouvait pas laisser deux cochons y vivre.

Mon Dieu, pourquoi tout devait-il être si compliqué?

Il se brossa les dents, mais ne se rasa pas, puis il entra dans la cabine de douche et laissa l'eau chaude le débarrasser de toute cette tension.

Un instant plus tard, lorsque Tim entra nu dans la cabine de douche pour se joindre à lui, ses angoisses devinrent un peu moins importantes. En réalité, elles devinrent de l'histoire ancienne.

Perdues pour toujours. À ne jamais plus avoir.

VII

— ÇA TE dérange si je me joins à toi?

— Euh… euh…

Jasper n'arrivait pas à se rappeler comment on utilisait la langue anglaise. Curieux. Il n'avait pas eu ce problème quelques minutes plus tôt.

Lorsqu'il baissa les yeux, il vit que Tim était déjà dur, sa jeune verge pleine de sang, droite comme un mat. C'était la plus belle chose que Jasper ait jamais vue.

Il retrouva rapidement l'usage de la parole.

— Pas… pas du tout, bégaya-t-il alors même que son sourire grandissait.

Il avait essayé de paraître nonchalant, comme si Tim lui avait simplement demandé s'il voulait un biscuit avec son thé, mais il n'avait pas vraiment réussi et il le savait. Ce n'était pas simple d'être nonchalant quand on se trouvait en compagnie d'un homme de vingt ans portant une érection.

Alors que ces mots étaient prononcés d'une voix censée être détendue, ou plutôt aussi détendue que possible compte tenu des circonstances, Jasper pouvait entendre sa vieille pompe marteler sous sa cage thoracique comme le Cœur révélateur de Poe s'était agité sous le plancher de la chambre. *Baboum baboum baboum*. Doux Jésus.

Tim sourit, refermant la porte de la cabine de douche derrière lui.

— Au fait, tu peux m'appeler Timmy. J'aime bien quand tu le fais.

Jasper plissa les yeux sous la pomme de douche. L'eau ruisselante limitait son champ de vision, et il n'en était pas du tout heureux. Il avança pour sortir du déluge et s'essuya les yeux à l'aide de ses mains. Soudain, dans la cabine de douche exiguë, leurs deux corps furent bien plus proches. Jasper sentit son membre se dresser à contre-courant, comme le ferait un saumon. S'allongeant. S'étirant. S'élevant. Jasper regarda avec émerveillement les poils des jambes de Timmy se rabattre sous l'afflux de trombes d'eau et ses cheveux se plaquer sur son visage. Et tout à coup, il parut encore plus jeune que son âge.

— Timmy, dit Jasper, comme s'il goûtait une nouvelle saveur de crème glacée.

Il décrocha son regard de l'entrejambe du jeune homme et sourit en voyant le regard amusé de Timmy.

Ce dernier cligna des yeux, repoussa les cheveux mouillés de son front, puis attrapa la barre de savon pour en recouvrir ses mains. Lorsqu'il le fit, leurs deux érections se heurtèrent, et Jasper laissa échapper un petit cri de surprise.

Timmy baissa les yeux. Ses dents blanches brillèrent derrière son magnifique sourire.

— Je m'en occuperai plus tard, dit-il. Si tu es d'accord?

— Oh oui, répondit Jasper en lui retournant son sourire. Ça...

— Ça... quoi? demanda Tim, les yeux écarquillés et pleins d'innocence.

Il reposa le savon où il l'avait pris et posa ses mains savonneuses sur le torse de Jasper. Ses doigts glissèrent à travers la toison épaisse. Il semblait apprécier ce qu'il touchait. Il l'explorait, tout comme Jasper s'était imaginé plus tôt en train de l'explorer.

Jasper se racla la gorge. Il le devait. C'était la seule manière dont il pouvait parler.

— Ça ne me dérange pas, clarifia-t-il, ce qui était probablement inutile puisque cela devait se lire clairement sur son visage.

— C'est bien ce que je pensais, répliqua Tim, et ses mains commencèrent à bouger.

Une telle poussée de désir parcourut le corps de Jasper qu'il attrapa la pomme de douche à deux mains avant que ses jambes ne se dérobent sous lui. Alors que les bras de Jasper étaient levés au-dessus de sa tête, Tim tendit les mains, le regard plein de désir, pour toucher le dessous de ses biceps. À cet endroit, la peau de Jasper était si douce, ferme et bombée que Tim commença aussi à trembler. Puis il fit descendre ses mains savonneuses plus bas, grattant les poils qui se trouvaient sous les aisselles de Jasper. Lorsque ce dernier ferma les yeux face à cette sensation, Tim se pencha en avant pour poser ses lèvres contre le cou de Jasper. Le haut de sa tête se nichait assez facilement sous le menton de Jasper. Il était vraiment petit.

Jasper laissa retomber un bras et le glissa autour de la taille du jeune homme, l'attirant contre lui. Leurs corps fusionnèrent. Tim se mit sur la pointe des pieds pour faire glisser son sexe dans l'eau savonneuse qui ruisselait le long de l'abdomen de Jasper. Leurs cuisses musclées étaient pressées ensemble. Les testicules de Timmy étaient contractés, et Jasper pouvait les sentir contre son membre, se déplaçant dans leurs bourses, tous les deux durs, mais incroyablement doux à la fois. Des endroits intimes durcis par la passion qui donnaient envie à Jasper de s'évanouir en les sentant pressés contre les siens.

Tim tendit la main vers le bas et empoigna le sexe de Jasper dans sa main savonneuse. Il était bien bâti, ce qui fit rire Tim.

— Waouh !

Ses doigts encerclèrent le gland de Jasper, et ce fut au tour de ce dernier de se mettre sur la pointe des pieds pour glisser son membre plus profondément dans ce poing merveilleux.

Timmy se mit à genoux devant lui et laissa le jet de douche lui mouiller la tête alors qu'il posait ses lèvres contre son nombril, savourant la sensation de ces poils humides et de cette chair chaude et musclée contre sa bouche. Jasper tendit la main vers lui et caressa son épaisse chevelure, y glissant ses doigts et la repoussant de ses yeux.

Timmy fit glisser sa langue le long du torse de Jasper jusqu'à ce qu'il atteigne cette toison de poils pubiens noirs qui entourait son sexe. Il la goûta, la tira à l'aide de ses dents, poussant le sexe de Jasper de sa joue alors qu'il furetait. Il glissa plus bas et posa ses lèvres sous la verge, heureux de voir que l'homme qui se trouvait devant lui n'était pas circoncis. Un épais prépuce enveloppait son gland, dont on apercevait le bout, rougi, impatient, charnu. Du liquide séminal perlait et ne demandait qu'à être léché.

Obligeamment, Timmy aspira la goutte nacrée. Puis il décalotta le pénis de Jasper pour avoir accès au gland. Ce dernier était large, parfait et très tentant. Timmy le prit dans sa bouche, et Jasper se sentit partir lorsqu'il attrapa la tête de Timmy pour l'empêcher de bouger.

— Oh mon Dieu, dit-il. Ne bouge pas. Je t'en prie. Attends.

Timmy obéit à ces ordres et resta immobile pendant que Jasper glissait très lentement son sexe dans cette bouche douce et chaude. Jasper trembla de tout son corps. Il se mit sur la pointe des pieds, chaque muscle de son corps tendu. Timmy sourit tout en ayant Jasper en bouche, et lorsque Jasper le sentit, il se mit à rire et se détendit un peu.

— Seigneur, tu es en train de me tuer, gamin !

Jasper sentit son membre glisser hors de ces lèvres habiles. Timmy tint son sexe contre sa joue lorsqu'il répondit, le caressant, le manipulant. C'était presque comme s'il ne pouvait pas s'en défaire.

— Ne meurs pas pour l'instant.

Il sourit en voyant que Jasper le regardait avec des yeux ronds. Puis il rigola tout en essayant de ne pas se noyer sous le jet de douche. Bon sang, il adorait sentir la verge de Jasper contre son visage.

— J'ai des projets pour toi, Jasper. De beaux projets. D'importants projets. Alors je t'interdis de mourir.

Là-dessus, il reprit le membre dur de Jasper dans sa bouche, et Jasper dut fermer les yeux et se mordre la langue pour ne pas crier tellement c'était bon.

Lorsqu'il parla, sa voix n'était qu'un soupçon de voix. Cela montrait combien il était excité.

— Tu sais vraiment comment t'y prendre, hein ?

Ce n'était pas vraiment une question. C'était une affirmation.

— Oh oui, répliqua Timmy.

Jasper sentit son membre glisser plus profondément dans la bouche du jeune homme et atteindre le fond de sa gorge. C'était exactement là où Timmy voulait qu'elle aille. À la grande surprise de Jasper, Timmy ouvrit encore plus grand la bouche et fit glisser le sexe de Jasper jusqu'à ce qu'il atteigne l'œsophage.

Les genoux de Jasper faillirent céder. C'était une première. Jusque-là, une gorge profonde n'avait été qu'une théorie inimaginable pour lui. Maintenant, c'était – waouh ! La réalité. Il sentait la couronne de sa verge, aussi pleine qu'elle ne l'avait jamais été de sa vie, aller et venir à travers le cercle musculaire de la gorge de Timmy. Il sentait la luette de Timmy effleurer sa fente. Timmy caressait ses bourses de ses doigts habiles, tout en manipulant son pénis. Son autre main se glissa entre les jambes de Jasper pour caresser son entrée alors qu'il prenait la verge de Jasper plus profondément à chaque poussée.

Seigneur, ce gamin était doué.

Jasper émergea du paradis assez longtemps pour se rendre compte qu'il devrait donner un peu en retour. Personne n'aimait les égoïstes. Prendre et donner – c'était la règle.

Jasper libéra son sexe de la gorge affamée de Timmy et se pencha en avant pour le soulever du sol en l'attrapant sous les bras, comme il le ferait avec un enfant. Il le souleva jusqu'à ce que les pieds de Timmy ne touchent plus le sol et que leurs visages soient à même hauteur. Lorsque Timmy se trouva exactement dans la position voulue par Jasper, ce dernier écrasa brutalement ses lèvres sur celles de Timmy. Leurs langues se rencontrèrent, et Timmy passa ses bras autour des épaules de Jasper, le serrant aussi fort que possible alors que sa langue cherchait à prendre le contrôle du baiser, ce que Jasper lui laissa volontiers.

Les jambes de Timmy enveloppèrent la taille de Jasper, lui permettant de ne plus avoir à porter tout le poids du jeune homme, même s'il ne pesait pas vraiment lourd.

Oh, mais il embrassait divinement bien. Et offrait de divines fellations. À ne pas oublier.

Jasper se retourna de manière très maladroite pour arrêter l'eau. Serrant toujours Timmy contre son torse, il lui attrapa fermement les fesses et le pressa contre le mur de la douche. Le sexe de Timmy glissait toujours sur le torse de Jasper, et il adorait sentir sa dureté et sa chaleur. Impatient de s'installer dans une position plus confortable, Jasper donna un coup de pied mal assuré dans la porte de la cabine de douche. Elle s'ouvrit brusquement, et il transporta le gamin, toujours trempé, de la salle de bain jusqu'à sa chambre, en haut des escaliers.

Une fois en haut, il le déposa doucement au sol et, utilisant une serviette qu'il avait attrapée en chemin, se mit à genoux devant l'homme pour essuyer délicatement ses jambes musclées et son magnifique entrejambe. Avec des mouvements délicats, il essuya la verge et les bourses de Timmy, et lorsque les poils pubiens de Timmy furent secs et doux, Jasper y enfouit son visage tout en donnant la serviette au gamin pour qu'il finisse le travail.

Jasper sentit la serviette essuyer ses cheveux, son dos, pendant que le sexe de Timmy tremblait contre son visage.

Comme un homme en train de prier, humblement et avec adoration, Jasper prit la verge du jeune homme dans sa bouche pour la première fois, et il fut heureux d'entendre Timmy prendre une vive inspiration. Sa verge glissa facilement dans la bouche de Jasper. Sans problème. C'était comme si elle avait été faite pour se trouver là. Comme si elle était à la *maison*. Jasper accueillit chaque magnifique centimètre de son membre, savourant le goût du liquide séminal qui s'écoulait de l'urètre. Mon Dieu, il n'avait jamais vu quelqu'un perler autant de sa vie. Et il avait un goût délicieux. Salé, doux, parfait. Le sexe de Jasper perlait aussi à nouveau. Il pouvait le sentir.

Et tout à coup, il voulait que son partenaire le goûte, tout comme lui le goûtait.

Il embrassa les bourses de Timmy dans un doux mouvement de séparation, puis il se leva. Soulevant à nouveau Timmy dans ses bras, il l'installa sur le lit. Puis il resta debout à le regarder, à l'admirer, et pendant qu'il le faisait, Timmy en profita pour empoigner le sexe de Jasper. Il le serra doucement et observa, les yeux écarquillés, lorsqu'une grosse goutte de liquide nacré se forma au bout du gland.

Comme un enfant, mais aussi comme un homme, Timmy pencha la tête en arrière et fixa le regard de Jasper tout en léchant le liquide préséminal qui était apparu sur la verge de Jasper. Ce dernier lui sourit affectueusement, caressant sa joue de son pouce. Timmy tourna la tête pour embrasser le pouce qui le caressait.

Puis il s'assit et reprit le sexe de Jasper profondément dans sa bouche.

Plein de désir pour ce gamin, Jasper s'allongea près de lui sur le lit, mais dans l'autre sens. Pour la toute première fois, ils enfouirent simultanément leurs verges contre le visage de l'autre. Des mains puissantes massaient des cuisses tremblantes, des nez se blottissaient contre des bourses fermes, pleines de sperme, des verges dures comme du fer s'agitaient, bondissaient et fuitaient partout.

Jasper dut rassembler toute sa volonté pour former une phrase cohérente. Lorsqu'il y arriva, il demanda exactement ce qu'il désirait. Sans aucune hésitation.

— Jouis pour moi, Timmy. Je t'en supplie. Je dois te goûter. Jouis pour moi.

Timmy tendit la main vers son visage et la posa le long de sa mâchoire piquante. L'odeur propre des bourses de son partenaire se trouvait sous son nez, et c'était le parfum le plus exquis qu'il ait jamais senti.

— Nous allons jouir ensemble, répondit-il. Du moins, nous allons essayer. J'espère que tu es prêt, parce que je ne vais plus tenir longtemps.

Jasper se mit à rire.

— Ne m'attends pas. Je suis sur le point d'exploser !

Ils fermèrent chacun les yeux tout en enfouissant leur verge dans la bouche de l'autre. La langue de Timmy s'attarda sur le gland de Jasper, le suçant vivement, impatient de goûter à sa semence, et Jasper fit de même pour Timmy, mordillant la peau située sous son gland chaque fois qu'il remontait le long de la verge.

Après quelques secondes, ils tremblaient de tout leur corps. Chacun prêt à jouir. Chacun plus impatient de voir leur partenaire jouir qu'ils ne l'avaient jamais été, de ne pas simplement se soucier de leur propre plaisir. Cette fois, et peut-être pour la première fois, ils voulaient vraiment *partager* cette expérience. Jouir ensemble. *Faire l'amour*. N'être qu'*un*.

Lorsque Timmy gronda « Je vais jouir ! », Jasper le retira de sa bouche et embrassa la base de sa verge. Le menton enfoui dans les bourses de son partenaire, il fit glisser ses doigts sur la fente de Timmy, et à ce moment précis, il le sentit céder.

Sa semence jaillit comme un feu d'artifice. Il se cambra lors du deuxième jet et sa semence jaillit encore plus haut. Jasper glissa rapidement ses lèvres autour du gland de Timmy et arriva juste au bon moment pour recevoir le dernier jet. Jasper n'avait jamais vu quelqu'un jouir autant de sa vie.

— À ton tour ! supplia Timmy, dévorant de nouveau le sexe de Jasper comme un homme affamé.

Il ne fallut que quelques instants à Jasper pour atteindre l'orgasme. Il voulut sortir sa verge de la bouche de Timmy et celui-ci le laissa faire. Jasper regarda sa semence épaisse jaillir sur le visage impatient de Timmy, le sourire du jeune homme couvert par un épais liquide blanc qu'il lécha du bout de sa langue comme de la crème glacée.

Jasper serra sa propre verge et en fit sortir encore plus de semence, l'étalant sur la joue du jeune homme, sur la bouche du jeune homme, et souriant lorsque Timmy sortit la langue pour en réclamer plus.

Il en voulait encore. Tous deux en voulaient plus.

Ils prirent le sexe de l'autre jusqu'à ce qu'il ramollisse dans leur bouche avide. Lorsqu'ils furent complètement exténués, ils s'effondrèrent l'un contre l'autre, dans la même position, leurs doigts entremêlés, toujours tremblants suite à l'expérience qu'ils venaient de partager.

Une relation sexuelle parfaite. C'était exactement cela. Et curieusement, ils en étaient tous les deux conscients.

— Je ne pars pas, dit Timmy.

— Non. Tu ne pars pas, répondit Jasper.

Puis ils s'endormirent. Conservant cette même position, ils dormirent une bonne partie de la nuit.

Quelques heures plus tard, lorsque Jasper se réveilla, Timmy caressait doucement les poils de son ventre. Il y déposait de doux baisers. Goûtant de nouveau à sa peau. L'explorant.

La verge de Jasper, qui avait été au repos lors de son réveil, ne mit pas longtemps à s'agiter. Et une fois de plus, Timmy la glissa dans sa bouche et l'enfonça jusque dans sa gorge.

Jasper sentit la verge de son jeune partenaire remuer contre sa joue, gonfler, durcir. Il la caressa délicatement jusqu'à ce qu'elle se tienne droite et fière, puis il la prit gaiement dans sa bouche. Oh, les hanches des deux hommes commencèrent à onduler lentement. Ils dégustèrent la saveur du plaisir de l'autre alors que le liquide s'échappait de leurs verges dures. Chacun d'eux était aussi heureux que l'autre de se trouver à cet endroit précis, à ce moment précis, en train de faire exactement ce qu'ils désiraient plus que tout. Donner du plaisir. En recevoir. Et lorsqu'ils jouirent une nouvelle fois à quelques secondes d'écart, c'était comme une délicate confirmation, une relecture de l'expérience précédente. Mais encore plus belle cette fois-ci. Avec moins de passion, peut-être, moins d'intensité, mais bien plus de tendresse.

Cette fois, lorsqu'ils tombèrent de fatigue dans les bras de l'autre, s'embrassant et se câlinant même lorsque le sommeil les emportait, ils dormirent jusqu'à ce que le soleil se trouve bien au-dessus du sommet de la montagne. La matinée était presque terminée lorsqu'ils prononcèrent leurs premiers mots. Après leur déclaration de la nuit précédente, que Jasper ne regrettait pas un seul instant, il se dit que ces mêmes paroles devaient être répétées. Maintenant. Tout de suite. Alors il les prononça :

— Tu ne pars toujours pas. Pas aujourd'hui.

Et Timmy sourit.

JASPER ÉTAIT heureux de constater que leurs matinées commençaient à devenir une sorte de routine.

Il plaça les œufs et la saucisse devant Timmy, et ce dernier lui adressa un signe de tête en guise de remerciement. Jasper glissa ses doigts dans les cheveux du jeune homme, remit en place le col de ce pyjama immense qu'il portait toujours et se pencha par-dessus la table pour déposer un baiser sur sa tête.

— Comment tu te sens ? J'aurais sûrement dû te laisser dormir la nuit dernière. Au lieu de, tu sais…

Timmy eut un sourire en coin.

— Tu n'aurais rien dû faire d'autre que ce que tu as fait. Ce que *nous* avons fait. Pour ma part, c'était la meilleure expérience sexuelle de ma vie. Et je ne t'ai pas non plus entendu te plaindre.

Jasper sourit.

Timmy attrapa la main qui lui caressait les cheveux. Il en posa la paume contre ses lèvres. Il savoura l'odeur de l'homme qui se tenait devant lui. En plus des odeurs de saucisse, d'œuf et de beurre qui subsistaient sur les doigts de Jasper, l'odeur même de cet homme était enivrante. Un mélange délicieux de virilité et de petit déjeuner.

Le baiser de Timmy était comme des papillons contre sa peau, et Jasper sourit face à sa douceur. Il n'arrivait pas à croire que cet homme puisse être si tendre. Ou que cet homme soit si généreux au lit. Ou qu'il soit si beau.

Cependant, il restait des mystères auxquels il devait trouver une réponse. Une nuit de sexe extraordinaire n'excusait pas les mensonges que l'homme avait dits à Jasper le jour précédent. Il ne croyait toujours pas cette histoire selon laquelle il se serait perdu en faisant une randonnée…

— Qu'est-ce qu'il y a ? demanda Timmy.

Jasper secoua la tête alors qu'il retirait sa main et tirait une chaise.

— Mange ton petit déjeuner. Nous pourrons discuter plus tard. Tu sembles toujours un peu affaibli.

Timmy lui adressa un sourire entendu.

— J'ai joui dix fois la nuit dernière. C'est normal que je paraisse fatigué, non ?

— Tu as joui deux fois.

— Oui, mais chaque fois, c'étaient de grosses giclées.

Jasper rejeta la tête en arrière et se mit à rire.

— D'accord. Tu as gagné. Tu peux paraître fatigué si ça te chante. Et je suppose que tout est de ma faute.

Timmy attrapa un bout de saucisse avec sa fourchette et la porta à sa bouche.

— Complètement, oui. Tout est de ta faute. Rester assis torse nu sur ce seau l'autre jour. Donner de terribles idées à mon esprit affaibli par la maladie.

Leurs regards se rencontrèrent au-dessus de la table. Jasper lui fit un clin d'œil.

— Si je me rappelle bien, c'est toi qui t'es introduit sans autorisation dans mon espace personnel quand je prenais une douche. Ça, c'était une terrible idée. Et ensuite, tu as pris mon sexe dans ta bouche, ce qui a plutôt bien donné le ton de la soirée.

— C'est certain, répliqua Timmy en hochant gaiement la tête.

Jasper observa de plus près le visage de Timmy. On aurait dit que la partie inférieure de son visage était aussi à vif qu'un steak mal cuit.

— Qu'est-il arrivé à ta peau ? Elle est toute rouge. Surtout autour de ta bouche.

Timmy frotta doucement sa mâchoire.

— Une brûlure. Causée par une certaine *barbe*. T'embrasser alors que tu as une barbe reviendrait presque à traîner mon visage le long d'un parking rempli de brisures de verre. Par contre, ça valait vraiment le coup. Chaque fichue minute.

Jasper était atterré.

— Mon Dieu, Tim. Je suis désolé. Je vais aller me raser tout de suite.

— Ne sois pas stupide, l'arrêta Timmy en riant. Mange ton petit déjeuner. *Ensuite*, tu te raseras. Je ne vais pas mentir en disant que je ne veux pas que tu te débarrasses de cette barbe. J'aime sentir la peau de l'autre lorsque je l'embrasse. Pas des arbustes.

Ce fut au tour de Jasper de rire, bien qu'il ait toujours un air coupable sur le visage.

— Bien. D'abord, je mange, ensuite, je me rase. Et après, peut-être que…

Il baissa les yeux vers son assiette, puis les leva vers le plafond et regarda finalement Timmy droit dans les yeux.

— … après, peut-être que nous pourrons vérifier si ça te permet de m'embrasser plus facilement.

Une flamme s'alluma dans les yeux sombres de Timmy. Ses joues s'empourprèrent.

— Alors, mange rapidement, petit malin. Et rase-toi encore plus vite. Il n'y a rien que j'aimerais davantage faire que de poser à nouveau mes mains sur ton corps.

Jasper sentit la chaleur lui monter aux joues. Et c'était une drôle de sensation. Il était pratiquement sûr qu'il n'avait plus rougi depuis ses douze ans.

— Tu sais, Timmy, c'est ta bouche qui était vraiment efficace. Non pas que tes mains ne soient pas…

— Mange ! lui ordonna Timmy.

Et Jasper fit exactement ce qu'il demanda. Leurs genoux se touchèrent sous la table, et Jasper sentit une lueur chaude se répandre dans tout son corps, de sa rotule jusqu'à la pointe de ses oreilles.

Il se demanda ce que Timmy ressentait. S'il ressentait quelque chose.

LORSQUE LE genou de Jasper effleura le sien sous la table, Timmy plaça son pied nu sur la cheville de Jasper. De son autre pied, il caressa le mollet de Jasper couvert d'un jean.

Seigneur, cet homme était ravissant. Et si honnête.

91

Timmy savait que, s'il en avait envie, il pourrait le manipuler sans problème.

Ses pensées s'assombrirent lorsqu'il le réalisa. Soudain, il se sentit… mal. De nouveau mal en point. Il ne pouvait pas le croire. Une minute plus tôt, il allait très bien, et maintenant, il était prêt à tomber de sa chaise et à s'endormir sur le sol. Ses pensées naviguèrent sur une mer obscure de culpabilité, de nausée, de honte et de… de maladie. Il ne se sentait vraiment pas bien. Et ce mal l'avait frappé sans crier gare.

— Excuse-moi, Jasper. Je crois… Je crois que je ferai mieux d'aller m'allonger un moment.

Jasper jeta sa serviette sur son assiette et se leva immédiatement.

— Je le savais ! Je savais que tu faisais trop d'efforts ! Je savais que j'aurais dû te laisser dormir la nuit dernière !

Timmy se mit debout avec difficulté. Sa fourchette tomba au sol.

— Non, je…

Mais Jasper ne l'écoutait pas. Il prit Timmy par le bras et le guida, non pas jusqu'au canapé, mais jusqu'à l'escalier qui menait à la chambre.

— Tu as besoin de dormir dans un vrai lit, prêcha-t-il. J'empêcherai les animaux de monter sur le lit et je te laisserai dormir. Quand tu te réveilleras, nous déjeunerons. Et peut-être que… nous discuterons. D'accord ?

Timmy ne savait pas pourquoi son énergie l'avait quitté, ni pourquoi il se sentait soudain si ignoble, mais Jasper devait avoir raison : il s'était précipité en ayant une relation sexuelle si rapidement après avoir été aussi malade. Il *aurait* dû dormir la nuit dernière. Mais Seigneur, cet homme était si sexy. Son corps était si parfait.

Sa semence…

Jasper l'allongea sur le lit et, une fois que Timmy fut installé sur le dos, il retira le pantalon de pyjama du corps mince du jeune homme en un geste vif et le jeta de l'autre côté de la pièce. Il se pencha au-dessus du lit, déboutonna la chemise et la lui retira aussi. Elle vola dans les airs pour rejoindre le pantalon sur la pile froissée.

— Maintenant, dors, dit Jasper.

Il fit un effort considérable pour ne pas laisser ses mains se promener sur le corps nu de Timmy, étendu devant lui. Mon Dieu, il était tellement beau. Jasper tira chastement la couverture jusqu'au menton de Timmy et le borda.

Ce dernier le regarda alors qu'il le surplombait. Le blanc de ses yeux était rose, les cernes plus sombres. Il ressemblait à un homme qui avait désespérément besoin de sommeil.

— Je suis désolé pour le petit déjeuner…

— Chut, l'arrêta Jasper.

Il posa une main délicate contre la joue de Timmy et se pencha pour poser ses lèvres sur le front du jeune homme, doucement, de sorte que sa barbe n'érafle pas davantage la peau de son visage. Il sentit l'odeur de son shampoing dans l'épaisse chevelure noire qui tombait sur l'oreiller.

— Dors, Tim.

Le gamin sourit.

— Timmy, dit-il. Appelle-moi Timmy.

Puis il ferma les yeux.

Timmy se réfugia dans l'obscurité derrière ses paupières, heureux de se retrouver seul pendant une minute. Repoussant cette journée. Repoussant Jasper. Il eut l'étrange sentiment qu'il allait pleurer. Bon sang, mais que lui arrivait-il? Il avait l'impression de perdre la face. C'était cela, bien entendu. Ce n'était *que* cela. Comment pouvait-il faire l'expérience de la meilleure relation sexuelle qu'il ait jamais eue et être aussi fragile qu'un chiot l'instant d'après? Faites que Jasper ne croie pas qu'il faisait semblant, parce que Dieu en était témoin, ce n'était pas du tout le cas.

Avant que Timmy ne puisse réfléchir plus en détail à cela, l'obscurité l'emporta et il dormit du sommeil sans rêves du juste.

Jasper s'installa dans un coin près de la fenêtre, partageant silencieusement son temps entre les notes sur ses genoux concernant le roman qu'il était en train d'écrire et l'homme dans le lit de l'autre côté de la chambre. Après un moment, il s'endormit aussi, le menton posé sur le torse, ses notes glissant une par une de ses genoux et volant doucement jusqu'au sol dans un bruit léger.

Et ce fut de cette manière calme que le jour fit doucement place au coucher du soleil. Les ombres de la tombée de la nuit se rassemblèrent.

Même pendant que Timmy dormait, le cœur de Jasper était un peu plus conscient de la présence de l'homme dans le lit. Une tendresse qu'il n'avait pas encore reconnue brûlait en lui. D'ailleurs, il ne l'avait pas encore remarquée.

Même Jumper sentit le changement chez son maître alors qu'il était allongé aux pieds de Jasper et observait la pièce s'assombrir autour d'eux.

Ce ne fut que bien plus tard que les oreilles de Jumper se dressèrent suite à un bruit qu'il entendit à l'extérieur du chalet. C'était un bruit inhabituel. Un bruit qu'il n'avait jamais entendu auparavant.

Jumper se mit debout. Avec Bobber et Lola, maintenant qu'ils avaient *tous* entendu ce bruit, les trois chiens laissèrent derrière eux les deux humains endormis et dévalèrent l'escalier telle une avalanche. Une fois dans le salon, ils se précipitèrent vers le fauteuil qui se trouvait près de la fenêtre, se serrant les uns aux autres et luttant pour avoir un meilleur point de vue. Lorsqu'ils furent tous satisfaits, ils collèrent leur museau froid contre le carreau et regardèrent ce qui se passait dehors.

Un léger grognement émergea de leurs trois gorges.

Puis ils commencèrent à aboyer. Et ils le firent de manière bruyante. Les deux chats fuirent sous le canapé et disparurent, horrifiés par le vacarme, et ils entendirent les pas de leur maître descendant l'escalier, sa voix ordonnant aux chiens de bien vouloir la fermer, pour l'amour du ciel.

Lorsque Jasper vit ses trois chiens regarder par la fenêtre, toujours tremblants d'excitation, mais momentanément silencieux suite à son ordre, il s'immobilisa. Quelque chose clochait.

Il pensa aux armes dans le placard, mais il refusa de leur donner davantage qu'une brève attention. Non armé, et déterminé à le rester, il avança jusqu'à la porte d'entrée et l'ouvrit. Les trois chiens se ruèrent à l'extérieur, le faisant presque tomber par terre.

Jasper rentra sa chemise dans son pantalon, puis il se frotta les yeux et les suivit dans le crépuscule.

Une fois dehors, il ne trouva rien. Pas d'intrus déguisés en hommes de Néandertal traînant derrière eux des massues fabriquées à l'aide de fémurs de mastodontes. Pas de pumas guettant Harry et Harriet et ayant une envie de côtes de bébés porcs. Pas de hordes de Bigfoots salivants, en maraude, foulant le jardin et mâchant les bégonias pour faire le plein de fibres. Rien.

Après leur folle ruée à travers la porte d'entrée, les chiens se calmèrent rapidement. Ils reniflèrent les environs pendant un moment, partirent dans les bois, revinrent tout aussi vite au chalet, puis ils semblèrent oublier ce qu'ils étaient venus faire dehors et commencèrent à se courir après dans le jardin. Jumper s'excusa auprès du groupe pour aller faire ses affaires auprès de la nouvelle clôture. Bobber marcha en plein dans une flaque de boue, ce qui obligerait Jasper à l'essuyer avant de pouvoir le faire à nouveau entrer dans le chalet. Quant à Lola, elle regarda ses deux compagnons canins, puis Jasper avec un froncement de sourcils désapprobateur, comme si elle s'excusait du comportement de ses camarades, et elle rentra à la maison.

Jasper la retrouva dans la chambre, en train de se faire gratter le ventre par un Timmy qui venait de se réveiller.

Sacrée chanceuse.

VIII

COMME IL se sentait un peu exclu, Jasper s'assit auprès de Timmy et Lola sur le lit. Timmy lui sourit, tout juste réveillé et magnifique, et Jasper ressentit une étrange sensation au fond de lui. Comme si quelque chose avait fondu. Son cœur? Son foie? L'installation électrique? Quoi? Jasper n'était pas un romantique. Du moins, il ne pensait pas l'être. Peut-être qu'il commençait à souffrir du mal dont venait juste de guérir Timmy. Ou peut-être que ce qu'il avait ressenti n'était qu'une montée de désir. Personne ne pouvait lui en tenir rigueur. Le simple fait de regarder cet homme était étourdissant.

Pendant ce temps, Timmy était un peu tendu. Sa première pensée lorsqu'il avait entendu les chiens hurler avait été qu'on l'avait retrouvé. Et il se fichait bien de ce qu'avait dit Crazy Horse [1]. Ce n'était *pas* un bon jour pour mourir. Il fit semblant de bâiller devant Jasper pour paraître moins nerveux.

— Les chiens sont devenus fous. Que s'est-il passé?

— Je ne sais pas, répondit Jasper en haussant les épaules. Peut-être un coyote. Il y en a par ici. Il n'y a pas de quoi s'inquiéter. Comment te sens-tu?

Timmy réfléchit à cette question alors que les traits de son visage se détendaient.

— Mieux, je crois. J'ai ce sentiment d'être resté trop longtemps allongé. Je suppose que ça veut dire que je vais bien et qu'il est temps pour moi de me lever et d'arrêter de glandouiller.

Un sourire apparut sur le visage de Jasper.

— Tu as meilleure mine.

Il glissa sa main sous la couverture pour caresser le torse de Timmy. Sa peau était douce et chaude, et Jasper eut l'envie soudaine de ronronner comme un chat tellement cette sensation était agréable.

Timmy se tourna sur le côté pour faire face à Jasper. Il se mit en position fœtale et posa sa tête sur la jambe de Jasper. Il leva un regard

1 Chef des Sioux-Oglalas vers 1842-1877.

langoureux et paisible vers lui. Il était pleinement satisfait. Il prit la main de Jasper entre les siennes et les coinça sous son visage.

Sa voix était encore un peu enrouée, que ce soit à cause de la maladie ou du trop-plein de sommeil. Ou bien les deux.

— Pourquoi es-tu si gentil avec moi, Jasper ?

Un soupçon de rire étincela dans ses yeux sombres et fatigués.

— Est-ce que tu ne couches qu'avec les personnes qui montent en haut de ta montagne et qui perdent connaissance dans ta cabane à cochons parce qu'ils sont trop mal en point pour aller plus loin ? Est-ce pour cela que tu es si reconnaissant ? N'y a-t-il pas des personnes saines d'esprit qui seraient prêtes à te faire monter au septième ciel ?

Jasper sourit. C'était une facette de Timmy qu'il n'avait jamais vue auparavant. Son côté taquin. Il l'adorait.

— Il y en a, mais ils ne font pas le travail aussi bien que toi. Tu n'as pas de problème à faire une gorge profonde, n'est-ce pas ?

Il posa la question comme un docteur questionnerait son patient sur un mal de ventre. De manière détachée. Cliniquement intraitable. Et sans crier gare.

La question fut une telle surprise que Timmy se mit à hurler de rire. Ses joues s'empourprèrent alors qu'il cachait son visage sous la couverture. Lola se redressa sur le lit pour voir ce qui se passait et elle se rallongea tout aussi vite en se laissant tomber lourdement. Ce n'étaient que les humains qui faisaient des leurs. Pourtant, sa queue commença à remuer. Elle aimait voir les humains heureux.

— C'est embarrassant, dit Timmy en riant quelque part sous les draps.

Il sortit légèrement la tête de sous les couvertures, ses cheveux partant dans tous les sens.

— Et pour répondre à ta question, ça dépend de ce qui entre dans ma bouche.

— Alors comment est-ce que tu... ?

— Comment est-ce que je fais ? termina Timmy en souriant. C'est de l'entraînement. Des heures et des heures d'entraînement. Tu es content ?

— Non, grogna Jasper. Pas du tout, en fait. De combien d'heures d'entraînement parlons-nous ? Et qu'est-ce que j'étais dans cette histoire, petit malin ? Une autre leçon ? Un cas pratique ? Un examen final ?

Jasper se pencha en avant, tira les couvertures du visage de Timmy et déposa un baiser taquin sur les lèvres du jeune homme. Mais ce n'était pas qu'un baiser. Jasper vérifiait aussi la température de Timmy. Ou du moins, il se dit que c'était ce qu'il faisait. Peut-être qu'il se trompait. Peut-être que ce n'était qu'un satané baiser. Dieu sait que ça y ressemblait.

Lorsque la main de Timmy se glissa sur la nuque de Jasper et le tint en place pour répondre à son baiser, Jasper eut l'impression d'être mort et de se retrouver au paradis. Seigneur, cet homme était incroyable. Ce baiser sembla durer des heures et chaque minute était un émerveillement. Pour eux deux.

Finalement, parce que la chienne essayait de s'immiscer entre eux pour elle aussi recevoir un baiser, ils s'écartèrent doucement l'un de l'autre, mais pas assez pour que leurs regards se détachent. C'était comme si un aimant les retenait ensemble. Ils ressentaient tous les deux cette attraction.

Jasper ressentit à nouveau cette étrange sensation de fondre à l'intérieur, mais au moins il était maintenant certain que la fièvre de Timmy avait disparu. La bouche de ce dernier avait été si succulente que la température de Jasper avait augmenté subitement. Génial ! Maintenant, il avait de la fièvre et Timmy n'en avait plus. Qui plus est, on aurait dit que l'entrejambe de son jean avait été rempli de choux tellement il était comprimé.

Il se moqua de lui-même. Ces érections impétueuses. Elles se réveillaient toujours lorsqu'on ne les attendait pas. Il se demanda si Timmy en avait une. Puis il vit la bosse sous les couvertures au niveau de son entrejambe. Oui. Ce délicat jeune homme avait une belle érection.

Jasper utilisa une grande partie de sa dose annuelle de volonté pour ne pas arracher ses vêtements, jeter les couvertures à travers la chambre et enfouir son nez entre les fesses de Timmy, qui semblaient soudain être devenues une destination qu'il aimerait vraiment visiter. Soit ça, soit grimper sur le sexe de l'homme comment il grimperait l'Everest. Ces deux sites offriraient un excellent point de vue sur le paysage.

Au lieu de cela, et à son grand étonnement, il dit :

— Allez. Debout. Tu dois être mort de faim. Allons te préparer à manger. Ensuite, nous discuterons.

Il finit tout de même par tirer d'un coup sec sur les couvertures, dévoilant un Timmy nu sur le lit. Seigneur, quelle vue ! Cet homme était superbe. Et sa verge semblait délicieuse.

Timmy ouvrit grand les yeux, feignant l'innocence. Jasper savait qu'il était en train de *feindre* l'innocence parce qu'au même moment, Timmy empoigna sa verge et la caressa doucement, et *personne* ne pouvait faire semblant d'être innocent tout en se masturbant. C'était impossible.

C'était comme si Heidi berçait une poupée d'une main et tenait un gode dans l'autre. C'était simplement douteux.

— Nous ne ferons que discuter? demanda Timmy de manière aguicheuse tout en faisant la moue. C'est tout ce que tu veux que nous fassions?

Jasper se mit à rire.

— Pour le moment, oui, répondit-il.

Puis il se dirigea vers l'escalier, et *cela* lui prit ce qu'il lui *restait* de volonté.

DURANT SES années de mariage, Jasper avait toujours été en colère contre sa femme lorsqu'elle l'empêchait de profiter d'un dîner au calme. Ou d'un petit déjeuner. Ou d'un déjeuner. Comme elle ne se taisait jamais, il n'avait jamais la possibilité de manger et de savourer sa nourriture dans le calme.

Alors il fut surpris de constater qu'il était impatient de partager sa table avec Timmy. Silencieux, bavard, morose, joyeux – il se fichait de savoir de quelle humeur celui-ci serait. Jasper était fasciné par chacune d'entre elles.

Ce soir, Jasper fut heureux de découvrir que Timmy était d'humeur bavarde. Pendant qu'ils mangeaient leur potage et leurs hamburgers, Timmy, toujours enveloppé dans le pantalon de pyjama de Jasper, discuta de Lola, de la ferme et du soulagement qu'il éprouvait de se sentir mieux. Il n'arrêtait pas de dire à Jasper qu'il n'avait jamais été aussi malade de sa vie, et celui-ci le croyait.

Puis le moment vint où Timmy tendit la main pour toucher le bras de Jasper.

— Je veux te dire quelque chose, dit-il alors que Jasper portait une feuille de salade à sa bouche avant d'attaquer son hamburger. Arrête-toi une seconde et écoute-moi, tu veux?

Jasper sentit que quelque chose d'important allait être dit. Quelque chose qui venait du cœur. Il se figea, sa fourchette à quelques centimètres de sa bouche.

Timmy avait un regard sérieux.

— Je tiens juste à te dire merci. Et je le pense sincèrement. Merci. Personne n'a jamais pris soin de moi comme tu l'as fait.

— Jamais?

— Jamais.

Jasper pencha sa tête sur le côté.

— Quand tu étais enfant, on a forcément…

— Jamais, répéta Timmy.

Et malheureusement, Jasper n'eut pas de mal à le croire.

Ne voulant pas être indiscret en lui posant des questions sur son enfance, Jasper changea de sujet.

— J'ai failli t'emmener à l'hôpital, tu sais, avoua-t-il. Pendant un temps, j'ai cru que tu allais mourir chez moi.

— Dieu merci, tu ne l'as pas fait, répliqua Timmy en levant les yeux au ciel. Pas d'assurance. J'aurais dû rembourser ma dette jusqu'à la fin de mes jours. Mourir aurait été une meilleure option.

Il ne dit rien de l'autre raison pour laquelle il ne voulait pas aller à l'hôpital ; à savoir, les traces administratives qui pourraient guider ses poursuivants directement jusqu'à lui. Il était certain qu'il n'y avait que très peu d'endroits dans lesquels l'homme le plus dangereux de Tijuana ne pourrait pas le tracer. Cet homme avait le bras long, du moins d'après ce qu'on lui avait dit. On lui avait aussi dit que cet homme avait une armée de larbins à son service et qu'aucun d'eux n'était ce que l'on qualifierait de délicat.

— Si les médecins de l'hôpital t'avaient sauvé la vie, est-ce que cela aurait vraiment été si horrible ? demanda Jasper. Les dettes peuvent être remboursées. Alors que la mort n'est que… eh bien, la mort. Ça craint bien plus que quelques factures impayées.

Il fut surpris quand il entendu la réponse de Timmy :

— Oui. Je suppose. Mais je n'aime pas avoir des dettes. J'en ai déjà une envers toi. C'est suffisant.

Jasper fronça les sourcils.

— Tu ne me dois rien.

— Tu as tort, répliqua Timmy. Écoute, j'aimerais te demander une nouvelle faveur.

Jasper n'était pas sûr d'apprécier ce qui allait suivre.

— Quel genre de faveur ?

— Tu te souviens quand tu m'as dit que je ne pouvais pas encore partir ?

Jasper posa son hamburger sur son assiette et fixa Timmy par-dessus la table. Il le fixa droit dans les yeux, semblant presque en colère.

— J'y pense toutes les cinq minutes. Tu as répondu que tu resterais encore quelques jours. J'espère que tu t'en souviens. Je ne veux pas te voir

100

partir, Timmy. J'aimerais… apprendre à mieux te connaître, si tu veux bien m'en laisser l'opportunité.

Puis son visage se détendit. Ses propres mots semblaient l'avoir surpris. Leur intensité. Le *besoin* qui en ressortait.

Timmy tendit la main par-dessus la table et posa sa main sur celle de Jasper.

— C'est ce que j'essaie de te dire, idiot. J'aimerais vraiment rester un peu plus longtemps. J'aime être avec toi.

— Alors quel est le problème ?

— Il n'y en a pas. J'aimerais juste emprunter ta Jeep pour me rendre en ville et récupérer quelques affaires.

Une sonnerie d'alerte retentit dans la tête de Jasper.

— Je vais t'y emmener.

Deux petits creux se matérialisèrent entre les sourcils de Timmy. Il ne semblait pas heureux de la tournure que prenait la conversation.

— Je préférerais m'y rendre seul. Serais-tu prêt à me laisser y aller ? Je ne volerai pas ta Jeep. Et j'ai le permis de conduire et tout ça.

— Gamin, je me fiche complètement de la Jeep. Et je sais que tu as ton permis de conduire. J'ai fouillé dans ton portefeuille, tu te rappelles ? J'ai juste peur que tu ne reviennes pas. Et si tu ne reviens pas, je ne saurais pas comment te retrouver.

Timmy lui sourit tendrement. Il caressa de son pouce le dos de la main de Jasper. Ce dernier ressentit les effets de cette caresse jusque dans son ventre.

— Tu dois me faire confiance si tu veux que nous soyons amis, Jasper. Peux-tu me faire confiance ? Je ne serai absent que pendant deux heures. Je te le promets.

Jasper se sentait à nouveau un peu utilisé. Il ressentait aussi les premières lueurs de panique. Que ferait-il si l'homme ne revenait *vraiment* pas ? Et ce n'était pas pour la Jeep qu'il s'inquiétait. Elle pouvait bien aller au diable.

— L'embrayage se bloque.

Ce fut tout ce qu'il trouva à répondre.

Timmy lui sourit.

— Lorsque je serai de retour, je réparerai ça. J'ai d'autres talents que celui d'enfoncer une verge dans ma gorge, tu sais. Je suis plutôt bon en mécanique. Laisse-moi la réparer, s'il te plaît. Ce sera un début pour te remercier de tout ce que tu as fait pour moi. Et à en croire la manière dont tu installes des clôtures de travers et des cabanes à cochons bancales, je préfère ne pas te voir démonter une voiture.

Cela fit rire Jasper. Timmy avait totalement raison. Il ne saurait même pas par où commencer.

Mais alors que Jasper riait, le visage de Timmy s'assombrit. Lorsque Jasper vit la gravité de son expression, il arrêta de rire comme si on venait de lui tirer le tapis sous les pieds.

— Qu'est-ce qui ne va pas ?

Timmy tendit son autre main par-dessus la table et prit celle de Jasper entre les siennes, comme il l'avait fait plus tôt dans le lit. Il fixa intensément le regard de Jasper, et le cœur de ce dernier fit un bond.

— Parle-moi, insista gentiment Jasper. Qu'est-ce qui ne va pas ?

Tout en continuant de tenir et de caresser la main de Jasper, Timmy décrocha son regard du sien et fixa la fenêtre. Il avait les joues rouges et Jasper comprit qu'il était gêné. Ce constat lui fit mal au cœur. Il n'aimait pas du tout cela. Cet homme n'avait absolument aucune raison de se sentir gêné.

Apparemment, ce n'était pas l'avis de Timmy.

— Je ne suis pas habitué à être apprécié si sincèrement, tu sais. Je n'arrête pas de me demander combien de temps ça va durer. Je n'arrête pas de me demander quand tu en auras marre que je sois ici. Je me demande si c'est purement sexuel ou si nous sommes réellement en train de devenir amis. Pour être tout à fait honnête, je suis un peu perdu, Jasper.

— Ne le sois pas. Et n'y réfléchis pas trop. Et ne doute pas trop non plus. Je te *jure* que je t'apprécie. C'est tout ce que tu as besoin de savoir. Si nous finissons par devenir amis… Eh bien, qu'y a-t-il de mal à ça ?

— Je pense que nous sommes déjà amis. Pas toi ? demanda Timmy d'une petite voix timide.

Jasper fut touché par la simplicité de ses paroles. Il y vit aussi une ouverture et en profita pour se lancer.

— Si. Et les amis n'ont pas de secrets l'un pour l'autre. Je veux juste savoir une chose. Est-ce que tu fuis la justice ou… quelque chose d'autre ?

Timmy écarquilla les yeux. Il pinça les lèvres.

— Je ne…

Jasper l'interrompit en prenant les mains de Timmy dans les *siennes*.

— Je t'en supplie, ne me mens pas une nouvelle fois, dit-il doucement. Ce n'est pas nécessaire. Dis-moi la vérité. Si nous voulons être amis, commençons par être honnêtes l'un envers l'autre. La raison qui t'a amené jusqu'ici n'est pas vraiment importante, Timmy. Je suis juste heureux que tu sois là. Et s'il y a quoi que ce soit que je puisse faire pour t'aider, je le ferai. Mais tu dois me dire la vérité. Je ne peux pas t'aider si tu me mens. Personne ne le peut.

Le regard de Timmy se promena autour de la pièce, hésitant. Il savait que Jasper voyait très bien ce qu'il faisait. Il gagnait du temps. Il réfléchissait. Ses yeux se posèrent sur le réfrigérateur, la gazinière, l'horloge au-dessus de l'évier. Il ne regarda pas à travers la fenêtre. Il faisait trop noir dehors pour voir quoi que ce soit. La seule chose qu'il voyait en regardant par cette fenêtre était son propre reflet qui le fixait dans le verre noir, et c'était la dernière chose qu'il avait envie de voir.

Il prit finalement une décision. Jasper avait raison. Il ne méritait pas que l'on continue à lui mentir. Mais Timmy n'était pas non plus prêt à révéler *tous* ses secrets. Il y avait une possibilité que Jasper lui tourne le dos s'il le faisait, et cette simple idée le rendit une fois de plus nauséeux. Il appréciait Jasper. Il ne voulait pas le perdre.

Il prit une profonde inspiration et décida de lui dire la vérité. Mais pas dans son entièreté.

— La vérité, c'est que je vis dans un hôtel miteux que j'aurais honte de te faire visiter, en dessous de Broadway. J'ai un travail, Jasper. Je ne suis pas un fainéant. Mais c'est un petit job. Je travaille dans un fast-food. C'est tout ce que je fais. Retourner des steaks hachés. Ça me rapporte à peine de quoi payer mon loyer, que je paye à la semaine. Si je quitte l'hôtel trop longtemps, les propriétaires vont entrer chez moi et prendre mes affaires comme paiement. S'ils le font, je serai vraiment dans le pétrin. J'ai déjà perdu mon travail. Je suis parti depuis combien de temps, quatre jours ? Cinq ? Sachant qu'ils s'énervent quand j'ai deux minutes de retard. Alors voilà, Jasper, c'est moi, dit-il en se forçant à le regarder droit dans les yeux. Tout de suite, je n'ai plus de travail. Je n'ai probablement plus de maison. Rester avec toi n'est plus quelque chose que *j'aimerais* faire, mais que je *dois* faire. Au moins jusqu'à ce que je trouve un autre emploi. Maintenant, tout est dit, termina-t-il rapidement. La vérité que tu attendais. Pas vraiment jolie, n'est-ce pas ?

Jasper lui offrit un sourire rassurant. Il y avait de la sympathie dans ce sourire, mais aussi un remerciement. Un remerciement pour lui avoir dit la vérité.

— Rien de tout ça ne me dérange, Timmy. L'hôtel, le travail, rien. Je t'apprécie, *toi*. Pas pour le métier que tu exerces ou pour l'endroit où tu vis, mais pour la personne que tu es.

Jasper se mit à rire avant d'ajouter :

— Et parce que tu es extrêmement beau.

Timmy lui adressa un léger sourire. Il n'était pas vraiment réceptif à la tentative d'humour de Jasper, et ce dernier s'en voulut d'avoir fait cette blague.

— Tous ces problèmes ont une solution, Timmy, dit-il gentiment. Je sais qu'ils sont effrayants pour le moment, mais je t'aiderai à remonter la pente. Je te le promets. Nous allons te trouver un travail. Mais il reste une chose... Je ne sais toujours pas pourquoi tu es apparu sur ma montagne un beau matin. Dis-moi ce qui t'a amené jusqu'ici et j'arrêterai de t'ennuyer avec mes questions. Je le jure. Mais j'ai besoin de savoir. Qu'importe la raison, je ferai mon possible pour t'aider. Promis.

Timmy le fixa du regard, muet. Il y avait de la honte dans son regard, et cette honte fit de la peine à Jasper. Il se demanda s'il était en train de faire plus de mal que de bien. Était-il en train de creuser un fossé entre eux deux qu'il ne serait jamais capable de réparer ? Seigneur, il espérait que ce ne soit pas le cas.

Malgré cela, il y avait des choses qu'il *devait savoir*.

— Est-ce que c'est la justice, Timmy ? Est-ce de la justice dont tu te caches ? Réponds juste à cette question.

— Non, répondit Timmy.

Un instant plus tard, il ajouta :

— Pas cette fois. Cette fois, c'est pire que la justice.

— Seigneur, Timmy, qu'est-ce qui peut être pire que la justice ? Explique-moi, insista Jasper. Laisse-moi t'aider. Et pourquoi y avait-il les clés d'une Cadillac dans ta poche ? Où se trouve la voiture ? C'était la tienne, non ? Alors où est-elle ?

— Non, répondit une fois encore Timmy. Ce n'était pas la mienne.

L'obstination remplaça la honte dans les yeux de Timmy, et il fixa Jasper avec un semblant de colère.

— Je t'ai dit tout ce que je pouvais. Tu vas devoir me faire confiance. Est-ce que tu en es capable, oui ou non ?

Jasper était fatigué par l'obstination de Timmy, mais il savait qu'il n'était pas en position de force. S'il ne cédait pas, il le perdrait à jamais. Il pouvait le voir dans son regard. Le jeune homme était sur le point de s'énerver. Il était sur le point de s'insurger face à l'intrusion de Jasper dans sa vie privée. Et cela rendait Jasper fou d'inquiétude. Il ne pouvait pas supporter l'idée que Timmy disparaisse de sa vie comme s'il n'en avait jamais fait partie. Il voulait avoir une chance de faire connaissance avec lui, de voir si une réelle amitié pouvait naître à partir de cette étrange situation. À chaque seconde qui passait, il devenait de plus en plus clair que s'il voulait que Timmy reste, il allait devoir jouer son jeu. Peut-être qu'ils pourraient régler cela plus tard, faire la lumière sur ce grand mystère et découvrir la personne que Timmy fuyait réellement.

Démarrer une conversation franche. Peut-être même quelque chose de plus.

Jasper soupira. À contrecœur, il fouilla dans sa poche et jeta une clé sur la table.

C'était la clé de la Jeep.

Seigneur, Timmy n'avait jamais vu autant de nids-de-poule de sa vie. Et chacun d'eux était rempli par au moins soixante centimètres d'eau. C'était pire que le pays aux mille lacs, pour l'amour du ciel. Il avait dû relever la vitre de la vieille Jeep pour s'assurer de ne pas être victime d'un tsunami chaque fois qu'il atterrissait dans l'un d'eux.

Il n'arrivait toujours pas à croire que Jasper lui ait laissé les clés de la Jeep. Et heureusement qu'il l'avait fait. Timmy avait des choses à régler. Il n'aurait jamais laissé voir à Jasper le dépotoir dans lequel il vivait. Même si ce n'était pas l'endroit où il se rendait. Il n'avait aucune intention de retourner dans cet hôtel miteux. Jamais.

Mais même s'il y avait emmené Jasper, cela aurait tout ruiné entre eux. Jasper était un être humain respectable. Timmy était… peu respectable, et il le savait très bien. Il prendrait toutes les précautions possibles pour que son passé reste hors de la vue de Jasper. Il eut mal au cœur à l'idée que ce dernier le regarde et se demande dans quel pétrin il s'était fourré en couchant avec un gars comme lui. C'était un nouveau sentiment pour lui.

Une semaine plus tôt, Timmy n'avait même pas su qu'il avait un cœur.

Mais il en était maintenant certain.

Et c'était un constat très étrange. Timmy n'avait jamais été le bénéficiaire de tant de gentillesse et d'affection que lorsqu'il s'était trouvé entre les mains de l'homme qui l'avait soigné jusqu'à ce qu'il soit à nouveau debout. Même lorsqu'ils avaient fait l'amour, eh bien, ils avaient *fait l'amour*. Un peu trop tendre, un peu trop *en phase*, pour que l'on considère cela comme une simple relation sexuelle. Timmy n'était pas étranger aux relations sexuelles insignifiantes. D'ailleurs, c'était pratiquement un mode de vie pour lui. Mais ce qu'il avait vécu avec Jasper était bien plus que cela. Il fut dérouté lorsqu'il comprit qu'il aimait sincèrement cet homme et qu'il voulait être avec lui. Même à cet instant, alors qu'il n'était parti que depuis vingt minutes de la maison, il avait l'impression qu'une chose manquait à sa vie. Une chose qu'il aimait désormais avoir auprès de lui. Une chose qu'il aimait vraiment regarder.

Cette chose était Jasper.

Timmy pouvait encore sentir le corps duveteux et puissant de Jasper contre le sien. Sa chaleur. Sa force prudemment restreinte. Il pouvait encore sentir les grandes mains délicates de Jasper lorsqu'il l'avait lavé au gant de toilette dès le premier jour. Il pouvait encore voir la lueur de gentillesse qui étincelait dans ses yeux chaque fois qu'il le regardait. Ainsi que la lueur d'inquiétude. Son inquiétude concernant son état de santé, la manière dont il vérifiait constamment sa température. La saveur de ses lèvres. La saveur de sa semence.

La vision de Timmy devint floue lorsqu'une vague de passion déferla en lui. Il dut tenir fermement le volant de la Jeep pour ne pas faire demi-tour et accélérer jusqu'à la ferme pour ravager une nouvelle fois Jasper. Et dire que lorsque tout cela avait commencé, lorsque Timmy était sorti de ses rêves délirants et avait réalisé qu'il était en train d'être soigné par l'étalon assis sur le seau, il avait pensé que Jasper n'était rien d'autre qu'un idiot. Une âme charitable. Mignon, bien sûr, mais rien qu'un bon Samaritain dont il pourrait profiter. Timmy avait apprécié son aide, mais il avait encore plus apprécié l'opportunité que cet homme lui offrait d'échapper à ses poursuivants dans une planque sûre et chauffée. Mais cet état d'esprit n'avait pas duré.

Timmy se demanda qui était le vrai idiot de l'histoire. Il doutait fortement que Jasper soit assis dans un coin de la maison avec une érection parce qu'il ne pouvait s'empêcher de penser à *lui*.

Timmy arrangea son érection et continua à rouler.

Un peu plus loin dans l'allée, il regarda vers la gauche où l'on pouvait voir des traces de pneus se dirigeant vers les broussailles. S'il n'avait pas su qu'elles étaient là, il ne les aurait jamais remarquées. Il jeta un œil vers le tunnel formé par toute la broussaille, dans la direction des traces de pneus, pour voir s'il pouvait voir quelque chose, mais il n'y avait rien. Pas de reflet de chrome. Pas de carrosserie noire. Pas de scintillement de vitre.

Soulagé, Timmy continua sa route. La vieille Jeep de Jasper faisait un tel vacarme en passant les nids-de-poule qu'il n'aurait pas été surpris que le moteur se détache et tombe pour disparaître dans une flaque de boue.

Ce fut avec un immense soulagement qu'il mena enfin la Jeep vers la sortie de ce chemin et qu'il atterrit sur une route digne de ce nom. Il imagina la voiture en train de se secouer comme le ferait un chien, passa une vitesse, accéléra, puis il était en route.

Timmy se dirigea tout droit vers les lumières scintillantes de la ville qui se trouvaient très loin. Il y avait trois endroits où il devait s'arrêter. Le premier était le petit garage qu'il louait à une vieille dame sur Pike Street. C'était là que se trouvaient ses outils. Et aussi certains de ses vêtements, assez pour s'en sortir. Et autre chose d'assez important. Un sourire se dessina sur son visage à *cette* pensée. C'était jouissif.

Il n'avait pas l'intention d'aller récupérer ses affaires à l'hôtel. Heureusement, il n'y avait rien chez lui dont il était triste de se séparer. Et il était certain que l'homme qui était à sa recherche avait posté un ou deux de ses larbins dans le hall poussiéreux de l'hôtel, attendant qu'il se montre.

Eh bien, ils attendraient longtemps.

Il tourna sur Pike Street, se gara sur la seule place de parking disponible et resta assis dans sa voiture pendant quinze minutes, à regarder le garage qui se situait près de la grande maison victorienne occupée par la vieille dame. Comme d'habitude, aucune lumière extérieure n'était allumée. Même les lumières à l'intérieur de la maison étaient éteintes, la vieille dame étant déjà couchée à vingt et une heures.

Une fois certain que personne n'était tapi dans l'obscurité ou dans l'une des voitures garées autour de lui, il sortit de la Jeep et se glissa dans l'obscurité aussi discrètement qu'un chat, la clé du garage à la main.

Il lui fallut vingt minutes pour transporter toutes ses affaires du garage à la Jeep. Vêtements, outils, tout. Il s'exécuta de manière assidue et rapide jusqu'à ce qu'il soit certain que rien de ce qu'il avait laissé derrière lui ne pourrait trahir son passage dans ce lieu, au cas où quelqu'un viendrait fouiner.

Lorsque la Jeep fut chargée, il retourna une dernière fois à la maison et glissa un billet de cent dollars récent sous la porte arrière de la maison de la vieille dame.

Il ne la reverrait certainement jamais. Dommage. C'était un bon bout de femme.

107

Et l'argent ? Il y avait d'autres billets de cent dollars à l'endroit où il avait pioché celui-ci.

Oh oui. Il y en avait plein d'autres.

Espérant toujours être à l'abri des regards, Timmy s'arrêta à une station essence sur le bord de l'autoroute. Il y acheta un bidon d'essence de dix litres qu'il remplit à la pompe, avant de le ranger à l'arrière de la Jeep. Avant de partir, il acheta aussi un briquet Bic et un paquet de chips. Il avait faim. Il s'inséra sur l'autoroute et jeta un coup d'œil à son rétroviseur intérieur toutes les deux secondes pour s'assurer qu'il n'était pas suivi, puis il prit la direction de la ferme.

Il ne lui restait plus qu'un arrêt à effectuer. Il ne savait pas vraiment où cet arrêt se ferait, mais il trouverait l'endroit parfait. Il en était sûr.

Ce serait seulement alors que Jasper et lui seraient protégés de l'homme qui était à sa recherche.

DEUX HEURES après que Timmy fut parti, Jasper entendit le fracas de sa Jeep qui remontait la pente de la montagne. Il faillit s'évanouir de soulagement. C'était le plus beau son qu'il ait entendu de toute sa vie. Il était vraiment de retour. Il n'avait pas volé sa voiture afin de disparaître pour toujours. Il ne l'avait pas manipulé et profité de ses bonnes intentions. Et il ne lui avait pas fait regretter de lui être venu en aide en premier lieu. D'ailleurs, Jasper était toujours ébahi par la chance qu'il avait eue que Timothy Sebastian Harwell choisisse *sa* cabane à cochons pour y perdre connaissance.

Il alluma les bougies qui se trouvaient sur le manteau de la cheminée lorsqu'il entendit la portière de la voiture s'ouvrir dans un grincement et être claquée. Il déboucha la bouteille de vin qui s'était trouvée dans son placard depuis plus d'un an alors qu'il écoutait les bruits de pas traversant la terrasse. Et pendant que les trois chiens se tenaient devant la porte d'entrée, tremblant d'excitation et remuant la queue dans tous les sens, aussi impatients de revoir Timmy que Jasper l'était lui-même, il passa sa main le long de son visage rasé pour s'assurer qu'il n'avait manqué aucun endroit avec le rasoir.

Durant l'absence de Timmy, Jasper en était arrivé à une conclusion étonnante : il se fichait de savoir par quel coup du sort Timmy était arrivé sur sa montagne ; il était juste heureux que l'homme soit ici. Très heureux.

Jasper, de manière évidente, était d'humeur romantique. Il espérait que Timmy l'était aussi.

IX

JASPER NE fut pas déçu. Timmy passa la porte d'entrée et se réfugia directement dans ses bras comme s'il était parti une semaine, ce qui surprit non seulement Jasper, mais Timmy lui-même.

— Tu es revenu, dit Jasper, ne trouvant rien d'autre à dire.

Il prononça ces mots tout en ayant ses lèvres enfouies dans les cheveux du jeune homme, le tenant fermement contre lui. Avec la tête de Timmy nichée sous son menton et le corps svelte de ce dernier totalement enveloppé par ses bras, Jasper eut l'étrange sentiment que ce moment, cet instant *précis*, était l'un des plus beaux de sa vie.

Timmy sourit, adorant sentir ces bras musclés autour de lui, le souffle de Jasper dans ses cheveux, ce torse large et puissant contre son visage.

— Oui, je suis revenu, dit-il. Je me suis dit que tu ne t'en sortirais pas sans moi.

Jasper ne répondit pas parce qu'il avait un peu peur que Timmy ait raison, et il n'était pas prêt à l'admettre. Pas encore. Même pas à lui-même. Face au silence de Jasper, Timmy fut soudain gêné de s'être précipité dans ses bras, et il recula. Il s'accroupit, et les trois chiens vinrent réclamer leur part d'attention. Il les caressa chacun leur tour et se releva en grognant, comme un vieil homme.

Il détourna le regard, observant le chalet comme s'il ne l'avait encore jamais vu. Il vit les deux chats, Guatemala et Fidji, installés sur le rebord d'une fenêtre et leur fit un signe de la main pour les saluer. En guise de réponse, Guatemala bâilla et Fidji se lécha le derrière. Ces chats n'étaient pas très accueillants. Timmy essuya les poils de chien de son jean, puis poussa les cheveux qui lui tombaient dans les yeux pour la centième fois. Enfin, il regarda Jasper. Il était en train de rougir, et il en était conscient. Pour le dissimuler, il donna une tape amicale sur le bras de Jasper.

— Je n'ai pas non plus volé ta Jeep. Je l'ai ramenée. En grande partie, en tout cas. J'ai ramené tout ce qui n'est pas tombé dans les nids-de-poule. Merci de m'avoir fait confiance.

— Je t'en prie. Le chemin est un peu cahoteux.

— Oui. Tout comme Hitler était un peu grincheux. Ta Jeep est une épave, Jasper. La boîte de vitesse débloque, comme tu me l'as dit, mais ce n'est que la partie émergée de l'iceberg. Tout ce qui se trouve sous le capot est en fin de vie.

— C'est sûrement la raison pour laquelle tu ne l'as pas volée, hein ?

Timmy resta figé pendant une seconde. Puis il se dit que Jasper devait plaisanter. Il était impossible qu'il sache la vérité.

— Bingo, s'exclama Timmy, essayant de ne pas sourire, sans succès.

Une fois encore, il observa le chalet. *Seigneur*, pensa Jasper, *il essaie de paraître viril*. Et c'était clair comme de l'eau de roche. Timmy essayait de prendre l'attitude d'un motard dangereux à la façon Sal Mineo / Marlon Brando / James Dean. Il essayait de faire le dur. Il essayait de paraître… *distant*.

Jasper retint un sourire. Il n'était même pas un peu convaincu par l'attitude macho et détachée de Timmy. Il avait vu la manière dont l'homme s'était précipité dans ses bras après avoir passé la porte. Et il avait aussi une idée précise de ce qui avait fait monter le rouge aux joues de Timmy. C'était parce que ce dernier avait montré plus de sentiments qu'il n'était prêt à le faire. Jasper le comprenait parce qu'il ressentait exactement la même chose.

Lorsque le silence se fit trop long, Timmy donna une autre tape à Jasper. S'il n'arrêtait pas bientôt, Jasper le retournerait et lui donnerait une fessée.

Cette pensée fit descendre son sang jusqu'à son entrejambe, comme si quelqu'un avait ouvert l'écluse.

Il se frotta le bras et émit même un bruit de douleur, pour prétendre que la tape de Timmy lui avait fait mal, quand bien même il n'en était rien. Autant jouer le jeu.

— Si tu n'aimes pas ma Jeep, tu n'as qu'à la réparer. Tu es le mécanicien de la… *maison.*

Il avait failli dire « famille », mais s'était rapidement ravisé. Il ne savait pas pourquoi.

— Comment te sens-tu ? demanda-t-il pour dissimuler sa gêne.

Timmy était soulagé de reprendre une conversation neutre. Une conversation *sûre*.

— Bien. Je pense que je vais survivre, dit-il, puis ses joues devinrent à nouveau rouges. Grâce à toi.

Timmy baissa les yeux et regarda ses chaussures, de nouveau embarrassé. Seigneur, il continuait à dire des choses idiotes. Que lui arrivait-il ce soir ?

Jasper hocha la tête, l'air sérieux. L'air satisfait.

— Je t'en prie.

Après un moment un peu moins gênant que ceux qu'ils venaient de passer, Jasper demanda :

— Est-ce que tu as récupéré quelques vêtements ?

— Oui. Et mes outils.

— Tu as des outils ?

Timmy se mit à rire.

— Bien sûr, oui. Pas toi ?

— J'ai un marteau. Et je crois qu'il y a un tournevis qui traîne quelque part.

Toute gêne disparue, Timmy rejeta la tête en arrière et rit comme une hyène.

— Et tu es censé être le plus viril de nous deux !

— C'est vrai ? demanda Jasper en clignant des yeux.

— Oui, évidemment. Regarde-toi. Tous ces gros muscles poilus. Mais peut-être que ce n'est qu'une illusion. Tu sais, comme un décor de film.

— Un décor de film ? répéta Jasper en plissant les yeux.

— Oui. Comme quand tu vois les murs, mais qu'il n'y a rien à l'intérieur. De simples structures insignifiantes créées pour donner l'illusion qu'il s'agit de bâtiments. Peut-être que c'est ce que tu es. Tout un tas de muscles insignifiants avec peu de choses qui se passent à l'intérieur.

— Des muscles insignifiants. Je vois. Comme une façade.

Timmy claqua des doigts.

— Oui ! C'est ça. Une façade. Tu es une façade de virilité !

Jasper choisit ce moment pour attraper l'homme tel un sac de pommes de terre et le jeter par-dessus son épaule.

— Je vais te montrer ce que c'est que la virilité, dit-il, puis il marcha vers l'escalier avec Timmy qui riait, criait et frappait comme une servante attrapée par un Hun. Eh bien, je suppose que je suis vraiment le plus viril de nous deux. C'est un petit rire très efféminé que vous avez là, Timothy Ann.

— Je ne suis pas efféminé ! hurla Timmy. Tu es en train de me chatouiller, enfoiré !

Alors Jasper le chatouilla encore plus. Il donna une fessée bruyante à Timmy tout en montant les escaliers, ce qui le fit rire de plus belle.

— Hé ! Tu m'as fait mal !

Jasper n'y crut pas un instant.

— Non, je ne t'ai pas fait mal. Tu es en train de rire. Et je vais recommencer. Pour te montrer que ça ne fait pas mal.

— Non ! le supplia Timmy. Arrête ! Je vais me pisser dessus !

— Ce n'est pas grave, répliqua Jasper en souriant. Je t'ai nettoyé une fois. Je peux le refaire.

Timmy se débattit pour se libérer, mais il riait toujours, alors il ne devait pas vraiment vouloir que Jasper le lâche.

— Seul un goujat utiliserait ça contre moi ! Bonne chance pour réparer ta satanée Jeep !

Une seconde plus tard, Timmy était jeté sur le lit, où il atterrit sur le dos en laissant échapper une grande expiration.

Jasper plongea sur lui avant qu'il puisse reprendre sa respiration. Ils roulèrent ensemble sur le lit, dans les bras de l'autre, et tout en roulant, leurs vêtements semblèrent tomber (ou être retirés) comme par miracle. C'était comme de la magie. Puis ils furent nus.

À bout de souffle, Jasper tint Timmy sous lui et le regarda droit dans les yeux. Timmy ne décrocha pas son regard du sien, et lorsque leurs lèvres se rencontrèrent, ils n'entendirent que le battement de leurs cœurs et l'écho du rire de Timmy retentissant encore dans le chalet.

Leurs cœurs se calmèrent, le rire se dissipa, et ils tombèrent dans l'alchimie du toucher. Des corps chauds. Des érections dures. Des doigts caressants. Des jambes poilues, nouées fermement. Des bras puissants, serrant fortement. Des abdomens pressés l'un contre l'autre. De l'odeur de l'homme. De *deux* hommes. Désirant la libération. Se désirant l'un l'autre. Heureux de se trouver exactement à cet endroit, à cet instant précis de leur vie.

Besoin. La chambre *retentissait* de *besoin.*

Jasper sentit les mains chaudes de Timmy caresser son dos, pétrir ses fesses, l'attirer encore plus près. Bloqué sous le corps de Jasper, Timmy se sentit plus protégé qu'il ne l'avait jamais été de sa vie.

Timmy plia doucement les jambes et les souleva haut pour les enrouler autour de la taille de Jasper. Il s'offrait à lui. *Entièrement.* Jasper décrocha ses lèvres du cou de Timmy et s'écarta, assez loin pour voir la lueur de désir dans le regard sombre et impatient de son partenaire.

— Dis-moi ce que tu veux, murmura Jasper. Dis-moi exactement ce que tu veux.

Timmy hésita un très court instant. Il glissa ses doigts dans les cheveux ondulés de Jasper, se souleva juste assez pour effleurer de ses lèvres son doux visage. Sa bouche. Il sentit leurs verges frotter l'une contre l'autre, les faisant tous les deux trembler.

Plus personne ne riait désormais. Plus personne ne souriait. Seuls leurs regards étaient étincelants de joie. Étincelants de passion.

— Prends-moi, Jasper. S'il te plaît. Prends-moi.

— C'est vraiment ce que tu veux ? demanda Jasper d'une voix rauque, empreinte de désir.

— Oui.

— Tu ne fais pas ça juste pour moi, hein ? Parce que tu penses que c'est ce dont j'ai envie ?

— Fais-le.

— Parce que le simple fait d'être avec toi me rend heureux. Peu importe ce que nous faisons.

— Fais-le !

— Je ne veux pas te faire mal.

— Si tu ne me prends pas dans la minute, je vais t'envoyer en bas de la montagne pour que tu m'achètes un gode et je me donnerai moi-même du plaisir !

Jasper laissa échapper un grognement exagéré.

— Bordel ! D'accord. Seigneur, tu es exigeant. Je vais te prendre.

— Bien. Et sois délicat. Je n'ai jamais fait ça.

— Quoi ?

— Je plaisante, dit Timmy en rigolant.

Jasper s'assit sur ses talons et souleva les jambes de Timmy encore plus haut. Il les posa sur ses épaules et fit glisser son pouce sur l'entrée de Timmy. Il sentit les muscles se contracter, puis se détendre.

Jasper sourit. Il se pencha et écarta les jambes de Timmy, puis il posa ses lèvres à l'endroit exact où s'était trouvé son pouce un instant plus tôt. Lorsque sa langue sortit pour savourer l'essence de Timmy pour la toute première fois, Timmy prit une vive inspiration. Il tendit les bras et ses doigts s'agrippèrent aux cheveux de Jasper, essayant désespérément de le tenir immobile. Puis il commença à onduler. Il bougea ses fesses plus fermement contre la bouche de Jasper. Il s'accrocha à lui plus vigoureusement. Il le tint en place.

Jasper agrippa plus solidement les fesses de Timmy et le souleva plus haut, pour le rendre plus accessible. L'entrée de Timmy était soignée et imberbe. Magnifique. Jasper lécha son entrée, puis il glissa sa langue un peu plus profondément. Timmy commença à trembler et à pousser contre le visage de Jasper encore plus avidement. Jasper accepta chaque poussée avec plaisir.

Pendant que sa bouche savourait l'entrée de Timmy, Jasper tendit la main vers la table de chevet et en sortit un préservatif. Il était difficile de manger ce fessier succulent tout en déchirant l'emballage du préservatif et en le positionnant sur son gland, mais il y arriva sans trop de problèmes. Seigneur, il était doué. Il déroula le préservatif sur sa verge de sa main libre et retira sa langue de l'entrée de Timmy au même moment.

— Non... Ne t'arrête pas, geignit Timmy.

Jasper se mit à rire.

— Un peu de patience. Le meilleur est à venir.

Il se mit à genoux et pressa son gland contre l'entrée mouillée de Timmy. Sans lui demander la permission, comme il semblait déjà avoir été dans cette position, Jasper glissa lentement son membre à travers l'anneau de muscles étroit et tremblant. Il regardait le visage de Timmy chaque fois qu'il poussait un peu plus, prêt à s'arrêter immédiatement s'il voyait de la douleur dans le regard de celui-ci.

Mais ce qu'il voyait était Timmy, enthousiaste et impatient, qui le regardait. Les lèvres de Timmy étaient entrouvertes face au désir et ses doigts tiraient doucement Jasper vers lui, l'encourageant à le pénétrer, le suppliant de se dépêcher.

Jasper sentit enfin l'anneau de muscles se relâcher complètement, et son gland épais glissa aisément dans les profondeurs du fessier de Timmy. Ce dernier se cambra et accueillit chaque centimètre de ce sexe, la tête renversée en arrière, les yeux clos de plaisir, ses doigts puissants attirant toujours Jasper contre lui, encore et encore.

Lorsque Jasper le pénétra jusqu'à la garde, il s'arrêta et laissa Timmy s'habituer à son épaisseur, à sa longueur. La sensation du derrière de Timmy, chaud et doux comme du satin autour de son sexe en érection, était l'une des expériences les plus sensuelles que Jasper ait vécues. Il avait couché par le passé, mais Seigneur, Timmy était vraiment investi dans l'acte. Jasper était stupéfait en voyant le plaisir qui se lisait sur le doux visage de Timmy. La respiration de Timmy était laborieuse et il souriait. Il *souriait*.

Timmy libéra les hanches de Jasper. Il plaça une main contre le torse large et duveteux de Jasper et, de l'autre, il attrapa sa propre verge et commença à la caresser, doucement. Mais lorsque la verge de Jasper commença à bouger, lorsque ce dernier retira doucement son sexe jusqu'à ce qu'il soit pratiquement hors de Timmy, puis qu'il le pénétra à nouveau profondément, Timmy commença à se caresser au même rythme que celui de Jasper. Sa verge était dure comme du marbre. Jasper regarda, fasciné, lorsque Timmy glissa ses doigts autour de son propre gland, frissonnant face à la sensation qu'il ressentit. Et frissonnant aussi face à la sensation de la verge de Jasper plongeant au plus profond de lui, l'ouvrant en deux, à la recherche de son cœur, en quête de ses secrets.

Timmy se laissa complètement aller, accueillant chaque pénétration. Haletant et criant à chaque coup donné par cette merveilleuse verge.

Lorsque les lèvres de Jasper descendirent sur les siennes, Timmy pénétra cette bouche chaude et délicieuse de sa langue, à la recherche de l'essence *de Jasper*, des secrets *de Jasper*.

Celui-ci mit délicatement un terme au baiser. Il se repositionna sur le lit, se plaça à genoux, prit les chevilles de Timmy dans ses mains, souleva ses jambes plus haut, puis il les écarta. Il regarda sa verge entrer et sortir de cette enveloppe en satin, enfermée dans cet homme pour lequel il éprouvait tant d'affection, cet homme qu'il commençait à…

Mais avant que cette pensée ne puisse se former dans son esprit, Timmy laissa échapper un grand cri et Jasper, comme hypnotisé, regarda la semence du jeune homme jaillir en l'air, éclaboussant le menton, le torse et le bras de Jasper.

À ce moment, le derrière de Timmy se détendit encore plus et Jasper accéléra son rythme, le prenant vivement, haletant et criant pour sa propre jouissance. Timmy libéra sa verge humide et agrippa les hanches de Jasper de ses doigts pleins de semence, l'attirant encore plus profondément et le suppliant, le suppliant.

Lorsque Jasper jaillit, c'était comme si le monde avait explosé autour de lui. Une supernova, illuminant la galaxie. Il sentit sa semence se déverser, encore et encore, dans ce vide céleste, ce qui le fit trembler, haleter et crier, tout comme Timmy l'avait fait.

Lorsqu'il cessa de bouger, Timmy se souleva du lit et enroula ses bras autour du cou de Jasper, les attirant si près l'un de l'autre qu'ils ne faisaient pratiquement plus qu'un.

— Ne t'en va pas, le supplia Timmy. Reste en moi.

Alors Jasper obéit, tenant tendrement le gamin contre lui, sentant sa verge ramollir, sentant Timmy le retenir en contractant ses muscles internes, accueillant Jasper en lui, même maintenant, comme si le sexe de Jasper faisait partie de lui. Une partie qu'il ne supporterait pas de perdre.

Mais bientôt, malgré tous leurs efforts, Jasper se sentit glisser hors de son partenaire. Et aucun d'eux ne pouvait l'empêcher.

Timmy s'agrippa fermement à lui et gémit lorsque le sexe de Jasper glissa à travers l'anneau de muscles pour la dernière fois.

En voyant la pleine satisfaction sur le visage de Timmy, ses yeux bien fermés, sa langue léchant les coins de sa bouche, Jasper ne put se résigner à se séparer complètement de cet homme.

Il souleva à nouveau les jambes de Timmy, s'agenouilla et se pencha une fois de plus pour poser ses lèvres contre l'entrée de Timmy.

Lorsque sa langue glissa à l'intérieur, Timmy prit une grande inspiration.

Puis, à la grande surprise de Jasper, Timmy rit.

Ils tombèrent dans les bras l'un de l'autre, la semence de Timmy les recouvrant tous les deux. Ils tremblaient encore, mais pas de passion. Ils tremblaient désormais de rire.

— Nous sommes coincés ensemble, souffla Timmy.

Jasper rigola et glissa sur le côté. Il attira Timmy dans ses bras sans le bloquer sous son poids. Timmy se laissa emporter par ces gros bras poilus et sourit lorsqu'il les sentit autour de lui.

Il enfouit son visage dans la toison du large torse de son amant et respira son odeur.

C'était la plus agréable odeur du monde.

— Merci, murmura Timmy.

Il laissa ses lèvres effleurer la peau de Jasper et sa langue lécher pour goûter, pour savourer. Toujours avide. Toujours affamée.

Jasper le serra encore plus fort. Il enfouit ses lèvres dans les cheveux de Timmy et caressa tendrement son dos imberbe, la courbe délicate de cet incroyable fessier, plongeant un doigt entre ses fesses pour sentir la chaleur de son entrée.

Ils restèrent ainsi allongés pendant un long moment, appréciant la présence de l'autre, se délectant de ce contact. Discrètement, Jasper retira son préservatif et le jeta dans la poubelle qui se trouvait près du lit. Ils se rendirent chacun leur tour nu à la salle de bain, pour faire leurs affaires. Jasper descendit au rez-de-chaussée pour récupérer le vin et les deux verres qu'il avait sortis plus tôt et qui avaient été oubliés dans toute cette excitation. De retour au lit, ils se blottirent l'un contre l'autre et burent leur vin, se rapprochant encore une fois.

Dehors, la nuit tomba.

Ils finirent par s'endormir. Et ils souriaient en dormant. Aucun d'eux ne quitta les bras de l'autre de la nuit.

Lorsqu'ils se réveillèrent, ils savaient que les choses avaient changé.

LE MATIN suivant, les deux hommes partageaient une complicité qu'ils n'avaient pas eue avant. Ils avaient désormais un passé, et ils en étaient conscients. Ils s'étaient rapprochés de la manière la plus intime qui soit et ils en avaient savouré chaque moment. Ils n'attendaient d'ailleurs qu'une chose : réitérer l'expérience. Ce premier jour après leur longue nuit ensemble, aucun d'eux ne pensa à grand-chose mis à part à la fusion qu'ils avaient connue. Aux fusions qu'ils allaient connaître dans les jours à venir.

S'ils étaient silencieux lors du petit déjeuner, ce n'était pas dû à un malaise, mais à la satisfaction. À deux reprises, Timmy tendit la main pour caresser les poils sur l'avant-bras de Jasper ou pour tracer de son pouce les veines qui descendaient le long de ses mains solides. Chaque fois, Jasper lui souriait par-dessus la table, et Timmy lui rendait son sourire. Les mots n'étaient pas nécessaires. Seule la proximité comptait.

L'esprit d'auteur de Jasper se dit que cela devait avoir un lien avec la confiance. Timmy lui avait fait confiance pour lui faire l'amour de cette manière si intime. Il s'était complètement offert à lui et Jasper n'avait pas trahi sa confiance. Il avait été délicat. Il avait apprécié à sa juste valeur ce que lui avait offert Timmy et avait savouré chaque moment qu'ils avaient passé à vivre cette nouvelle expérience.

Quant à Timmy, il n'avait plus le sentiment de devoir être quelqu'un d'autre que lui-même. Bien qu'il cachât encore quelques secrets à Jasper, il ne le faisait pas par mépris. C'étaient des secrets qu'il n'aurait partagés avec personne. Parce qu'en toute honnêteté, il n'était pas encore sûr de ce qu'il allait faire de ces secrets. Il espérait que la situation continue à évoluer ainsi. Peut-être que la chance serait de son côté. Peut-être qu'il n'aurait pas à prendre de décision concernant sa… situation délicate.

Avec cet espoir en tête, Timmy décida de profiter du temps qu'il avait avec Jasper. Et de faire tout ce qui était en son pouvoir pour satisfaire Jasper, parce qu'il n'avait jamais oublié, ne serait-ce qu'une seconde, que Jasper lui avait réellement sauvé la vie ce jour de tempête, lorsqu'il avait porté Tim jusqu'au chalet et avait pris soin de lui. Il y avait beaucoup de choses que Timmy ne comprenait pas à la vie, parce qu'il ne les avait jamais vécues, n'en avait jamais fait l'expérience. Bien qu'il ne soit pas naïf d'esprit, il était assez naïf de cœur. Mais il comprenait le fait d'être redevable à une personne et d'avoir une dette envers elle.

Pour ce qui semblait être la première fois de sa jeune vie, il commençait aussi à comprendre la notion de bonheur.

Et il l'apprenait grâce à Jasper.

X

LES TENNIS usées et le jean déchiré de Timmy dépassaient d'en dessous la Jeep. Timmy était bien enveloppé à l'intérieur. Il était allongé sur le dos, sur une plaque de contre-plaqué. Sinon, il aurait baigné dans la boue. Quelques jours étaient passés depuis la tempête, peut-être même une semaine, et le sol était toujours humide, alors même que le temps était au beau fixe.

Jasper se tenait debout près de la Jeep et regardait ces tennis usées et ces longues jambes revêtues de jean tout en tenant un outil qu'il n'avait jamais vu de sa vie dans sa main. Timmy lui avait demandé de le tenir, alors il patientait là – à le tenir. Il était trop gêné pour demander ce qu'était cet outil. D'ailleurs, il s'en fichait. Son attention était prise en otage par un trou assez conséquent dans le pantalon de Timmy qui dévoilait une étendue ravissante de sa cuisse poilue. Il y avait aussi une bosse très intéressante au niveau de son entrejambe. Jasper avait vraiment envie de tendre le bras pour attraper ce renflement, ou bien de glisser sa langue dans le trou du pantalon, mais il avait peur de surprendre Timmy et que le moteur de cette satanée Jeep tombe et l'écrase.

Le fait que Timmy ait retiré son tee-shirt, afin de ne pas le tacher de graisse, taquinait aussi l'esprit de Jasper. Seigneur, l'abdomen dessiné de cet homme et cette petite traînée de poils noirs qui se frayaient un chemin de son nombril jusqu'à sa boucle de ceinture pour finir par indiquer un endroit situé plus bas était aussi séduisante que le renflement. Bon sang, tout chez Timmy était séduisant. Tout.

Jasper regarda à nouveau l'outil qui se trouvait dans sa main. Bordel, qu'est-ce que cela pouvait être ? Puis il regarda la boîte à outils que Timmy avait rapportée à la ferme. Elle pesait extrêmement lourd et contenait tous les outils possibles. Le drôle d'outil qui se trouvait dans sa main n'était pas le seul qu'il ne reconnaissait pas. Il y en avait d'autres qui paraissaient encore plus bizarres. Des outils martiens. Voilà ce qu'ils étaient.

Jasper secoua la tête. Seigneur, il était en train de craquer. Il n'était pas habitué à être si heureux. Cela perturbait son cerveau.

Harry et Harriet regardaient ce qui se passait avec leurs groins coincés dans la clôture, grognant et grouinant leurs suggestions. Jasper et

Timmy faisaient la sourde oreille. Timmy ne pensait pas que les cochons en savaient autant que lui sur les moteurs à combustion interne, tandis que Jasper n'aurait pas été surpris de découvrir que les cochons en savaient en réalité *davantage* que *lui*. Mais il ne l'admettrait à personne.

— Je devrais acheter une nouvelle Jeep, dit Jasper. Celle-ci est visiblement morte.

— Oh, ferme-la, répliqua Timmy avant de tendre une main couverte de graisse par-dessous le châssis. Clé ! ordonna-t-il, très professionnel.

N'ayant pas de meilleure idée, Jasper lui tendit l'outil qu'il tenait à la main. Il fut stupéfait lorsque Timmy ne le lui jette pas à la figure. Apparemment, c'était exactement ce qu'il avait demandé. Eh bien, quel coup de chance ! Une clé. Maintenant il savait comment ça s'appelait. Bien entendu, il n'avait toujours aucune idée de l'utilité de ce fichu outil.

Cela faisait cinq jours que Timmy s'était rendu en ville. Cinq jours que lui et Jasper avaient partagé une bouteille de vin – ainsi que *d'autres* moments importants comme… eh bien, la pénétration. Et il y avait une chose curieuse : un sourire se dessinait automatiquement sur le visage de Jasper lorsqu'il repensait à cette nuit.

Timmy n'avait plus quitté la ferme depuis. Aucun d'eux ne l'avait quittée. Ils avaient formé une alliance simple et amicale emplie de rires, de désir et d'une incroyable dose de joie. Ils pouvaient passer des heures sans se dire un mot ou ils pouvaient passer l'après-midi entier sans jamais se taire. Et chaque scénario était aussi plaisant que l'autre. Sans trop savoir comment, ils avaient réussi à sceller une amitié forte autour du désir qu'ils éprouvaient pour l'autre, sans qu'elle soit uniquement basée sur le sexe. Ils semblaient s'apprécier sincèrement, et c'était une chose étonnante pour Jasper. Peut-être même la chose la *plus* étonnante.

Seuls à la ferme, sans personne autour d'eux pour les espionner, faire les indiscrets, ou les interrompre, ils se retrouvaient à faire l'amour dès qu'ils en avaient envie. Aucune inhibition, aucune maladresse gênante, aucune feinte d'embarras ou de timidité. Quand ils en avaient envie, ils passaient à l'acte. Chacun d'eux représentait le fantasme de l'autre. Le corps musclé et poilu de Jasper était ce que Timmy recherchait chez un homme, et le corps fin et sexy de Timmy, ainsi que son pénis imposant et son magnifique, magnifique fessier, étaient exactement ce que Jasper trouvait le plus excitant.

Timmy glissa d'en dessous la Jeep et, toujours allongé sur le dos, il sourit à Jasper. Il avait réussi à se mettre de l'huile de moteur le long de la bouche, si bien qu'on aurait dit qu'il avait passé son temps à mâcher une tarte à la boue. Il y avait aussi une trace nette de main, faite à l'huile de moteur, au centre de son torse. Et Jasper trouva cela terriblement sexy.

— Démarre-la, dit Timmy. Nous allons l'écouter.

Jasper attendit que Timmy se soit bien éloigné des roues, au cas où il appuierait par mégarde sur la pédale d'embrayage et lui roulerait dessus. Puis il s'installa au volant et démarra la voiture. La vieille Jeep s'éveilla. Le moteur ronronnait doucement.

Timmy claqua la langue lorsqu'il se mit debout et s'épousseta.

— Pour l'amour du ciel, Jasper, fais mieux que ça. Je veux l'entendre !

Jasper fit ronfler le moteur, et il ronronnait comme un chat. Il ne l'avait pas entendu ronronner ainsi depuis qu'il avait eu l'âge de voter. Après tout, il avait cette Jeep depuis plus de dix ans.

— Alors ?

Timmy essuya sa bouche d'un revers de bras, étalant davantage la tache d'huile. Il y avait même un point d'huile sur son oreille, désormais. Il pencha la tête sur le côté, écouta le moteur pendant une minute et fit passer une lame invisible le long de sa gorge, pour faire signe à Jasper de couper le moteur.

Jasper le fit.

Timmy sourit et lança la clé dans la boîte à outils. Il recentra son attention sur l'écrivain, l'observant de la tête aux pieds alors qu'il était installé sur le siège conducteur de la Jeep, avec la portière ouverte et une longue jambe pendant à l'extérieur.

— Le bruit du moteur est parfait, dit Timmy. Faisons l'amour.

— Euh, d'accord.

Jasper indiqua la bouche de Timmy du doigt, puis la sienne.

— Tu sais, tu as…

— Quoi ? demanda Timmy en frottant sa main pleine d'huile sur l'entrejambe de son jean déchiré.

Le renflement qu'avait observé Jasper plus tôt semblait avoir gonflé. Beaucoup.

— Rien, répondit Jasper.

En regardant la main de Timmy glisser sur ce renflement, Jasper oublia complètement la tache d'huile sur le visage de son partenaire. Il avait une envie subite et irrésistible de se trouver nu.

121

— Où est-ce que tu veux le faire ? À l'intérieur, à l'extérieur, sur la cabane à cochons, ici même dans la boue ? Où ça ? Je ne vais pas te laisser aller sur le lit dans cet état.

— Des règles, encore des règles, toujours des règles, gémit Timmy avec un sourire en coin.

Il prit la main de Jasper et le guida vers la maison.

— Le sol de la cuisine, ça te va ?

— Chouette ! dit Jasper, sentant le désir se répandre en lui comme une traînée poudre. Nous enfermerons les chiens dehors.

— Parfait.

Timmy attrapa la boucle de ceinture de Jasper et le traîna jusqu'à la maison.

— J'aime tes chiens, mais quand ils lèchent mes fesses en plein milieu de nos ébats, c'est un peu déroutant.

— Et quand c'est moi qui le fais ?

— C'est une tout autre histoire.

Ce soir-là, alors qu'ils étaient installés sur la terrasse, en train de boire une bière en regardant la montagne s'assombrir autour d'eux, Jasper posa une question qui le taraudait depuis longtemps.

— Comment es-tu entré dans la maison ? Enfin, comment savais-tu comment entrer par effraction ? Ce n'est pas comme si tu étais un voleur.

Après une seconde ou deux, il ajouta :

— Si ?

Le mensonge sortit tellement facilement de la bouche de Timmy qu'il se détesta :

— Non, Jasper. Je ne suis pas un voleur. J'ai fait un apprentissage de quelques mois chez un serrurier après le lycée. J'ai appris quelques trucs. Attends, je vais te montrer.

Il sortit un sac à cordonnet en velours qui se trouvait au fond de sa boîte à outils, toujours posée sur la terrasse. Il en sortit des objets un par un, les étalant pour bien les montrer à Jasper.

Il les posa sur la rambarde de la terrasse, en face de la chaise de Jasper. Ce dernier se pencha en avant pour les observer. Le premier outil faisait environ dix centimètres de long et avait une forme en L, avec un ressort fixé dessus de sorte que lorsqu'on appuyait pour le fermer, il se rouvrait automatiquement. Les deux autres outils ressemblaient à des bâtonnets à cocktails avec différents embouts, l'un en forme de petit diamant et l'autre en forme courbée. Le dernier outil ressemblait à une vieille clé, si ce n'est qu'elle était un peu émaciée, comme si elle avait souffert d'un grave cas de boulimie. Elle était maigre avec des côtés tranchants, mais conservait tout de même la forme d'une clé.

Timmy désigna du doigt les outils un par un, expliquant la fonction de chacun.

— Cette petite beauté en forme de L est un tendeur qui sert à appliquer une pression sur les goupilles à l'intérieur de la serrure afin de les garder ouverts pendant qu'on cherche à crocheter la porte. Ensuite, nous avons les outils qui servent au crochetage. Un pick demi-diamant, en forme de diamant; un pick palpeur, en forme courbée. Et pour terminer, nous avons la bonne vieille clé de frappe. Une sorte de passe-partout. Elle fonctionne sur les trois quarts des serrures que l'on peut trouver. Le tendeur fonctionne chaque fois, ça prend juste un peu plus de temps.

— Lequel as-tu utilisé sur ma porte d'entrée?

— Celui-ci, répondit Timmy en sortant un canif de son sac en velours. Pour entrer chez toi, j'ai fait dans le rudimentaire. J'ai utilisé ce petit bijou. Une carte de crédit aurait aussi fait l'affaire. Tu la glisses dans la fente de la porte, tu la remues délicatement au niveau du verrou, et voilà!

Timmy sortit une carte de crédit du sac comme pour souligner ses dires. Jasper la lui chipa des doigts. Il la regarda.

— C'est aussi simple que ça?

— Ça l'est si tu sais ce que tu fais. En plus, le système de verrouillage de ta porte d'entrée est basique. Le niveau de sécurité est à la hauteur de l'argent que tu investis dans ta serrure.

Jasper regarda la carte de crédit de plus près.

— Cette carte appartient à une femme. Où l'as-tu trouvée?

Timmy haussa à nouveau les épaules, et le mensonge glissa facilement de ses lèvres.

— Je l'ai trouvée dans la rue. Elle est arrivée à expiration. Elle est inutile, sauf pour crocheter des serrures. Ce n'est pas comme si j'avais volé son identité ou acheté une voiture avec ses économies. Détends-toi.

Cette fois, c'était la vérité. Il n'avait jamais utilisé la carte de crédit de quelqu'un d'autre de sa vie. Pas pour acheter, en tout cas. Il n'était pas stupide à ce point. Mais comme outil de crochetage? Eh bien, c'était une autre histoire.

Jasper rendit la carte de crédit à Timmy et se laissa tomber dans sa chaise à bascule. Il but silencieusement sa bière tout en regardant Timmy ranger les outils dans le sac et jeter ce dernier dans la boîte à outils.

Jasper essaya de croire ce que Timmy lui avait dit. Il *voulait* le croire. Mais plus il passait de temps avec lui, plus il était perturbé par le fait que Timmy ne lui explique pas comment il avait atterri sur cette montagne. Cette histoire de randonnée était un mensonge et il le savait très bien.

Peut-être que l'histoire de la carte de crédit était vraie. Jasper ne pensait pas Timmy assez stupide pour laisser traîner une carte de crédit volée dans sa boîte à outils.

Mais qu'en était-il des compétences du jeune homme en crochetage ? Timmy avait été un peu trop désinvolte dans ses explications. *Et il veut me faire gober qu'il était apprenti chez un serrurier*, pensa Jasper.

Puis il y avait toujours la clé de cette Cadillac que Jasper avait trouvée dans sa poche. Il n'avait toujours pas eu d'explication à ce sujet.

Il sombra dans le silence et ne remarqua pas vraiment ce que faisait Timmy jusqu'à ce qu'il se matérialise près de lui et dépose un baiser sur sa tête. Jasper arrêta de se balancer et de se tracasser assez longtemps pour lever les yeux vers lui et lui sourire.

Timmy lui adressa un sourire des plus tendres.

— À quoi penses-tu ?

Jasper ne répondit pas. Il ne *pouvait* pas répondre. Il ne savait pas quoi dire. Ce qu'il désirait par-dessus tout était d'arrêter de douter des mauvais alibis, des excuses, des esquives flagrantes de Timmy, et de lui faire totalement confiance. Il se passait quelque chose d'incroyable entre eux. Jasper ne savait pas combien de temps cela durerait, mais il se plaisait dans leur relation jusque-là. Il essaya d'ignorer le fait que Timmy allait devoir partir un jour. Il devait avoir une autre vie quelque part. Il devrait aller la retrouver un jour ou l'autre.

Mais cette pensée, celle qui lui rappelait que Timmy partirait, provoquait un vide en lui qu'il était incapable d'expliquer. Ou peut-être qu'il le pouvait, mais qu'il ne voulait pas le faire.

Comme s'il était sujet d'une expérience extracorporelle, il regarda la main de Timmy se tendre et attraper la sienne. Il regarda Timmy le mettre debout et prendre la bouteille de bière de sa main. Puis il regarda Timmy se positionner devant lui et poser ses lèvres sur la bouche de Jasper, très délicatement. Jasper ferma les yeux face à la sensation que le baiser de Timmy lui fit ressentir. Il se laissa attirer dans les bras de Timmy. Puis, avec

124

un regard silencieux et tendre, Timmy fit un pas en arrière, prit la main de Jasper et le mena à l'intérieur du chalet puis en haut des escaliers.

Cette nuit-là, ils firent l'amour de la manière la plus douce que Jasper ait jamais connue avec quelqu'un. Qu'il s'agisse d'un homme ou d'une femme.

Par la suite, alors qu'ils étaient blottis dans les bras de l'autre, écoutant les battements de leurs cœurs redescendre à un rythme raisonnable, Jasper eut envie de dire les mots qu'il n'avait plus dits à personne depuis des années. Alors qu'ils étaient allongés ensemble, toujours en sueur et couverts de leurs semences, Jasper enfouit son visage dans le creux du cou de Timmy et ce dernier le serra fort contre lui. Caressa ses cheveux. Murmura des paroles qui n'avaient pas vraiment de sens, mais qui signifiaient tout pour Jasper.

Il s'implora lui-même de s'endormir avant que les mots qu'il avait envie de dire ne lui échappent. Une fois qu'il les aurait dits, il ne pourrait plus revenir en arrière.

Le matin suivant, bien que Jasper ne soit pas croyant, il remercia Dieu que le sommeil l'ait trouvé avant que les mots glissent de sa bouche pour atterrir dans les oreilles de Timmy.

Au moins, désormais, Timmy ne savait toujours pas que Jasper était tombé fou amoureux de lui. Et Jasper doutait qu'il l'apprenne un jour.

Parce que Jasper savait qu'il n'avait tout simplement pas assez confiance en Timmy pour le lui dire.

Pour Jasper, cette prise de conscience fut tel un coup de poing dans le ventre. Cela le remplit d'une tristesse qu'il n'avait pas vu venir. Allongé dans le lit, le corps chaud de Timmy près du sien, Jasper ferma les yeux, espérant que cela arrêterait les larmes. Et cela fonctionna. Mais il n'y avait aucun moyen de faire cesser la douleur.

La douleur de savoir qu'il devrait laisser Timmy partir.

Et probablement bientôt.

TIMMY SENTIT que Jasper était distant dès qu'il se réveilla. Lorsqu'il posa son bras sur le torse de Jasper de cette manière paisible et câline dont le font les amants, Jasper lui tapota la main et s'excusa, avant de sortir du lit et de se rendre à la salle de bain pour se préparer. Aucun des sifflements et chantonnements habituels de Jasper n'accompagnaient ses ablutions matinales non plus. Il ne criait pas pour poser des questions ou discuter avec lui à travers la porte de la salle de bain. Il ne l'invita pas à se joindre à lui pour prendre une douche, voire plus. Mis à part le bruit de l'eau qui coulait et le claquement de quelques portes de placards, les bruits qui provenaient de la salle de bain étaient froids. Impersonnels. Et cela attrista Timmy de les entendre.

Au petit déjeuner, un silence étrange pesait dans l'air. Même les animaux semblaient effacés. Ils avaient remarqué l'humeur de Jasper, tout comme l'avait fait Timmy.

Timmy dut admettre que ce qu'il avait clairement anticipé était finalement arrivé. Jasper mettait de la distance entre eux. Cela n'aurait pas dû l'étonner, mais d'une certaine manière, il était quand même surpris.

Il était temps pour lui de faire face à la réalité. Il était temps de passer à autre chose, et Jasper le lui faisait savoir de la manière la plus courtoise possible.

Timmy s'en voulut de lui avoir montré les outils de crochetage. Il n'aurait pas dû dire un dixième de ce qu'il lui avait révélé ces deux dernières semaines.

Et ce qu'il n'aurait vraiment pas dû faire, c'était de se rapprocher autant de Jasper.

Pendant que Jasper s'affairait de manière maussade dans la cuisine pour préparer le petit déjeuner, essayant de paraître joyeux sans vraiment y arriver, Timmy regarda la matinée claire et ensoleillée qui se déployait de ce côté de la montagne de Jasper par la fenêtre. C'était une vue magnifique. Les arbres étincelant grâce à la rosée, les oiseaux virevoltant ici et là, le chat Fidji guettant un lézard-alligator sur le toit de la cabane à cochons, la queue et les oreilles couchées, voulant manger un bon petit lézard frais pour bien commencer sa journée.

Timmy observa toute la beauté extérieure comme s'il regardait un film. Mais c'était un film dans lequel il n'arrivait pas à rentrer. Il n'arrivait pas à s'y projeter. Parce qu'en toute honnêteté, il commençait à se sentir de nouveau mal. Cette fois, ce n'était pas la grippe. Cette fois, c'était quelque chose au plus profond de lui. Quelque chose en son cœur. Une souffrance grandissait à cet endroit. Ainsi qu'une colère. De la colère contre lui-même. De la colère contre la malchance qui l'avait mené jusqu'à cette satanée montagne en premier lieu.

De la colère pour s'être laissé le droit de tomber amoureux de Jasper Stone. Dès que cette pensée lui traversa l'esprit, Timmy sut qu'elle était vraie. Il était fou de cet homme. Toutes les choses qu'il admirait chez

126

Jasper étaient les choses qui manquaient chez lui. Et il en était conscient. Honnêteté, gentillesse, contentement, douceur. Jasper était l'homme que Timmy aurait aimé être. Il savait que le simple fait de le côtoyer le rendait meilleur.

Et si Jasper pouvait aimer une personne comme lui, une personne totalement perdue et pleine d'imperfections, alors cela prouvait peut-être qu'une part de Timmy *méritait* d'être aimée. *Méritait* d'être sauvée.

Il avait fallu que Jasper s'éloigne de lui pour que Timmy se rende compte qu'il était tombé fou amoureux de cet homme. Il s'était habitué à tellement de choses ces deux dernières semaines : la manière dont les bras puissants de Jasper le serraient fort contre lui. La manière douce dont Jasper lui faisait l'amour. La tendresse dont Jasper faisait preuve à travers mille petites attentions durant la journée. Et maintenant, l'idée de perdre tout cela était trop difficile à supporter.

C'était bien sa chance, pesta silencieusement Timmy. Le jour où Timmy se réveillait et était enfin prêt à admettre son amour pour Jasper était le même que celui où Jasper avait apparemment décidé qu'il en avait assez de ce qui se passait entre eux. Était-ce une histoire d'amour ou bien seulement une histoire de sexe ? Fallait-il forcément que *l'amour* soit ressenti par les deux partis pour qu'il s'agisse d'une histoire d'amour ? Timmy n'en savait rien. Et bien qu'il soit en général assez doué pour discerner les pensées des gens, il était incapable de discerner celles de Jasper ce matin-là.

Ce qu'il savait, c'était que durant la nuit, Jasper avait actionné une commande à l'intérieur de lui, rayant Timmy de sa vie. Timmy pouvait le voir chaque fois que le regard de Jasper rencontrait le sien, occurrence rare ce matin.

La gentillesse et l'affection qu'il était si habitué à voir dans ce regard avaient disparu.

Et maintenant que ces lueurs avaient disparu de son regard, Timmy savait qu'une chose en lui s'était aussi éteinte.

Ce quelque chose, c'était l'espoir. L'espoir de pouvoir changer. L'espoir de pouvoir être heureux. L'espoir que la vie arrêterait de faire de lui l'éternel perdant de l'histoire. *L'espoir d'être assez méritant pour être aimé par un homme aussi bon que Jasper Stone.*

— Je suis désolé, dit Timmy alors que Jasper était encore en train de retourner des tranches de bacon dans la poêle. Je n'ai pas très faim. J'aimerais aller faire un tour avec la Jeep. Simplement pour m'assurer qu'elle fonctionne bien. Ça ne te dérange pas ?

Jasper se retourna pour le regarder. Il comprit immédiatement que Timmy était blessé. Eh bien, il n'était pas le seul.

— Non, vas-y, répondit-il.

Il se détesta lorsqu'il se tourna vers la gazinière, repoussant une nouvelle fois Timmy.

Il retint son souffle jusqu'à ce qu'il entende la porte d'entrée se refermer. Puis il essuya une larme de sa joue. Cela faisait longtemps qu'il n'avait pas senti une larme à cet endroit.

Très, très longtemps.

Et il n'avait jamais ressenti une douleur telle que celle qui vibrait en lui à cet instant. Jamais.

Quand il entendit la Jeep démarrer et descendre le long du chemin, il éteignit la gazinière alors même que son petit déjeuner n'avait pas fini de cuire.

Il n'avait plus faim.

TIMMY CONDUISIT sans s'arrêter. Une heure passa. Puis deux. La Jeep faisait un beau bruit et se conduisait bien. Le ronflement du moteur était le bruit de fond parfait pour les pensées de Timmy.

Les pensées sombres de Timmy.

Comme il le faisait chaque fois que les choses ne se passaient pas sans encombre dans sa vie, son esprit le ramena vers son enfance. Comme si les choses n'allaient pas déjà assez mal. Timmy avait toujours considéré cela comme le déclencheur de tous les malheurs qui lui étaient arrivés. Son enfance. Les familles d'accueil dans lesquelles on était nourri, logé, mais qui n'offraient pas grand-chose d'autre. Le changement d'écoles tous les un ou deux ans, lorsque le gouvernement décidait qu'il était temps de le faire emménager dans une nouvelle maison, dans un autre quartier. La timidité qui l'avait paralysé durant sa jeunesse et qu'il n'avait surmontée qu'une fois dans le monde extérieur, traçant sa propre route d'adulte. Prenant soin de lui-même, pour changer. Ne dépendant de personne pour quoi que ce soit.

Survivant, mais devant enfreindre quelques règles pour y arriver.

Durant ces moments où il se replongeait dans ces souvenirs horribles d'enfance, c'était toujours comme s'il se plantait un poignard dans l'abdomen et le tournait. C'était une blessure qu'il s'infligeait à lui-même, laissant son esprit l'emporter vers cette image de l'enfant chétif qu'il avait été, vêtu de vieux vêtements et portant la veste offerte par le gouvernement.

Seigneur, Timmy avait détesté cette veste. C'était un cadeau bon marché, et tout le monde le savait. Porter cette veste revenait à être stigmatisé comme orphelin. Comme une lettre inscrite en rouge sur son dos, le désignant indigne d'affection. Indigne d'amour.

De ce que Timmy en savait, aucune main délicate n'avait jamais soigné ses bosses et ses hématomes d'enfant. Il ne se souvenait d'aucun câlin, d'aucun baiser, d'aucune personne lui promettant de toujours être là pour lui faire oublier ses peurs lorsque les nuits étaient noires et que l'obscurité dissimulait des monstres. Cela ne faisait pas longtemps qu'il avait laissé cet enfant triste et non désiré derrière lui. Alors quand les larmes commencèrent à couler, alors qu'il descendait le chemin de gravier perpendiculaire au chemin cahoteux de Jasper, il ne fut pas vraiment surpris. Il ne ressentait pas de gêne non plus. Il était seul ; personne ne le verrait.

Et même si une personne le voyait, elle n'en aurait rien à faire.

Cette prise de conscience déchira Timmy de part en part, telle une lame dentelée. Ses yeux étaient soudain si pleins de larmes qu'il ne pouvait presque plus voir ce qu'il faisait. Il dirigea la Jeep vers le bas-côté de la route, stoppa brusquement le véhicule, coupa le moteur et se laissa envelopper par le silence soudain et triste.

Toutes ces nouvelles pensées étaient aussi étonnantes qu'effrayantes pour ce jeune homme qui n'avait jamais eu à se soucier de nul autre que lui. Il n'avait jamais été une personne cruelle – il le *savait* – mais il avait toujours été indépendant. Étant donné que la seule personne pour laquelle il avait jamais dû s'inquiéter était lui-même, il ne s'était jamais *soucié* de personne d'autre que de lui. Il avait peu d'amis et n'était pas vraiment proche d'eux. Il n'accueillait aucun amant dans son lit. Il n'avait aucune famille dont il puisse faire partie. Il n'avait jamais eu personne – jusqu'à aujourd'hui.

Sans qu'il sache comment, Jasper avait touché quelque chose en lui. C'était une chose que Timmy n'avait jamais ressentie avant. Mais maintenant qu'il l'avait ressentie, il savait qu'il ne pourrait plus jamais vivre sans.

Et il comprit soudainement, de façon claire, pourquoi Jasper avait pris ses distances ce matin. *Jasper ne lui faisait pas confiance.* Et comment était-il possible de faire confiance à une personne qui avait été malhonnête depuis l'instant de leur rencontre ? Timmy avait menti à Jasper depuis le début, et ce dernier en était conscient.

Mais Timmy pouvait arranger la situation. Il *allait* l'arranger.

Il resta assis là, les deux mains sur le volant, fixant la route sinueuse devant lui sans vraiment la voir à travers ses larmes. Il essuya son nez et se laissa submerger. Par les larmes, par les sanglots, par la douleur.

Même en pleurant toutes les larmes de son corps, Timmy savait ce qu'il devait faire.

Il devait dire la vérité à Jasper. *Toute* la vérité. Sans rien oublier.

Cette fois, Timmy ne pouvait pas laisser les démons l'emporter. Cette fois, il devait se battre pour ce qu'il voulait. S'il devait dépeindre une mauvaise image de lui-même et révéler des secrets qu'il n'avait jamais partagés avec *quiconque*, alors soit.

Parce que, dans cette douleur que Timmy ressentait, une chose était incontestable.

Il ne pouvait pas se permettre de s'éloigner de Jasper. Et il ne permettrait pas que Jasper s'éloigne de lui. Ce qui, au départ, n'avait été que du désir était maintenant de l'amour. Le vrai amour.

Et peut-être pour la première fois de sa vie, Timmy savait exactement ce qu'il voulait. Exactement ce dont il avait besoin. Et cette chose se tenait peut-être debout en ce moment même, dans un chalet de montagne, à regarder par la fenêtre en se demandant si Timmy allait un jour revenir.

Timmy avait beaucoup entendu parler de l'amour durant les vingt années qu'il avait passées sur cette planète, mais il n'avait jamais vraiment cru ce qu'on lui racontait. Peut-être que l'amour était l'un de ces sentiments que l'on ne pouvait simplement *pas* comprendre jusqu'à ce qu'il nous prenne par les tripes et refuse de nous libérer.

Et comme l'amour avait désormais une bonne prise sur sa personne et refusait de lâcher, Timmy comprenait soudain parfaitement ce sentiment.

L'amour. Que ce sentiment était sournois. Mais il ne lutterait plus contre lui. Plus maintenant.

Il essuya ses larmes et son nez, et démarra la voiture.

Cette fois, il allait se battre pour ce qu'il voulait. Il était même prêt à supplier s'il le fallait. Mais il ne pouvait pas laisser Jasper partir. C'était impossible. Non seulement parce que Timmy aimait cet homme, mais parce qu'il savait aussi que Jasper était son salut.

Il pourrait changer en ayant Jasper à son côté. Il savait qu'il le pourrait.

Parce que Jasper valait la peine que l'on change pour lui.

Il regarda ses yeux rouges et fatigués dans le rétroviseur intérieur, puis il appuya sur la pédale d'embrayage, qui ne bloquait plus, et s'engagea sur la route.

Son cœur se sentait déjà plus léger. Il pouvait le faire. Il le savait. Il avait remarqué des lueurs d'amour dans les regards de Jasper ces deux dernières semaines. Timmy était certain d'en avoir vues.

Il passerait le restant de ses jours à raviver cette flamme s'il le fallait.

Il changea brusquement de vitesse, fit demi-tour et prit la direction de la ferme.

JASPER ÉTAIT assis sur le canapé et grattait l'oreille de Jumper pendant que Lola et Bobber se tenaient debout sur le fauteuil, regardant les arbres par la fenêtre. Il savait ce qu'ils faisaient. Ils attendaient Timmy. Il leur manquait.

Il était parti depuis une heure, mais Jasper était si déprimé par la manière dont les choses étaient en train de se passer qu'il n'arrivait même pas à être angoissé par la possibilité que Timmy ne revienne pas du tout. En plus, la boîte à outils de Timmy était toujours sur la terrasse, et Jasper savait que l'homme ne partirait pas sans elle.

Il allait revenir. Sans aucun doute. Mais ce que Jasper allait lui dire lorsqu'il serait de retour était un mystère. Même pour lui.

Il savait ce qu'il *voulait* dire. Il savait ce que son *cœur* voulait qu'il dise. Mais ces mots seraient des mots d'amour, et comment dire des mots d'amour à une personne tout en sachant qu'elle ne faisait que mentir dès qu'elle ouvrait la bouche ? Comment dire des mots d'amour à une personne qui vous repoussait et ne vous disait pas ce que vous aviez besoin de savoir ?

Comment aimer une personne en laquelle vous n'aviez pas confiance ?

Jasper se laissa retomber dans le canapé et ferma les yeux. Il était épuisé. Épuisé et démoralisé.

Et maintenant, il commençait à s'inquiéter. Timmy était parti depuis trop longtemps. Il avait peut-être eu un accident avec la Jeep. Il avait peut-être…

Jumper quitta brusquement Jasper et sauta sur le fauteuil avec les deux autres chiens. Ils regardèrent par la fenêtre, et Jasper les regarda se hérisser et relever les babines pour se mettre à grogner.

Quand ils commencèrent à aboyer, ils faisaient assez de vacarme pour réveiller les morts.

Ce n'était pas Timmy. Jasper était au moins sûr de cela. Les chiens ne grogneraient pas si c'était lui. Ils seraient en train de remuer la queue et de sautiller dans tous les sens, heureux et impatients. Puis Jasper n'avait pas entendu le bruit de la vieille Jeep grimpant le flanc de la montagne.

131

Il se mit debout sans entrain, se fichant bien de savoir qui se trouvait à sa porte puisqu'il ne s'agissait pas de Timmy. Toujours démoralisé, il se traîna jusqu'à la porte d'entrée pour l'ouvrir.

Les chiens se ruèrent dehors avant qu'il ne puisse mettre un pied sur la terrasse.

Peut-être que le coyote est de retour, pensa Jasper, plissant les yeux face au soleil matinal.

Il protégea ses yeux à l'aide de sa main et regarda en direction des arbres vers lesquels couraient les chiens. Puis il se crispa.

Une fois de plus, il pensa aux armes dans son placard, mais il oublia cette idée dès qu'elle lui traversa l'esprit. C'était trop tard.

Les hommes avançaient déjà vers lui.

XI

LES DEUX hommes venaient juste de sortir du bois. Quand ils virent Jasper sortir du chalet, ils lui adressèrent un signe de main en guise de bonjour, mais lorsqu'ils remarquèrent les trois chiens qui se précipitaient rapidement vers eux, ils baissèrent rapidement leurs mains. L'un des hommes glissa une main à l'intérieur de la doudoune qu'il portait, mais à cette distance, Jasper ne pouvait pas voir ce qu'il allait y chercher. Cependant, ce geste le mit sur le qui-vive.

On aurait dit un homme qui cherchait son arme, et Jasper n'aimait pas cela du tout. Puis il se dit qu'il s'agissait peut-être d'un tic nerveux. D'un réflexe de protection. Les animaux étaient tellement excités qu'ils auraient probablement effrayé *n'importe qui*, même si Jasper savait que leur attitude féroce n'était que du cinéma. Du moins, il l'espérait. Ils n'avaient encore jamais mordu quelqu'un. Bien qu'il n'ait pas eu beaucoup de visiteurs sur qui les tester.

Jasper siffla, et les chiens s'arrêtèrent immédiatement. Ils ne semblaient pas heureux d'obéir, mais ils le firent quand même.

L'un des hommes leva de nouveau la main et le remercia.

Jasper hocha la tête, frappa sa hanche pour que les chiens reviennent près de lui et attendit que les hommes approchent.

Lorsqu'ils se rapprochèrent, Jasper vit que les deux hommes étaient habillés de façon décontractée, mais pas en tenue de randonnée. Sans faire attention à la grosse doudoune que portait l'un d'eux et qui était bien trop chaude pour un temps pareil, on aurait dit que ces hommes sortaient d'un catalogue Abercrombie & Fitch. Classe. Un peu trop classe pour des hommes de leur âge. Aucun d'eux ne semblait avoir moins de quarante ans.

Ils étaient minces, leurs bras bien musclés. Ils portaient des chemises à manches courtes, bien rentrées dans leurs pantalons. Et leurs pantalons étaient exactement cela. Des pantalons. Pas des jeans. Pas des treillis. Des pantalons habillés. Ils semblaient aussi hors de propos en plein milieu d'Endor que cette fichue doudoune super chaude. L'un d'eux portait même des mocassins à glands, ce que Jasper trouvait amusant puisque les pieds de cet homme étaient couverts de boue jusqu'à l'ourlet de son pantalon. Il serait obligé de jeter ses mocassins à la poubelle quand il rentrerait chez lui. Et peut-être même son pantalon.

L'homme semblait savoir qu'il avait l'air ridicule, et il n'avait pas l'air content. Comme s'il avait vraiment aimé ces mocassins.

Jasper essaya de ne pas sourire.

Un homme, le plus grand des deux, avait les cheveux blonds coupés court, la peau très pâle et les yeux bleus d'un Viking. Ses yeux étaient d'un bleu si clair que c'en était presque angoissant. Des yeux d'ovni. Froids. Comme un lézard.

Jasper n'était en présence de ces hommes que depuis cinq secondes, et il savait déjà qu'il ne les aimait pas. L'un paraissait méchant, et l'autre avait un aspect cruel dans la façon de tenir sa tête. C'était la meilleure manière dont Jasper pouvait le décrire. Un aspect cruel.

Cet homme était hispanique et avait des cicatrices causées par l'acné sur le visage. Beaucoup. Il avait dû vivre une adolescence difficile, avec un visage qui ressemblait à la pizza cannibale. Et son humeur ne semblait pas s'être améliorée depuis. Ni son visage. Il observa Jasper comme s'il prendrait un malin plaisir à lui arracher la tête et à la faire rouler le long du flanc de la montagne comme une boule de bowling.

Les deux hommes semblaient très agacés, mais essayaient de ne pas le montrer. Le Latino tavelé semblait aussi s'ennuyer. Mort d'ennui et en sueur. Il n'arrêtait pas de sortir un mouchoir de sa poche arrière pour essuyer la sueur de son visage grêlé.

Jasper se doutait que la colère de ces hommes ne lui était pas vraiment destinée. Elle était destinée aux circonstances dans lesquelles ils se trouvaient. À savoir, en train de se promener dans une satanée forêt pleine de boue dans une chaleur insoutenable, puis menacés par une horde de chiens enragés, et tout cela en étant un peu trop bien habillés pour commencer. Cela suffirait à énerver n'importe qui. En fait, ils se sentaient humiliés.

Jasper fit de son mieux pour ne pas sourire face à leur gêne. Il se dit que ces hommes ne le prendraient certainement pas bien.

Lorsque les hommes furent à environ six mètres de lui et que les chiens étaient en train de trembler d'excitation à ses pieds, Jasper cria :

— Puis-je vous aider, Messieurs ?

Visage Grêlé s'arrêta et regarda les chiens avec méfiance. L'esprit d'auteur de Jasper trouva un mot pour caractériser l'homme : bourru.

L'autre homme, le grand blond dans sa stupide doudoune, marcha à grands pas pour s'approcher de lui et lui tendre la main. Il ignora intentionnellement les chiens qui grognaient à ses pieds.

— Silence, ordonna Jasper, et les chiens se calmèrent.

Il ignora Visage Grêlé, tendit sa propre main vers l'homme qui était plus près de lui, et la grosse poigne du blond se referma autour de la sienne comme un étau. Il serra la patte de Jasper très fort. Un homme de plus petite carrure aurait pu être intimidé. Mais pas Jasper. Il n'était pas un gringalet de quarante kilos. Il lui rendit la pareille et fut pratiquement certain d'avoir détecté une lueur de déception sur le visage du crétin.

L'esprit de Jasper n'arrêtait pas de revenir à la doudoune que le blond portait. Il n'y avait pas vraiment de raison de porter une grosse doudoune par une journée telle que celle-ci – sauf si vous tentiez de dissimuler quelque chose. Comme une bedaine.

Ou une arme.

Le cœur de Jasper manqua un battement. Comme le blond ne semblait avoir de graisse nulle part, Jasper ressentit une sensation étrange lorsqu'il comprit que la possibilité qu'il y ait une arme planquée sous cette fichue doudoune était plus que probable.

C'était très curieux comme situation. Jasper pouvait compter sur les doigts d'une main le nombre de fois où il n'avait pas aimé une personne au premier regard. Et maintenant, il en avait deux devant lui. Deux pour le prix d'un, chacun aussi déplaisant que l'autre. Jamais il ne demanderait à l'un de ces hommes de venir prendre du thé et des biscuits. Il préférait encore s'asseoir sur une pomme de pin.

Jasper se rendit compte qu'il était en train de se mordiller la lèvre inférieure et fit un effort pour arrêter.

— Puis-je vous aider, Messieurs ? répéta-t-il, essayant d'être poli, mais pas *trop* poli.

Blondinet fixa ce regard bleu et froid sur le visage de Jasper. Il essayait certainement d'être charmant, mais il était très loin du compte selon Jasper.

L'autre homme, Visage Grêlé, continua à regarder fixement les chiens. Parfois, il jetait aussi un œil aux fenêtres du chalet qui se trouvaient derrière Jasper, comme s'il se demandait si quelqu'un d'autre se trouvait à l'intérieur. Ce regard inquisiteur, plus qu'autre chose, mit Jasper sur la défensive. Il décida à cet instant précis qu'il ne dirait rien à ces deux hommes. Il se fichait bien de savoir qui ils étaient. Ou ce qu'ils étaient venus chercher.

Curieusement, l'idée qu'ils puissent être à la recherche d'un jeune homme superbe avec d'épais cheveux noirs et un corps à tomber ne lui traversa jamais l'esprit. Ce même jeune homme qui se promenait en ce moment même quelque part avec sa Jeep. Et le fait que cela ne lui traverse *pas* l'esprit était plutôt étrange, étant donné que chacune des pensées de Jasper finissait tôt ou tard par le ramener vers Timmy. Ces pensées envahissaient l'esprit de Jasper comme la fumée envahirait une maison en feu.

Mais pas à cet instant. Dans l'immédiat, Timmy avait étrangement quitté son esprit.

Blondinet ramena Jasper au présent.

— Nous ne faisons que nous promener. Notre voiture a eu un coup de chaud sur l'autoroute, alors nous visitons les environs à pied pendant qu'elle refroidit. Vous vivez seul ici ?

— Drôle de question, répliqua Jasper. Pouvez-vous me dire en quoi ça vous intéresse ?

Une sensation désagréable commença à titiller Jasper. Comme une petite sonnette d'alarme, tintant dans un coin de sa tête. Ses pieds commencèrent à lui faire mal, comme lorsqu'on se trouve sur le bord d'une falaise et que l'on plante ses orteils de manière instinctive dans ses chaussures pour ne pas être déséquilibré. On regarde vers le ciel et on imagine l'air au-dessus et en dessous de nous au même moment. Le vertige. C'était ce qu'il ressentait. Le vertige. Pas si différent de la peur, finalement.

Blondinet observa les environs comme l'avaient fait les agents immobiliers qui étaient venus le voir ces derniers temps. Mais Jasper savait qu'il n'était pas agent immobilier. Si cet homme était gêné par le fait que Jasper l'ait repris suite à sa question indiscrète, il n'en montra rien. Jasper se dit que peu de choses devaient embarrasser cet homme. Et d'une certaine manière, cela le rendit encore plus déplaisant à ses yeux.

— Désolé, répondit Blondinet, sans aucune sincérité. Je n'avais pas l'intention de passer pour un curieux. Je fais simplement la conversation.

Puis il observa de nouveau les environs. Son regard se stoppa sur la nouvelle cabane à cochons pendant une minute, et il pencha la tête sur le côté.

— Cette cabane est bancale ?

— Je l'ai construite moi-même, répondit Jasper, luttant pour ne pas que le rouge lui monte aux joues. Je n'ai pas de talent en menuiserie. Si vous avez terminé, j'ai du travail qui m'attend et…

136

— Vous ne recevez sûrement pas beaucoup de visiteurs ici, n'est-ce pas ?

C'était Bourru qui avait posé la question. Il se tenait toujours éloigné des chiens qui se trouvaient aux pieds de Jasper. Son origine mexicaine s'entendait dans sa voix. Il avait un accent des quartiers.

— En vivant dans un trou perdu au milieu de nulle part, continua-t-il. À part peut-être des randonneurs. Beaucoup de randonneurs passent par ici ? Vous savez, comme nous ?

Les poils de la nuque de Jasper commencèrent à se hérisser.

— On ne peut pas dire que vous soyez vraiment des randonneurs, si ? Vous attendez seulement que votre voiture refroidisse, non ?

— Vous comprenez ce que je veux dire, répondit Bourru, les yeux plissés.

Blondinet ne semblait pas apprécier la tournure que prenait la conversation. Il lança un regard impatient à son compagnon, puis rit de manière hypocrite pour apaiser Jasper.

— Mon ami est un peu grognon. À cause de l'humidité.

Il était sur le point de continuer à parler lorsque quelque chose attira son attention par-dessus l'épaule de Jasper.

— Eh bien, c'est original. On ne voit plus beaucoup de ces choses-là.

Jasper se retourna pour voir de quoi l'homme voulait parler.

— Le fil à linge, ajouta Blondinet, sans attendre que Jasper pose la question. Ça me rappelle mon enfance. Ma pauvre mère qui étendait chaque vêtement qu'elle avait lavé sur ce fil à linge détendu à l'arrière de la maison. Ça devait être une vraie corvée. C'est un peu désuet. Ce ne serait pas plus simple d'utiliser un sèche-linge ?

Il ne semblait pas vraiment se soucier des efforts que cela avait demandé à sa mère d'étendre le linge sur le fil. Il semblait bien plus intéressé par la raison pour laquelle Jasper trouvait nécessaire d'utiliser ce procédé.

— En effet, répondit Jasper. Mais mon sèche-linge est cassé. Je n'ai pas eu le temps de…

Puis le cœur de Jasper manqua un battement. Il se tourna pour regarder une nouvelle fois le fil à linge – et les vêtements de Timmy qui pendaient auprès des siens. Deux jeans, un à Timmy et un à Jasper, étaient étendus l'un auprès de l'autre. L'un faisait trente centimètres de moins que l'autre. Si cela ne prouvait pas que deux personnes se trouvaient sur les lieux, alors rien ne le ferait.

Timmy reprit place dans l'esprit de Jasper. Il recommençait à emplir son esprit tel de la fumée, comme il le faisait d'habitude. Et soudain, Jasper fut inquiet. Pourquoi est-ce que Timmy *était* ici ? Qu'est-ce qui, au départ, *l'avait* amené jusqu'à cette montagne solitaire ?

Jasper savait une chose : si Timmy était pourchassé par quelqu'un, il ne voulait pas que ce soit par ces deux hommes. Il ne voulait pas que Timmy *approche* de ces deux gorilles. Mais au fond de lui, il savait – il *savait* – que Timmy était exactement ce que recherchaient ces deux sales types. Il sentit un frisson descendre le long de son dos, comme si son sang s'était soudainement glacé. C'était une sensation qu'il n'avait pas ressentie depuis longtemps, mais il sut immédiatement ce dont il s'agissait.

Cette fois, il ne perdit pas son temps à comparer ce qu'il ressentait au vertige. Non. Cette fois, il s'agissait clairement de peur, et il le savait.

— Vous disiez ? demanda Blondinet, feignant l'innocence avec ses grands yeux ronds.

Mais il ne dupa pas Jasper. Une goutte de sueur glaciale glissa le long de son torse. Afin de dissimuler sa peur, il se pencha en avant pour caresser Jumper.

— Je disais que le sèche-linge était cassé. Je déteste ce satané fil à linge autant que votre mère devait détester le sien. Maintenant, Messieurs, j'ai vraiment du travail qui m'attend. Je suppose que vous savez comment retourner jusqu'à votre voiture. Il suffit de descendre le chemin par lequel vous êtes venus. Elle a dû refroidir, vous ne pensez pas ?

Il jeta un œil au soleil qui montait haut dans le ciel. Il le fit parce qu'il ne savait plus quoi faire, mais cela lui donna une idée.

— En plus, il ne va plus tarder à faire extrêmement chaud. Vous pourriez vraiment être victime d'un coup de chaleur en vous baladant sur cette montagne aux alentours de midi. Sans parler des serpents à sonnette. La chaleur les fait toujours sortir. Et elle n'améliore pas non plus leur humeur. Je vous assure que vous n'aimeriez pas en rencontrer un ou deux.

— Vous avez sûrement raison, répondit Bourru, avant de se frapper le bras.

Peut-être avait-il été piqué par un moustique. Il donna un coup d'épaule à Blondinet pour attirer son attention.

— Allons-y. Cet homme a du travail qui l'attend.

Blondinet observa une nouvelle fois les fenêtres du chalet, ne vit aucun mouvement et sembla en tirer une conclusion.

XII

LORSQUE JASPER ouvrit les yeux, ces derniers ne semblaient pas vouloir faire la mise au point. Quand ils se décidèrent enfin à le faire, au même moment où sa tête se transforma en une magnifique fleur de douleur, la première chose qu'ils distinguèrent fut le visage de Timmy. En double, d'ailleurs. Puis sa vision s'éclaircit et il ne vit plus qu'un Timmy au lieu de deux. Le jeune homme caressait la mâchoire de Jasper de ses doigts délicats et froids. C'était ce qui avait dû le réveiller. La sensation de ses doigts sur sa mâchoire était agréable, mais ils n'aidaient en rien son horrible mal de crâne.

Il remarqua que Timmy était en train de parler, mais il fallut une minute aux mots pour se frayer un chemin à travers le cerveau endolori de Jasper et se faire entendre. Quand ils arrivèrent à ses oreilles, il entendit Timmy lui dire :

— Allez, bébé, réveille-toi. Tout va bien. Tout va bien.

Jasper aimait ces mots rassurants. Il aimait aussi l'inquiétude qu'il lisait sur le visage de Timmy. Et il aimait la proximité de l'homme. Ne serait-ce que pour être auprès de lui, il s'obligea à se réveiller. Toute la détermination qu'il avait trouvée plus tôt pour mettre un terme à la relation dans laquelle Timmy et lui s'étaient engagés fut vite oubliée. Il n'avait jamais été aussi heureux de voir quelqu'un. Le fait que cette personne soit aussi l'homme qu'il aimait ne semblait plus être aussi dérangeant.

— Tu es revenu, se contenta-t-il de dire.

Timmy hocha la tête. Jasper voulut sourire, mais il vit le sang. Le visage de Timmy en était couvert.

Et au moment où il le remarqua, il réalisa aussi que ses mouvements étaient restreints. Il lui fallut une minute pour comprendre qu'un crétin l'avait attaché à une chaise.

— Eh merde ! dit-il en observant ses bras attachés derrière son dos et ses chevilles attachées aux pieds de la chaise de la cuisine.

Malgré la douleur dans son crâne, il balaya la pièce du regard et vit que la chaise ne se trouvait pas dans la bonne pièce. Il était installé devant la cheminée, face à la fenêtre qui donnait sur la terrasse. Il pouvait même sentir les cendres froides qui se trouvaient dans le foyer.

La lumière extérieure lui indiqua que peu de temps était passé. Le soleil semblait se trouver haut dans le ciel. Midi. Il avait perdu connaissance pendant environ une heure.

— Détache-moi, Timmy. Ces cordes me font mal.

Timmy laissa son regard glisser du visage de Jasper pour regarder par-dessus son épaule avec une lueur d'inquiétude. Jasper entendit la deuxième voix dans son dos. C'était celle de Blondinet, l'espèce d'abruti qui portait une doudoune épaisse.

— Même pas en rêve, Timmy, dit-il. Si tu touches une seule de ces cordes, je te coupe les mains.

Jasper vit une larme s'échapper de l'œil du jeune homme. Commençant enfin à comprendre la situation, il se rendit compte que Timmy était agenouillé devant sa chaise. Alors qu'il le regardait, toujours un peu désorienté par la douleur qui lancinait dans son crâne, il vit Timmy se pencher en avant et poser son front contre son torse.

— Je suis tellement désolé. Tellement désolé, dit-il avant de glisser ses bras autour de Jasper et de se mettre à pleurer. Je ne voulais pas qu'on te fasse de mal, Jasper. Je te le jure.

Et il pleura encore plus fort.

Comme ses mains étaient attachées, Jasper ne pouvait pas le réconforter par le toucher, alors il pencha la tête en avant et enfouit son visage dans les cheveux de Timmy. Il déposa un baiser à cet endroit, espérant que cela serait suffisant. Et peut-être que ça l'était. Les pleurs de Timmy se calmèrent. Il trembla, puis il recula pour regarder Jasper dans les yeux. Le visage de Timmy était marbré de larmes, et il y avait encore une trace de sang en travers de sa joue. Son oreille était rouge et gonflée. Il avait une légère entaille à l'arcade. Sa lèvre inférieure était lacérée. Il avait dû passer un mauvais quart d'heure.

— Ils t'ont frappé, remarqua Jasper.

Timmy essaya de sourire. Jasper remarqua que cet effort lui faisait mal.

— Oui. Toi aussi. Ne formons-nous pas un beau couple ? Deux gorilles se sont jetés sur moi quand j'ai passé la porte. Et toi ?

— Ils m'ont attaqué par derrière comme des lâches et m'ont frappé à la tête avec ce qui devait être une enclume.

Une fois encore, Timmy esquissa le plus léger sourire, puis il posa doucement ses doigts contre la mâchoire de Jasper.

— Je suis désolé.

— Je sais, répondit Jasper en hochant la tête. Ne t'en fais pas.

Jasper observa les alentours, grimaçant lorsqu'il tourna la tête trop loin.

— Où sont les chiens, Timmy ?

— Ils les ont enfermés dans l'appentis. Tu les entends ? Ils sont en train de hurler. Mais ils vont bien. Par contre, s'ils arrivent à sortir, j'espère qu'ils dévoreront ces enfoirés comme des Biscrok. Aïe ! Ma lèvre me fait mal. Et toi, ta petite tête va bien ?

— Personne ne s'en est plaint jusque-là.

Timmy essaya de rire à cette blague bien pensée, mais sa lèvre lacérée l'arrêta immédiatement. Finalement, il répéta « aïe ! ».

Une troisième voix se fraya un chemin jusqu'à l'esprit de Jasper. C'était une voix familière, et elle apporta son lot de souvenirs avec elle ; des souvenirs ainsi que la manière dont il s'était retrouvé dans cette situation : autrement dit, attaché à une chaise avec un mal de crâne affreux. Cette voix appartenait à Bourru, l'abruti à la face de pizza qui l'avait attaqué par-derrière et frappé à la tête avec ce qui avait dû être, en réalité, la crosse d'une arme. L'homme se trouvait soit dans la cuisine, soit dans la buanderie, et discutait au téléphone. Sa voix était forte, retentissante, effrontée ; on aurait dit qu'il faisait tout pour canaliser sa colère.

— Je peux m'en débarrasser maintenant. Je peux me débarrasser des deux, dit-il ou plutôt grogna-t-il.

Jasper ne voulait pas savoir ce que ces paroles signifiaient, bien qu'il en ait une idée assez claire. Il regarda Timmy avec une expression triste.

— Qu'est-ce que tu as fait, Timmy ? Que veulent ces hommes ? demanda-t-il avant de continuer, sans laisser le temps à Timmy de répondre. Je suis désolé pour ce matin. Je n'aurais pas dû me comporter comme ça. J'étais simplement…

Mais il laissa cette phrase en suspens. Ce n'était pas le moment de reprocher à Timmy d'être malhonnête et d'avoir des secrets. Bon sang, leur vie ne tenait plus qu'à un fil à cet instant. Il ne savait pas pourquoi, mais ce n'était clairement pas le moment de commencer à parler d'honnêteté avec l'homme qu'il aimait. Même s'il décida que *ces* mots *devaient* être prononcés.

— Je t'aime, Timmy. Je ne sais pas ce qui va se passer, mais je veux que tu le saches. Je t'aime.

Une fois de plus, des larmes emplirent les yeux de Timmy.

143

— Je t'aime aussi, Jasper. C'est pour te le dire que je suis revenu. Je t'aime plus que tout.

Blondinet n'était apparemment pas une personne romantique.

— Pour l'amour du ciel, est-ce que les deux tafioles pourraient se la fermer ? Vous me rendez malade !

— Désolé, répondit Jasper.

Puis il tourna la tête aussi loin qu'il le put pour voir le grand homme blond qui se trouvait en dehors de son champ de vision et ajouta :

— Oh, et va te faire foutre.

— Vas-y, fais le malin, répliqua Blondinet. Mais tu ne vas pas le faire longtemps. Difficile de faire le malin avec une balle en pleine tête.

Jasper se dit que c'était probablement vrai, mais pour le moment, il ne pouvait pas y faire grand-chose. Il aurait aimé pouvoir essuyer les larmes de Timmy. Il n'aimait pas le voir pleurer. Il ne pensait pas qu'avoir l'air effrayé lui serait d'une grande aide, mais il pouvait peut-être découvrir ce qui se passait. Au moins, tant qu'il parlait, il avait conscience d'être toujours en vie. Que tous les deux l'étaient. Timmy et lui.

— Alors comme ça, vous allez nous tuer ?

— C'est le patron qui décide. Maintenant, taisez-vous. J'essaie de terminer ces mots fléchés. Un mot de quatre lettres pour « pénible » ?

— Vous, répliqua Timmy, ce qui fit rire Jasper.

Bourru avait cessé de discuter dans la cuisine. Soudain, il était là, debout devant eux, les fusillant du regard comme s'ils étaient quelque chose de dégoûtant qu'il avait dû retirer de sa chaussure.

— Le patron arrive, déclara-t-il. Ça devrait effacer ces sourires de vos visages.

— Quoi ? grogna Blondinet. Maintenant ? Il ne nous fait pas assez confiance pour qu'on s'en débarrasse et qu'on en termine avec eux ?

— Il ne veut pas s'en débarrasser.

Bourru alluma une cigarette et deux épaisses colonnes de fumée sortirent de son nez, tel un dragon. Il baissa les yeux sur Jasper et Timmy, puis il leur adressa un sourire sadique.

— Il ne veut pas *encore* s'en débarrasser. Il doit avoir quelques questions à leur poser. Alors, câlinez-vous autant que possible, les chéris, parce que vous ne pourrez bientôt plus le faire.

Il frappa Timmy à la tête, simplement parce qu'il en avait envie, et retourna à la cuisine. Jasper l'entendit ouvrir la porte du réfrigérateur, cherchant apparemment à manger.

— Va faire tes propres courses ! cria Jasper.

Puis il enfouit à nouveau son visage dans les cheveux de Timmy parce que c'était la position la plus rassurante dans laquelle il pouvait se mettre pour le moment. Sa chemise était humide des larmes de Timmy et cela lui brisait le cœur, mais c'était tout de même agréable d'être si près de son amant.

— Chut, murmura Jasper, essayant de trouver une solution. Calme-toi, bébé.

Il essaya de libérer ses mains, mais les cordes étaient trop serrées. Il n'avait aucune marge de manœuvre. Les deux hommes se tapirent dans un silence gêné et malheureux, Timmy toujours assis sur le sol devant Jasper et ce dernier ligoté à la chaise avec ses bras et ses jambes qui le suppliaient de bouger pour que le sang puisse circuler à nouveau. Ils avaient tous deux un mal de crâne atroce. Les deux sbires étaient maintenant dans la cuisine. Jasper pouvait entendre le bruit des couverts contre les assiettes. Ils étaient en train de manger.

Jasper écouta les hurlements des trois chiens qui se trouvaient à l'arrière du chalet. Ils n'étaient pas contents d'être enfermés dans l'appentis sans nourriture, sans eau et sans Jasper pour les réconforter. Il se demanda comment ces hommes avaient réussi à attirer les chiens dans l'appentis. Peut-être avec de la nourriture. Il ne voyait aucun autre moyen par lequel ils auraient pu y arriver.

Maintenant que les hommes étaient dans l'autre pièce, le regard de Jasper se fixa sur le placard dans lequel étaient rangées ses deux armes, près de la porte d'entrée. Timmy avait encore la possibilité de se déplacer librement dans le chalet, même s'il avait décidé de s'asseoir devant Jasper et de le serrer fort dans ses bras. Jasper avait peur de lui révéler la présence des armes. S'il décidait d'aller les chercher et qu'il échouait, les hommes pourraient le tuer. Ou bien lui faire encore plus de mal. Et Timmy ne connaissait pas ces armes. Peut-être même qu'il ne saurait pas comment s'en servir. Il ne suffirait que d'une seconde d'hésitation pour que les hommes lui tombent dessus avant même qu'il ait eu le temps de faire une différence.

Jasper aurait été surpris d'apprendre que Timmy savait déjà où se trouvaient les armes et qu'il était lui-même en train de réfléchir à l'idée d'aller les chercher. Malheureusement, Timmy en était arrivé aux mêmes conclusions que Jasper. Alors il prit une décision : il n'irait chercher les armes que si la situation dégénérait complètement. Lorsqu'il aurait le sentiment que leur heure était venue, alors il n'aurait plus rien à perdre. Mais pour l'instant, il attendrait.

Ils attendraient tous les deux.

Et c'est ce qu'ils firent.

Ils entendirent Blondinet dire à Bourru que le patron arriverait dans une heure et qu'il allait profiter de ce temps pour redescendre le long du chemin afin de récupérer la voiture dès qu'il aurait terminé de manger. Timmy sursauta lorsqu'il entendit Blondinet mentionner le chemin, mais Jasper n'y prêta pas vraiment attention. Après tout, ils sursautaient chacun toutes les cinq secondes, tellement ils étaient nerveux et effrayés.

En plus d'être effrayé, Jasper était aussi contrarié. Quelle veine il avait d'échanger des déclarations d'amour avec l'homme de ses rêves le jour même où l'on planifiait de leur mettre une balle en pleine tête. Il ne pouvait imaginer un meilleur exemple de moment mal choisi.

Les hommes étant dans la cuisine, Jasper prit sa voix la plus murmurée et fit un nouvel essai :

— Parle-moi, Timmy. Qu'est-ce que tu as fait ? Pourquoi ces hommes sont-ils ici ?

Timmy se rassit sur ses talons, les mains posées sur les cuisses de Jasper. Il semblait prêt à tout lui révéler, ce qui le soulagea. Au moins, il saurait ce qui se passait.

Timmy parla d'une voix si basse qu'on aurait dit un léger bruissement. Il s'approcha plus près pour que Jasper puisse l'entendre, ne décrochant jamais son regard des deux hommes qui se trouvaient dans la cuisine et que Jasper ne pouvait pas voir.

— Tu te rappelles la clé de la Cadillac ? J'ai volé un Escalade dans une aire de stationnement en centre-ville. Elle était garée là depuis quelques jours. Je la surveillais. Et finalement… j'ai fini par la prendre.

— Et où as-tu trouvé la clé ? Je doute que la voiture soit restée garée pendant deux jours avec les clés sur le contact.

— Non. Je… J'ai forcé la portière et, une fois à l'intérieur, j'ai trouvé la clé sous le siège.

— Pourquoi quelqu'un laisserait-il sa clé sous un siège ?

Timmy jeta à nouveau un coup d'œil par-dessus l'épaule de Jasper afin de s'assurer que les hommes étaient toujours occupés. Eux aussi parlaient à voix basse tout en continuant à manger. Cela fit prendre conscience à Timmy qu'il avait très faim. Il n'avait pas mangé depuis le soir précédent, lors du dîner.

— Ce devait être une voiture qui servait de dépôt. Peut-être qu'ils y dissimulent de la drogue ou quelque chose. Je ne sais pas. Je n'ai rien trouvé de tel dans la voiture, mais peut-être qu'une personne était déjà venue récupérer la marchandise.

— Tu es en train de me dire que ce patron dont ils parlent est un trafiquant de drogue ?

Timmy hocha la tête en reniflant. On aurait dit qu'il allait se remettre à pleurer.

— Il s'appelle Manuel Garcia. Il gère un petit cartel de drogue aux abords de Tijuana. Je ne sais pas grand-chose sur lui, mais je sais que ce n'est pas un homme tendre. Je t'ai mis dans un sale pétrin, Jasper.

Avant que Timmy ne puisse s'excuser pour la énième fois, Jasper lui demanda :

— Comment tu sais qu'il s'agit de Garcia ?

Timmy leva les yeux vers le plafond, peut-être pour éviter que son nez continue de couler. Jasper n'en savait rien. Et il s'en fichait.

— Il y avait une radio dans la Cadillac. Quelqu'un a appelé quand je sortais de la ville. Apparemment, la voiture était équipée d'un émetteur, donc ils ont remarqué que la voiture se déplaçait. Comme je ne lui ai pas répondu, la personne qui parlait a écarté un instant la radio de son visage pour parler à quelqu'un, et je l'ai entendu mentionner *El Poco*.

— El Poco ? « Poco » signifie bien « petit », n'est-ce pas ?

— Oui, je crois. Pourquoi ?

Jasper haussa, ou plus exactement essaya de hausser les épaules, étant donné qu'on lui avait ligoté les bras dans le dos.

— C'est juste étrange que ce soit le nom de code d'un chef de cartel. Ce n'est pas vraiment respectueux.

Maintenant, c'était au tour de Timmy de hausser les épaules.

— Il n'y a rien de mal à être petit, répliqua-t-il.

Jasper remarqua qu'il avait répondu de manière un peu défensive. Et comme il était lui aussi tout petit, il en avait probablement le droit.

— Et peut-être qu'il ne sait pas qu'ils le surnomment ainsi, continua-t-il. Ce n'était pas Garcia qui parlait à la radio. Ce devait être un autre larbin, comme ceux qui sont assis dans ta cuisine.

Jasper accepta cette logique. Mais cela ne les menait nulle part. D'ailleurs, maintenant que Jasper avait une vision d'ensemble un peu plus claire sur la situation, il était soudain plus inquiet qu'avant. Il avait entendu assez d'histoires horribles concernant les attaques de cartels pour *justifier* son inquiétude. La dernière chose qu'il souhaitait était de terminer avec sa tête dans une boîte en carton placée sur un guichet des services postaux, en partance pour Tucson, ou pour n'importe quel autre endroit où ils expédiaient leurs nombreuses têtes. Cependant, s'ils n'avaient affaire qu'à un *petit* trafiquant de drogue, peut-être que cet homme n'était pas une vraie menace. Du moins, Jasper espérait qu'il ne le serait pas.

Timmy le regardait, se demandant sûrement à quoi il pensait. Se demandant s'il allait devenir fou, peut-être. Et Timmy ne pourrait pas vraiment lui en vouloir s'il le devenait. Il avait réussi à bousiller leurs vies à tous les deux. Et peut-être même à y mettre *fin*.

Jasper fronça les sourcils. Quelque chose clochait dans cette histoire.

— Tu es en train de me dire que ce chef de cartel est prêt à nous tuer simplement parce que tu lui as volé sa Cadillac ? Et d'abord, comment ont-ils fait pour te suivre jusqu'ici ? Ah. L'émetteur.

— Je pense, oui. Je ne l'ai trouvé nulle part dans la voiture. J'ai regardé partout, mais ils n'installent jamais les émetteurs radio au même endroit. Comme je ne le trouvais pas, j'ai fait dévaler une falaise à la voiture à quelques kilomètres d'ici. Et je l'ai fait dans les règles de l'art ! J'y ai mis le feu, puis je l'ai fait rouler jusqu'au bord de la falaise jusqu'à ce qu'elle plonge dans l'océan, où elle a disparu sans une bulle. Les gars du cartel ont dû concentrer leurs recherches autour du dernier signal radio qu'ils ont reçu. J'imagine que ce signal les a finalement menés jusqu'ici. Je suis désolé. J'aurais dû mettre plus de distance entre moi et l'endroit où je me suis débarrassé de la Cadillac. Mais ensuite je suis tombé malade. Je... Je suis allé aussi loin que j'ai pu.

Une fois encore, Timmy regardait tout sauf Jasper. Ce dernier connaissait bien les tactiques d'esquive de Timmy désormais. Et ce n'était pas le moment de garder des secrets. Ou de mentir.

Jasper dut faire un réel effort pour ne pas hausser la voix. Il faisait aussi tout son possible pour canaliser sa colère.

— Pourquoi as-tu volé la Cadillac ? Qu'avais-tu à y gagner ?

Les épaules de Timmy se contractèrent. Jasper se dit que cela devait sûrement être un haussement d'épaules.

— Je ne sais pas quoi te dire ! J'adore les belles voitures. Je n'ai jamais pensé qu'une courte virée dans un véhicule volé m'attirerait autant d'ennuis. J'avais l'intention de ramener le SUV sur ce même parking avant même que quelqu'un se rende compte qu'il avait disparu. Comment étais-je censé savoir qu'il appartenait au chef d'un cartel de drogue à Tijuana ? Ce n'était pas marqué dessus !

— Est-ce que c'est la vérité ?

Les épaules de Timmy se contractèrent à nouveau. Cela commençait sérieusement à agacer Jasper.

— Qu'est-ce que tu ne me dis pas ? Regarde-moi, Timmy. Tu caches encore quelque chose. Si nous nous sortons de ce pétrin et que nous voulons avoir une chance de former un couple, nous devons pouvoir nous faire confiance. Parle-moi. Dis-moi tout.

Mais Timmy se renferma. Jasper pouvait le voir. Un instant plus tôt, il s'était trouvé devant lui, honnête et ouvert, et l'instant d'après il s'était renfermé, tel un boxeur criblé de coups qui se retranchait dans un coin du ring. Une lueur d'obstination traversa les yeux sombres de Timmy, et il se déroba complètement au regard de Jasper. Au lieu de le regarder, il se pencha en avant pour blottir son visage contre le torse de Jasper. Probablement pour empêcher Jasper de le regarder. De remarquer son esquive.

Lorsque Timmy se renferma, Jasper en fit de même. Têtu, il pencha la tête et ferma les yeux. Comment avait-il pu être si bête et croire que Timmy serait honnête avec lui ? Cela faisait deux semaines qu'ils se connaissaient, et cet homme n'avait encore jamais été honnête avec lui. Même maintenant, alors que leur vie ne tenait plus qu'à un fil, il était incapable de se lancer et de dire la vérité. Tout ce qu'il savait faire, c'était la contourner, l'esquiver, ne dire que des demi-vérités. Mentir.

La douleur dont Jasper souffrait à la tête, dans le dos et dans les bras fut soudain aggravée par une douleur retentissante dans son cœur. Si Timmy pouvait lui mentir à cet instant, alors rien de ce qu'il avait dit n'était fiable.

Seigneur, peut-être que Timmy ne l'aimait pas vraiment.

Ils se tapirent dans le silence, perdus dans leurs pensées. Jasper avait eu envie de faire confiance à Timmy. Il lui avait laissé plusieurs chances, mais une fois encore, cet homme avait prouvé qu'il n'était pas digne de confiance. Tout ce qu'ils avaient construit prenait maintenant fin. Il ne pouvait pas en être autrement. Vous ne pouviez pas aimer un menteur.

Jasper blinda au mieux son cœur face à la perte de Timmy et décida d'attendre calmement de voir ce qui allait arriver. Peu importe ce que c'était, ce ne serait rien de bon. Et il y avait même de grandes chances que ça lui soit fatal. Bon sang, quelle galère !

Timmy semblait savoir quel chemin avaient pris les pensées de Jasper. Il était assis en tailleur devant la chaise de Jasper, ses bras toujours autour de sa taille, son menton sur son genou, fixant les cendres froides du foyer sans vraiment les voir. Lui aussi patientait.

À l'étage, l'horloge bruyante installée près du lit indiquait le passage des secondes, des minutes.

Blondinet sortit du chalet pour redescendre le chemin et aller récupérer leur voiture sur la route principale où ils l'avaient laissée. Ils entendirent l'homme traverser la terrasse d'un pas lourd, puis le bruit de ses chaussures sur le gravier. Et ensuite, le silence. Le soleil avança un peu plus loin dans le ciel, modifiant les ombres dans le chalet. À l'arrière de la maison, les chiens s'étaient calmés, fatigués d'aboyer. Patientant comme eux le faisaient. Attendant que Jasper vienne à leurs secours.

Jasper et Timmy fermèrent les yeux et ce fut seuls qu'ils firent face à leurs peurs, sachant tous les deux qu'une chose s'était brisée entre eux. Pourtant, Timmy n'avait pas libéré Jasper de son étreinte. Sa tête était posée sur le genou de Jasper et ses bras étaient toujours fermement noués autour de sa taille. Il s'accrochait.

Mais malgré le contact physique, c'était comme s'ils étaient redevenus des étrangers l'un pour l'autre. Il y avait désormais une froideur entre eux qui n'avait jamais été présente, même au commencement. Leurs deux cœurs étaient brisés de savoir qu'ils avaient perdu un amour qu'ils n'auraient jamais pensé avoir la chance de trouver un jour.

Jasper ne pouvait pas se résoudre à accueillir la douleur silencieusement. Il ressentait le besoin de rendre la pareille. De faire ressentir la même déception à Timmy que celle que lui éprouvait, s'il le pouvait, avant que la mort ne passe la porte de cette maison sous la forme d'un trafiquant de drogue cinglé mexicain.

Quand Jasper prit la parole, sa voix était glaciale :

— Tu ne donnes jamais rien, Timmy, n'est-ce pas ? Tu ne donnes que ce que tu dois donner. Et même ça, ce n'est pas vraiment donner. C'est utiliser pour atteindre un objectif, pour arriver à une fin, pour compléter un mensonge.

— Non, soupira Timmy. Non. Je…

— Tout ce que nous avons vécu était un mensonge, et tu le sais. Tu ne te souciais pas de moi. Tout ce que tu voulais, c'était trouver un endroit où te planquer jusqu'à ce que tu ne sois plus en danger, et alors tu serais retourné vivre la vie que tu menais avant de grimper sur ma foutue montagne !

Timmy tressaillit sous le regard noir de Jasper. La douleur qu'il ressentait s'intensifia encore plus lorsqu'il vit la souffrance et la colère dans les yeux de Jasper. Mais ces mots ! Ces mots étaient des poignards. Ils le blessaient au plus profond de lui.

Pourtant, il devait rester fort. Pour eux deux. Il essaierait de s'expliquer plus tard. Mais pour le moment, il devait tenir bon. Tous les deux devaient tenir bon, même si Jasper n'en avait pas conscience.

— Sois patient, murmura Timmy. Fais-moi confiance, Jasper, et sois patient.

Jasper secoua brièvement la tête en détournant le regard.

— Confiance, répéta-t-il, comme s'il s'agissait d'un mot qu'il n'avait jamais entendu auparavant. Maintenant, je suis censé te faire confiance.

Il ferma les yeux et Timmy vit une larme s'échapper.

Cette petite larme coulant sur la joue du grand et fort Jasper brisa le cœur de Timmy.

Même Jasper fut surpris lorsqu'il sentit cette larme se former sur ses cils. Mais pour quelle raison pleurait-il vraiment ? La situation dangereuse dans laquelle ils se trouvaient ? Ou pour la perte de Timmy ? Il ne lui fallut pas longtemps pour trouver la réponse à cette question.

Il ferma les yeux encore plus fort et essaya de ne plus réfléchir. Il avait trop mal. Timmy lui manquait déjà alors qu'il ne se trouvait qu'à quelques centimètres de lui. Mais au fond de son cœur, Jasper savait que Timmy se trouvait à un *monde*, voire à une *galaxie*, de lui. Quel que soit le lien qui les avait unis par le passé, il était irrémédiablement rompu. Rien d'autre que la douleur et la déception les unissaient à présent. Et les maudits mensonges de Timmy.

Après ce qui parut être une éternité, ils entendirent le bruit non pas d'une, mais de deux voitures. Jetant un œil par la fenêtre donnant sur la terrasse et secouant la tête pour se débarrasser de ses larmes, Jasper vit une Toyota beige et une Cadillac Berline noire qui avaient du mal à monter la pente. Les deux voitures semblaient avoir commencé leur journée sans une tache, mais elles étaient maintenant recouvertes de boue jusqu'au toit, après avoir parcouru le chemin cahoteux qui menait chez Jasper.

Timmy ne tourna même pas les yeux vers la fenêtre. Il garda la tête posée contre le torse de Jasper, les yeux fermés.

Il priait pour que la chance soit de son côté. Et pour que Jasper lui pardonne.

XIII

— IL ÉTAIT temps ! grogna Bourru en traversant la pièce d'un pas lourd avant d'ouvrir la porte d'entrée du chalet.

Il ne prit même pas la peine de jeter un œil vers ses deux prisonniers. Le plus imposant était ligoté et le plus petit était un gringalet. Ils n'étaient pas une menace. Il sortit sur la terrasse et attendit près des marches.

Dès que Bourru passa la porte d'entrée, Jasper repensa aux armes qui se trouvaient dans le placard. Disposaient-ils d'assez de temps ? Timmy pouvait-il aller les chercher et peut-être enfermer ces hommes dehors jusqu'à ce qu'il ait libéré Jasper de ses liens ? Seraient-ils capables de les garder à distance jusqu'à ce qu'ils puissent appeler la police et essayer d'obtenir de l'aide ?

Mais il était déjà trop tard. Jasper sut instinctivement qu'il n'y avait tout simplement pas assez de temps.

Il s'écroula sur sa chaise, et lorsqu'un bruit de portière se fit entendre, Timmy et lui tournèrent la tête vers la fenêtre. Ne pouvant lutter contre le destin, ils regardèrent Blondinet sortir de la Toyota beige, qui semblait être une voiture de location. Jasper remarqua qu'il ne portait plus sa stupide doudoune. Il ne devait plus trouver nécessaire de dissimuler son arme, parce qu'elle était aussi visible que la lumière du jour, rangée dans un étui d'épaule en dessous de son aisselle. Blondinet arrangea ses vêtements, comme s'il ne voulait pas paraître souillon devant le patron, et avança jusqu'à la portière côté conducteur de la berline.

— Oh, bon Dieu ! marmonna Jasper lorsqu'il vit un homme qui ne pouvait être que Manuel Garcia – El Poco – descendre de la voiture et se mettre difficilement debout en grognant, regardant tout autour de lui comme un fichu touriste.

Cet homme était une montagne. *El Poco ? Tu parles !* pensa Jasper. Il devait bien peser cent quarante kilos. Il portait un pantalon habillé noir, joliment plissé, et une guayabera rouge avec des bandes noires qui descendaient devant. Il y avait tellement de mètres de tissu sur cette chemise qu'on aurait pu en faire une mini tente. L'homme portait aussi un foulard rouge, gonflé au niveau de sa gorge, ce qui le faisait ressembler à une énorme grenouille. Jasper n'avait jamais vu *personne* porter un foulard, sauf dans les films. Et maintenant, il comprenait pourquoi. Ils vous faisaient passer pour un crétin prétentieux.

Garcia n'avait pas un cheveu sur la tête et, alors que Jasper continuait de le regarder, l'homme sortit un mouchoir de sa poche arrière et le fit rouler sur son crâne lisse comme une boule de bowling, effaçant la brillance causée par la sueur.

Garcia replia soigneusement le mouchoir et le rangea dans sa poche. Ne semblant pas vraiment pressé, il se tint debout, les mains sur les hanches, et s'étira en observant la propriété. Dans des circonstances différentes, et s'il n'était pas sur le point de recevoir une balle en pleine tête, Jasper aurait ri en voyant Garcia pencher la tête sur le côté en regardant la cabane à cochons.

— C'est bon, marmonna Jasper en levant les yeux au ciel. Elle est sacrément bancale. Je suis au courant.

Timmy détacha son regard de la fenêtre et leva les yeux vers ceux de Jasper. Malgré toute sa bonne volonté, Jasper ne pouvait ignorer ce regard suppliant.

— Je t'en prie, ne cesse pas de m'aimer, le supplia Timmy.

Une fois encore, avant que Jasper ne puisse l'empêcher, ses yeux s'emplirent de larmes. Une boule se forma dans sa gorge.

Il regarda Timmy droit dans les yeux pendant une dizaine de secondes, réfléchissant à une centaine de choses qu'il avait envie de dire. Mais finalement, il se contenta de répondre :

— Gamin, je pense que la question de savoir qui aime qui n'aura bientôt plus d'intérêt.

Mais il le dit avec un léger sourire, ce qui donna de l'espoir à Timmy.

— Nous allons nous en sortir, dit Timmy. Je le sais.

Cette fois, Jasper ne dit rien. Il trouvait cela un peu difficile de partager la vision optimiste de Timmy sur la situation dans laquelle ce petit malin les avait fourrés.

Il tourna la tête vers la fenêtre et vit les deux hommes, Garcia et Blondinet, progresser doucement vers le chalet. Blondinet restait deux pas derrière le patron, comme une épouse japonaise obéissante. Bourru s'écarta lorsqu'ils approchèrent, afin de faire de la place pour que Garcia puisse monter les marches. Cet homme était immense. Il avait besoin de beaucoup d'espace. Cet enfoiré ressemblait à un bateau de croisière amarrant dans un port. Peut-être qu'il avait besoin de deux remorqueurs pour s'assurer que son fessier aille dans la bonne direction. Jasper pouvait entendre les marches de l'escalier grincer sous son poids.

Lorsqu'il précéda les deux autres hommes et passa la porte, la pièce s'assombrit comme s'il y avait une éclipse solaire à l'extérieur.

Seigneur, pensa Jasper. *Ce gars devrait sérieusement penser à arrêter les haricots. Il devrait peut-être essayer la salade, pour changer.*

Au grand étonnement de Jasper, Manuel Garcia – alias El Poco – claqua la porte aux nez des deux crétins, les enfermant à l'extérieur, sur la terrasse. Jasper ne savait pas si c'était une bonne ou une mauvaise chose, même s'il apprécia beaucoup de voir l'air surpris sur le visage de Blondinet lorsque la porte se referma sur son minet.

Garcia resta debout près de la porte, observant la pièce tout en ressortant le mouchoir de sa poche arrière. Cette fois, il l'utilisa pour se moucher. Il souffla avec enthousiasme, ce qui produisit un grand bruit qui rappelait le cacardement de la bernache du Canada qui migrait vers le sud. Lorsqu'il eut terminé, il replia soigneusement le mouchoir en un petit carré et le rangea dans sa poche arrière, comme il l'avait fait plus tôt. Seulement alors regarda-t-il Jasper et Timmy – Jasper ligoté à sa chaise près de la cheminée et Timmy assis devant lui, un bras toujours agrippé à la taille de Jasper.

Garcia évalua rapidement la situation. Après avoir soutenu le regard de Timmy, puis de Jasper, il finit par jeter son dévolu sur Timmy.

— Alors c'est vous le voleur, hein ?

Il parlait avec l'intonation caractéristique de l'accent mexicain. Mais il semblait aussi très instruit. Ses mots étaient concis et parfaitement articulés, ses yeux, vifs – deux diamants étincelants perçant une mer de graisse, ne manquant pas un seul détail. Il était facile de déceler une intelligence vive à l'intérieur de ce crâne massif. Cependant, pour un homme aussi imposant, Garcia avait une voix haut perchée. Presque féminine.

Ne sachant pas quoi répondre, Timmy se contenta de hocher la tête.

— Vous êtes mignon, lui dit Garcia avant de laisser son regard glisser vers Jasper. Vous semblez terriblement proches à vous tenir comme ça. On pourrait croire que vous êtes de jeunes amoureux.

Garcia avança jusqu'à eux et, en les surplombant tous les deux, il passa un de ses gros doigts dans les cheveux de Timmy.

Jasper devint rouge de colère.

— Ne le touchez pas ! Et ne le traitez pas de voleur !

Garcia cligna des yeux, et un sourire se dessina sur son visage, ce dernier empourpré à cause de la chaleur et de l'humidité. Et des cent quarante kilos de lard contenus sous sa peau.

— Eh bien, *señor*. Vous êtes protecteur envers votre ami. Quel homme galant.

Il tendit le bras en l'air et mit une claque à Jasper, comme le ferait une femme. Jasper fut si surpris qu'il lui fallût une seconde pour réaliser que le bruit de la gifle était bien pire que la douleur. Ça pinçait un peu, mais rien de plus. L'homme n'essayait pas de lui faire mal. Il voulait simplement le remettre à sa place. Sans vraiment savoir pourquoi, cela redonna de l'espoir à Jasper. Peut-être qu'il y avait encore une chance que cette situation ne dégénère pas autant qu'ils le pensaient.

Peut-être qu'ils allaient vraiment survivre.

Garcia continua la conversation comme si la gifle n'était jamais arrivée. Il adressa un sourire à Jasper.

— Vous êtes bel homme, *señor*. Si vous canalisez votre colère, vous allez pouvoir le rester encore un moment. Compris ?

Jasper hocha la tête, toujours furieux, mais conscient qu'il avait peu d'options.

— Compris, répondit-il.

Garcia tendit à nouveau la main pour glisser ses doigts dans les cheveux de Timmy. Ce dernier ferma les yeux, comme si un serpent était en train de ramper sur sa peau. Jasper se mordit la lèvre et ne dit rien. Le regard de Garcia se posa à nouveau sur Jasper et il sourit, satisfait.

— Et voilà. Vous voyez ? Ce n'est pas si difficile d'être cordial. Et si j'en crois l'air surpris sur votre beau visage lorsque j'ai dit que votre ami était un voleur, j'en conclus que vous n'étiez peut-être pas au courant. Peut-être n'est-il pas seulement un voleur, mais aussi un menteur, hein ? Est-ce que cela vous surprendrait ?

Il discerna du chagrin dans le regard de Jasper lorsqu'il prononça ces mots.

— Non, continua-t-il. Je constate que ça ne vous surprendrait pas du tout. On dirait que votre ami vous a caché bien des choses.

Jasper se força à détourner le regard, à regarder par la fenêtre. Il vit Bourru appuyé contre la voiture beige, en train de fumer une cigarette. Il ne voyait pas Blondinet. Peut-être qu'il était derrière en train de tourmenter les chiens ou de frapper les porcelets. Rien de ce que cet enfoiré pourrait faire ne surprendrait Jasper. Et c'était aussi valable pour Bourru.

Il regarda de nouveau Garcia. Les sarcasmes de cet homme ne seraient pas si humiliants si Jasper pouvait dire qu'ils n'étaient pas fondés. Mais comment le pouvait-il ? Timmy n'avait fait que lui mentir depuis le début. Il était probablement encore en train de mentir alors que leurs vies étaient en jeu.

Garcia s'éloigna de Jasper et Timmy, puis il attrapa un Guatemala étonné sur un banc installé dans un coin. Il posa le chat contre sa poitrine et caressa délicatement sa fourrure de ses gros doigts, ce qui, étant donné le secteur d'activité de l'homme, était un geste étonnamment doux. Il avait du vernis transparent sur les ongles, ce que Jasper aurait pu trouver amusant en d'autres circonstances. Jasper entendit Guatemala ronronner immédiatement. S'il avait alors cru en la fidélité de son satané chat, il était profondément déçu.

Caressant toujours le cou de Guatemala, Garcia posa le regard sur Timmy.

— Tout d'abord, dites-moi pour quelle raison vous avez volé ma voiture. Pensiez-vous pouvoir la vendre ? Gagner un peu d'argent pour vous acheter de la drogue ?

Les yeux de Timmy se plissèrent.

— Je voulais simplement la conduire. Et je ne me drogue pas.

Garcia baissa les yeux vers le chat.

— Je m'en doutais. Vos yeux sont trop clairs. Je ne me drogue pas non plus. C'est la pire des addictions, sale et destructrice d'âme.

— Mais vous vendez de la drogue, laissa échapper Jasper, incapable de se taire. Que cela montre-t-il de vous ?

Garcia ne sembla pas dérangé par son intervention. Il sourit légèrement, comme s'il était perplexe face à la simplicité d'esprit de Jasper.

— Je suis un homme d'affaires. Je mets un produit à disposition des usagers. Rien de plus. Que cela montre-t-il d'un homme tel que vous lorsque vous tombez amoureux d'un voleur et menteur ? On aurait tendance à croire qu'un auteur possède la faculté de bien cerner la personnalité des personnes qui l'entourent. Oh, ne soyez pas si surpris. Je ne me précipite pas à l'aveugle dans des situations sans faire un peu de recherches en amont. Vous avez publié six livres, dont aucun ne vous a vraiment rapporté d'argent. Vous êtes divorcé, d'une *femme* qui plus est, et vous avez maintenant jeté votre dévolu sur ce petit voleur de voitures. À mon avis, vous auriez pu faire mieux.

— L'amour ne nous laisse pas de choix, répliqua Jasper. L'amour fait simplement son travail. Comme vous, je suppose.

Timmy leva de grands yeux reconnaissants vers lui, mais Jasper ne put que détourner le regard. Il n'était pas prêt à accepter sa gratitude. Peut-être qu'il ne le serait jamais.

Garcia se mit à rire.

— Je n'ai jamais été comparé à l'amour, *señor*. J'en suis honoré. Et votre petit ami aussi se sent flatté. Regardez toute l'adoration que l'on peut lire sur son visage.

Curieusement, il n'y avait pas de sarcasme dans la voix de Garcia. Seulement de l'envie, peut-être. Ou alors ce n'était qu'un rôle. Jasper commençait à se dire qu'El Poco n'était pas aussi inoffensif qu'il le paraissait.

Timmy décrocha son regard du visage de Jasper pour regarder la montagne de chair qui le surplombait.

— Laissez Jasper partir. Il n'a rien à voir avec cette histoire.

Garcia posa ses grosses lèvres sur la tête de Guatemala. Le chat ferma les yeux et ronronna encore plus fort.

— Voyez-vous cela ? Un geste désintéressé. On ne s'attend pas à ce type d'offres de la part d'un voleur. Si j'accepte votre requête, petit, me direz-vous où se trouve ma voiture ?

Timmy vacilla.

— Eh bien… commença-t-il.

— La voiture a été détruite, termina Jasper.

Les yeux de Garcia se plissèrent pour devenir deux grosses fentes. Il lâcha le chat sans crier gare, et Guatemala heurta le sol lourdement, puis partit en courant.

— Détruite ? demanda Garcia, calmement et sans rancune.

Il ne semblait pas plus intéressé que cela par la réponse, alors qu'il regardait les deux hommes chacun leur tour.

— Comment a-t-elle été détruite, Messieurs ?

— Brûlée, répondit Timmy, tout en se demandant si c'était le dernier mot qu'il prononcerait de sa vie.

Et bien que Garcia ne semblât pas enchanté par la réponse de Timmy, il n'avait pas l'air de s'apprêter à les tuer. Du moins, c'était ce que Timmy espérait.

Jasper était moins rassuré. Il décela une détermination impitoyable dans le regard de cet homme imposant en qui il n'avait aucune confiance. Il supposait qu'il y avait de la lave à l'intérieur des bourrelets de cette énorme

157

montagne et il supplia Dieu de ne pas se trouver dans les parages lorsqu'elle exploserait.

Garcia continua à parler doucement. Tranquillement.

— J'aimerais que vous répondiez à ma prochaine question très prudemment, mon joli. Vraiment très prudemment. Est-elle complètement brûlée ?

Timmy soupira. Bon sang.

— C'est une briquette de charbon.

— Une briquette de charbon. Elle est totalement détruite, alors.

— Oui.

— Et à quel endroit précis l'avez-vous brûlée ? J'aimerais voir les… débris.

— C'est impossible, répondit Timmy.

Il était reconnaissant d'avoir Jasper auprès de lui, de savoir qu'il l'aimait toujours. Du moins, il était pratiquement certain que c'était ce qu'avait voulu dire Jasper en parlant d'amour.

— Vous ne pourrez pas voir les débris parce qu'il n'y en a pas.

Garcia semblait trouver cette conversation fascinante.

— Et comment cela est-il possible ? Le métal ne se transforme pas en cendres. Expliquez-moi comment il peut ne pas y avoir de débris.

Timmy prit une grande bouffée d'air et essaya de ne pas faire attention à son cœur qui battait à mille à l'heure.

— Je l'ai fait tomber du haut d'une falaise. J'y ai mis le feu, et elle brûlait encore lorsque je l'ai fait rouler jusqu'au bord de la falaise pour qu'elle finisse dans l'océan. Elle a complètement disparu. Je vous le jure. Cette voiture n'existe plus. Totalement détruite. Je suis désolé.

— Vous êtes désolé, répéta Garcia en riant, et il tourna son regard vers Jasper. Votre petit ami est désolé.

— Nous sommes tous les deux désolés, dit Jasper. Peut-être que je…

Mais Garcia l'interrompit. Il avança vers eux rapidement et gifla Timmy du dos de la main. Pour une montagne de graisse, il se déplaçait plutôt vite. La tête de Timmy fut projetée en arrière, et il tomba sur le sol près de la chaise de Jasper. Cette fois, la gifle avait été donnée pour faire mal. Et si l'on en croyait l'air abasourdi sur le visage de Timmy, elle avait sûrement fait très mal.

— Bordel ! hurla Jasper.

Garcia leva un gros doigt pour déconseiller à Jasper de dire quoi que ce soit.

— Taisez-vous, *señor*. Et ne m'interrompez plus.

Garcia recentra son attention sur Timmy, qui était en train de se remettre en position assise en se penchant contre le genou de Jasper. Son visage était tout rouge et un filet de sang tombait de son nez. Des larmes coulaient le long de ses joues et, soudain, ses mains se mirent à trembler. Cette gifle l'avait clairement secoué. Il ne s'y était pas attendu. Jasper avait envie de tendre les bras vers lui pour le réconforter, pour lui donner de la force ou même de l'affection, mais bien entendu il ne le pouvait pas. Il pouvait à peine bouger. Il ne s'était jamais senti aussi désemparé de sa vie, et il détestait cette sensation.

Garcia regarda Timmy fixement, comme si cela allait lui faire avouer la vérité.

— Si vous avez brûlé le SUV, comment êtes-vous arrivé jusqu'ici ?

— J'ai fait du stop, répondit Timmy.

— Pourquoi ?

— Pour retrouver Jasper.

Garcia regarda Timmy et Jasper chacun leur tour, avant de reposer les yeux sur Timmy.

— Alors vous vous connaissiez déjà ?

— Oui, répondit Timmy sans aucune hésitation.

Oh, Seigneur, pensa Jasper. *Ce gamin va recommencer à mentir. Nous n'allons jamais nous sortir de ce pétrin.*

— Je suis désolé pour la Cadillac, dit Timmy, sachant que cela ne changerait pas grand-chose, mais n'ayant pas beaucoup d'autres options pour l'instant. Si j'avais les moyens de vous en acheter une autre, je le ferais.

— C'est très noble de votre part, se moqua Garcia. Mais je me fiche de la Cadillac. C'était une voiture volée. Tout ce qui m'importe, c'est ce qui se trouvait à *l'intérieur*.

Timmy sembla déconcerté.

— Mais il n'y avait *rien* à l'intérieur, dit-il.

Garcia lui lança un regard mauvais.

— Vous ne pourriez pas être plus loin de la vérité, répliqua-t-il.

Il se retourna et vit Bourru et Blondinet debout sur la terrasse, essayant de voir ce qui se passait à l'intérieur en regardant par les fenêtres qui se trouvaient des deux côtés de la porte d'entrée. Ils avaient les mains levées sur leurs fronts pour protéger leurs yeux du soleil et mieux voir à l'intérieur. Garcia leur adressa un geste de la main agacé, et les deux hommes se retirèrent rapidement pour le laisser tranquille.

— Bande d'idiots, marmonna Garcia avant de se tourner vers Timmy. Dites-moi pourquoi vous avez détruit la Cadillac. En quoi cela vous était utile ?

— J'ai appris que le SUV vous appartenait en entendant quelqu'un mentionner votre nom via la radio qui se trouvait dans le véhicule. La dernière chose que je voulais était de me mettre El Poco à dos, mais je me suis dit qu'il était un peu trop tard pour me racheter. Je savais que vous pouviez me localiser grâce à l'émetteur installé quelque part dans la Cadillac. Je l'ai cherché, pour pouvoir le retirer, mais je ne l'ai pas trouvé. Alors, pour effacer mes traces, j'ai décidé de me débarrasser de la voiture. Si ça peut vous consoler, c'était une magnifique virée en voiture. Elle fonctionnait à merveille.

Cela ne sembla pas amuser Garcia.

— Ça ne me console pas du tout. Mais j'espère que ça vous consolera lorsque je demanderai à mes hommes de vous exploser le crâne.

Garcia laissa tomber son énorme fessier sur le canapé, et Jasper entendit un ressort lâcher. L'homme fixa Timmy du regard en essuyant la transpiration sur son crâne à l'aide de son mouchoir.

— Je vais être honnête avec vous. Je suis homosexuel. J'ai un magnifique harem de jeunes hommes chez moi, à Tijuana, qui n'attendent que de faire ce que je leur demande. La pauvreté est un superbe aphrodisiaque. Je leur donne un toit ainsi que de la nourriture, et ils me donnent leur jeunesse. Bel échange, vous ne trouvez pas ?

Jasper et Timmy ne dirent rien, même si Jasper décida qu'il détestait encore plus cet individu maintenant qu'il y a quelques minutes, ce qui était parlant. Ils attendirent en silence de voir où voulait en venir Garcia.

— Je suis un homme raisonnable. Et compatissant. J'aimerais ne pas avoir à détruire cette histoire d'amour dans laquelle vous vous êtes embarqués, mais je vais devoir le faire si vous ne commencez pas à me donner quelques réponses.

Il regarda Timmy et Jasper chacun leur tour, puis regarda finalement Timmy.

— Je vois beaucoup de jeunes hommes comme vous, petit. Affamés. Faisant tout ce qui est en leur pouvoir pour survivre. Et je le comprends. Moi j'aussi j'ai été affamé. Mais comme vous pouvez le voir, j'ai bien assouvi ma faim.

160

Il rit et se tapota le ventre. Puis il sortit un couteau de poche pliable de son pantalon, l'ouvrit et commença à gratter le dessous de ses ongles à l'aide de la pointe du couteau, des grosses rides de concentration apparaissant sur son front.

Timmy et Jasper ne quittèrent pas le couteau de Garcia des yeux. Aucun d'eux ne croyait vraiment qu'il était en train de nettoyer ses ongles. Ils n'étaient pas si stupides.

Garcia sembla apprécier que toute leur attention soit portée sur le couteau. Il sourit et le montra afin qu'ils puissent mieux le voir. Le manche était couleur crème et la lame attirait la lumière.

— Joli, n'est-ce pas? Ivoire et acier. Très tranchant, très dangereux. Petit, mais mortel.

Son sourire s'agrandit quand il remarqua qu'ils étaient complètement captivés. Il recommença à gratter sous ses ongles à l'aide de la lame.

Une fois encore, il se concentra sur Timmy.

— Je vais vous poser quelques questions, petit, et je veux que vous soyez honnête dans vos réponses. Si vous me mentez, je commencerai à couper des parties de votre corps jusqu'à ce que j'obtienne les réponses que j'attends. Est-ce que c'est bien compris?

Timmy déglutit difficilement et hocha la tête, ne se sentant pas capable de parler.

— Bien, dit Garcia en souriant, de la façon dont un cobra souriait avant d'attaquer. Pourquoi étiez-vous si intéressé par ma voiture? Dites la vérité. Croyez-moi, vous ne voulez pas me voir en colère.

Timmy lâcha la taille de Jasper et baissa les yeux vers ses mains. Jasper suivit son regard et vit que les mains de Timmy tremblaient. Cela ne le surprit pas. Il ne pouvait pas voir ses propres mains, comme elles étaient attachées dans son dos, mais il pouvait les sentir trembler elles aussi.

— Cette Cadillac était magnifique, expliqua Timmy. Je voulais me retrouver au volant. C'est tout. C'est juste que…

— C'est juste que vous aimez les belles automobiles, *señor*. Tant mieux pour vous. Mais étant pauvre, la seule façon pour vous de les conduire, c'est de les voler.

— Oui, bégaya-t-il. Même si je préfère le terme « emprunter ».

— Vraiment? On m'a toujours appris que lorsqu'on empruntait quelque chose, on le rendait. Et comme ma voiture ne m'a pas été rendue, je vais continuer d'appeler ça un vol. Compris? Bien sûr que vous comprenez.

Maintenant, dites-moi, pendant combien de temps avez-vous surveillé la Cadillac avant de la voler ?

— Presque deux jours, en discontinu.

— Avez-vous vu la personne qui l'a garée à cet endroit ?

— Non.

— Et où étiez-vous lorsque vous étiez en train de surveiller l'automobile ? Quelle était votre position par rapport à elle ?

— J'étais dans ma chambre d'hôtel, de l'autre côté de la rue. C'est un hôtel résidentiel, et je vis au troisième étage, le même étage où était garée la Cadillac. Elle était juste là. De l'autre côté du couloir. Je pouvais presque la toucher.

Garcia se mit à rire, mais c'était un rire jaune.

— Ce que vous avez fini par faire. Un geste que vous devez sans doute regretter en ce moment même.

— Oui, en effet.

Une fois encore, Garcia rit, mais son rire mourut dans sa gorge lorsqu'il demanda :

— Avez-vous vu quelqu'un d'autre entrer dans la voiture pendant que vous la surveilliez et que vous rassembliez tout votre courage pour la... *toucher* ?

Les yeux de Timmy s'ouvrirent en grand. On lui tendait une perche, alors il la prit.

— Oui. Un homme est entré dans la Cadillac pendant que je la regardais.

Garcia cessa de jouer avec ses ongles et pencha sa tête de la taille d'une boule de bowling vers la gauche, plissant les yeux pour observer Timmy de plus près.

— Vraiment ? se contenta-t-il de demander.

— Oui, répondit Timmy en hochant la tête.

Garcia se pencha en avant, pliant le couteau de poche et le posant sur la table basse.

— Et qu'a fait cet homme ?

— Il a pris une boîte à l'arrière de la Cadillac.

— Quel genre de boîte ?

— Une boîte noire. Comme une valise. Une petite valise.

— Je vois.

Le silence plana dans le chalet, ponctué par le tapotement des gros doigts de Garcia sur la table basse. Finalement, il reprit la parole.

162

— Vous n'avez pas trouvé cela étrange qu'après deux jours, une personne vienne enfin récupérer quelque chose dans l'automobile sans pour autant repartir au volant de la voiture ?

— Non, répondit Timmy en secouant la tête. Mais…

— Mais ?

— Mais, pour être honnête, j'ai trouvé ça un peu bizarre.

— Et pourquoi cela, petit ?

— Ce qui était bizarre, c'est qu'il soit obligé de soulever le plancher de la voiture pour prendre ce qu'il était venu chercher. Il l'a récupéré au niveau de la roue de secours, près du coffre. C'était un drôle d'endroit où ranger une valise.

Garcia ignora cette remarque.

— Comment est-il entré dans l'automobile ?

— Il devait avoir une clé.

— Je vois. Qu'a-t-il fait après avoir récupéré la valise ?

— Il a soigneusement recouvert la roue de secours avec le plancher de la voiture, et il a essuyé ses empreintes de la portière arrière. J'ai trouvé ça bizarre, aussi. Puis il est vite parti. Il n'est pas monté à l'avant de la voiture.

Garcia semblait ne pas savoir si Timmy était en train de mentir ou de dire la vérité. C'était clairement une information à laquelle il ne s'était pas du tout attendu. Et Jasper devait admettre que si Timmy était en train de mentir, il le faisait parfaitement bien, même si Jasper ne voyait pas du tout en quoi cela pourrait les aider.

— Pourriez-vous reconnaître cet homme si vous le croisiez ?

En entendant cela, Timmy se mit à rire. Ce son surprit tout le monde dans la pièce.

— Bon sang, bien sûr que oui, je le reconnaîtrai ! Il se tient juste là, dehors, sur la terrasse. Face de Pizza. C'est Face de Pizza qui a récupéré la valise.

Garcia ne prit pas la peine de regarder vers la terrasse. Il se contenta de joindre ses deux index et de les placer sous son gros menton tout en fixant Timmy. Ses yeux étaient froids et pleins de prudence. Il était clairement en train de bien réfléchir à la situation.

— Vous jouez à un jeu très dangereux, petit. Essayer de retourner le général contre ses propres troupes est un jeu très dangereux.

Les yeux de Timmy étaient écarquillés et méfiants. Ils étaient aussi pleins de détermination. C'était sûrement la situation la plus dangereuse, au plus près de la mort, dans laquelle il s'était trouvé ces vingt dernières années, et il n'aimait pas du tout cette sensation. Cependant, les dés étaient jetés. Il ne lui restait plus qu'à jouer. Il restait encore une chance…

— Si vous ne me croyez pas, demandez à Face de Pizza.

Après un court silence, Timmy ajouta :

— Pourquoi ? Qu'y avait-il dans cette valise ?

Jasper regarda Timmy et Garcia chacun leur tour. Seigneur, il pouvait sentir la sueur couler jusqu'en bas de son dos. Et si les choses n'étaient pas assez compliquées, il avait désormais envie d'uriner.

— Timmy, dit-il doucement.

Mais Timmy l'ignora. Son attention était centrée sur Garcia, qui était assis sur le canapé tel Jabba le Hutt, fixant Timmy à travers ses petits yeux plissés. Ses doigts étaient toujours placés sous son menton alors qu'il excluait complètement Jasper, chaque once de sa concentration portée vers Timmy.

Lorsqu'il reprit la parole, Garcia le fit avec une grande considération. Impassible et calme. Mais il y avait désormais une cruauté sous-jacente dans sa voix. Un danger. Il ne tint pas compte de la dernière question de Timmy.

— Voici ce que nous allons faire, petit. Si je découvre que vous m'avez menti, je serai dans l'obligation de faire ce que j'avais espéré pouvoir éviter. Vous et votre amant perdrez la vie, de manière lente et douloureuse. Je suis un romantique, *señor*, et comme vous le savez, je suis moi-même homosexuel, alors je comprends l'attirance que vous ressentez l'un pour l'autre. Je dois admettre que ce serait dommage de détruire votre histoire d'amour naissante, mais je le ferai en un claquement de doigts si vous m'y obligez. Ce sont les affaires. Une histoire de respect. Vous comprenez ?

Toujours accroupi sur le sol aux pieds de Jasper, Timmy agrippa la cheville de Jasper, comme s'il avait besoin de le toucher pour se donner de la force.

— Oui. Je comprends.

— Vous allez m'emmener à l'endroit où vous avez brûlé la voiture. Nous allons tous y aller. Ce n'est pas loin, n'est-ce pas ?

— Non, ce n'est pas loin, répondit-il. Et pour Face de Pizza ?

Garcia sourit.

— Il s'appelle Batista, même s'il préfère qu'on l'appelle Bateman. Il a sûrement honte de ses origines mexicaines. Nous avons tous nos petites faiblesses. Enfin bon, nous allons l'emmener avec nous. Je suis curieux de voir ce qu'il a à dire.

Un instant plus tard, il ajouta :

— Détachez votre amoureux, petit. Il va nous accompagner.

Garcia se leva et, une fois de plus, il glissa ses doigts dans les cheveux de Timmy, admirant manifestement sa beauté. Avant que Timmy puisse s'éloigner et faire ce qu'on lui avait demandé, Garcia lui adressa un sourire.

— Et n'oubliez pas, mon ami : si vous êtes en train de me mentir, vous venez juste de signer vos arrêts de mort. Vous aurez tous les deux perdu la vie avant le crépuscule.

— Je ne mens pas, répliqua Timmy.

Et Jasper se demanda si c'était le dernier mensonge que Timmy formulerait de sa vie.

XIV

Jasper grimaça face aux fourmillements lorsque le sang se précipita dans ses mains et ses jambes. Seigneur, le sang coulant dans des tissus cellulaires asséchés était à la fois une sensation merveilleuse et insupportable. Mais il avait d'autres problèmes à régler. Après s'être levé avec difficulté et avoir pris Timmy maladroitement dans ses bras engourdis, il tira le pan de sa chemise pour essuyer le sang qui avait coulé du nez de Timmy lorsqu'El Poco l'avait frappé au visage.

Jasper grimaça à nouveau, cette fois pour Timmy.

— Est-ce que ça fait mal ?

Timmy essaya de sourire.

— Étant données les circonstances, ce n'est qu'un léger problème.

— Tu m'étonnes, répliqua Jasper en levant les yeux au ciel, se demandant comment Timmy pouvait encore plaisanter. Je me demande si tu sais ce que tu fais, murmura-t-il, à peine assez fort pour que Timmy l'entende.

Timmy lui adressa un clin d'œil nerveux. Il semblait se poser la même question que Jasper, et quand ils en prirent conscience tous les deux, ils se sourirent. Puis Garcia cria de sa voix aiguë pour dire à ses hommes d'entrer. Jasper et Timmy sursautèrent en entendant El Poco aboyer ses ordres et ce mouvement soudain effaça immédiatement le sourire de leurs visages.

Une autre surprise attendait Jasper – peut-être la plus grande de la matinée – lorsque Garcia se tourna vers lui et dit :

— Je connaissais votre père, *señor*. Vous n'êtes peut-être pas au courant, puisque vous n'étiez qu'un bébé à l'époque, mais votre père et moi avons fait beaucoup d'affaires ensemble dans les années quatre-vingt. C'était un homme honnête, qui livrait toujours ce qui était payé.

Jasper était abasourdi.

— Vous me dîtes que mon père a fait des affaires avec *vous* ?

Garcia l'observa attentivement.

— On dirait que vous apprenez tout plein de vérités inattendues aujourd'hui. Eh oui, votre père et moi avons fait des affaires pendant de longues années avant que son esprit se détériore. Je vois sur votre visage

166

que cela vous surprend. Vous pourriez être encore plus surpris d'apprendre que nous étions amis. Il me manque.

Jasper n'était pas touché par ce sentiment d'amitié émanant de la bouche d'un criminel. D'ailleurs, ce n'était qu'une énième raison d'être déçu par son père. Jasper n'avait pas su que son père faisait des affaires avec de telles ordures, mais maintenant qu'il le savait, il devait admettre que cela ne le surprenait pas. Cet homme n'avait fait que décevoir Jasper tout au long de sa vie. Non, Jasper n'éprouvait aucune émotion à l'intention de son père. Ni à l'intention de Manuel Garcia.

— Vous voulez dire que ses armes vous manquent.

Le sarcasme de Jasper fut hautainement ignoré.

— Non. C'est bien l'homme qui me manque, *señor*. Je comprends votre amertume. J'ai entendu dire que votre père avait légué toute sa fortune à des œuvres caritatives avant de mourir. Je pense qu'il l'a fait pour se laver de ses péchés. Il ne l'a pas fait pour vous blesser. Les armes qu'il livrait à Mexico ont provoqué beaucoup de souffrances. Je pense que c'était sa façon à lui de demander pardon à une force supérieure. Je me demande si cette force supérieure lui a jamais vraiment pardonné.

El Poco fit le signe de croix et posa le bout de son doigt sur son front en signe d'obéissance.

Jasper était sans voix. Non seulement face à la démonstration de piété de Garcia, mais aussi par cette nouvelle information concernant son père. Il avait toujours pensé que c'était la maladie d'Alzheimer qui avait poussé son père à liquider ses comptes et à donner tout l'argent à des inconnus. Mais si ce que Garcia disait était la vérité – et Jasper ne voyait pas pourquoi il mentirait – alors peut-être que son père méritait un peu plus de considération de la part de Jasper que ce qu'il avait été prêt à lui offrir.

Cependant, Jasper ne put s'empêcher de se moquer de cet homme qui prétendait être pieux alors qu'il menaçait de les tuer de sang-froid.

— Et j'imagine que vous n'aviez rien à vous reprocher dans toute la souffrance humaine causée par les armes que mon père vous vendait.

Garcia claqua la langue.

— Je n'ai jamais dit ça, *señor*. Mais cela ne regarde que moi et ma propre force supérieure, vous ne pensez pas ?

Il se tourna vers la porte, impatient.

— Où sont ces idiots ?

À ce moment précis, les deux crétins passèrent la porte d'entrée. Blondinet avait le sourire aux lèvres et la main sur la crosse de son arme, toujours rangée dans son étui d'épaule. Il s'attendait manifestement être mis à contribution et il était clair que cet homme aimait son travail. Il y avait un éclat dans ses yeux bleu clair lorsqu'il fixait Jasper et Timmy pardessus l'épaule de son patron. Son sourire cruel se transforma en un rictus de satisfaction.

Quel crétin, pensa Jasper. *Un crétin sur le point d'être terriblement déçu*. Du moins, il l'espérait.

Et en effet, l'éclat disparut des yeux de Blondinet dès qu'il entendit Garcia dire à Bourru :

— Bateman, tu vas conduire la berline, et nos deux invités et moi t'accompagnerons, l'informa-t-il avant d'adresser un grand sourire à Blondinet. *Tes* services ne sont plus nécessaires. Ramène l'autre voiture à la frontière. Peut-être que tu auras l'opportunité de tuer quelqu'un la semaine *prochaine*.

Bourru – *Bateman* – rit en se poussant pour laisser un Blondinet clairement furieux retourner vers la porte d'entrée. Un moment plus tard, ils entendirent la Toyota beige démarrer, puis rouler lentement le long du chemin et éclabousser en traversant les nids-de-poule, jusqu'à ce que son bruit s'évanouisse dans la distance.

Un de moins, pensa Jasper. Les chances que Timmy et lui avaient de s'en sortir s'étaient nettement améliorées. D'ailleurs, l'équilibre était rétabli. Deux contre deux. Son regard glissa à nouveau vers la porte du placard. Désespéré, il se demanda s'il avait le temps de tenter le tout pour le tout. Ses membres asséchés seraient-ils à la hauteur de cette mission ?

Il eut à peine le temps de se poser la question que l'opportunité lui fut retirée.

— Dehors, tout le monde, ordonna Garcia. Allons voir où nous mène l'histoire de notre petit voleur de voiture, d'accord ?

Main dans la main, Jasper et Timmy furent guidés jusqu'à la berline noire. El Poco leur tint la portière arrière avec une fausse politesse et les fit monter dans le véhicule, accompagné de quelques encouragements brusques de Bourru, qui semblait avoir gagné à la loterie. Il était manifestement aussi enthousiaste à l'idée de les achever que l'avait été Blondinet.

Lorsque Jasper et Timmy furent à l'intérieur, Garcia se pencha à travers la portière avec un sourire et dit :

— Mettez vos ceintures, señores. C'est la loi, vous savez. Nous ne voudrions pas l'enfreindre.

Il rit en refermant la portière, fit le tour du véhicule et manœuvra pour faire entrer son corps sur le siège passager, son poids faisant basculer la voiture de vingt degrés vers la droite.

À cet instant, Jasper ne pouvait pas offrir beaucoup de soutien à Timmy, mais il trouva un peu de réconfort en lui prenant la main. Timmy accepta ce geste et tint sa main d'une poigne de fer. Jasper remarqua que les mains de Timmy étaient aussi moites que les siennes. Jasper était aussi trempé sous les aisselles. Son anti-transpirant n'était apparemment pas conçu pour faire face à des situations de vie ou de mort causées par le réseau mexicain. *Seigneur*, pensa Jasper, *ils devraient indiquer ce genre de choses sur les étiquettes.*

— C'est parti, annonça Bateman, démarrant la voiture.

Et dans une embardée, la berline commença sa descente sur le chemin.

Jasper aurait aimé qu'il lui laisse l'opportunité de libérer les chiens et de nourrir les deux porcelets avant de quitter la ferme, mais avec un peu de chance, Timmy et lui reviendraient en une seule pièce pour le faire. Si Dieu le voulait.

— Jolie voiture, soupira Timmy à son côté.

Garcia se mit à rire jaune. Jasper ne put s'empêcher de remarquer que l'homme fixait Bateman du regard tout en le faisant.

LORSQU'ILS APPROCHÈRENT de la fin du chemin, Bourru demanda :

— Quelle direction ?

Garcia remua sur son siège pour se retourner vers Timmy.

— Alors, voleur de voiture ? Où va-t-on ? Où avez-vous mis le feu à ma Cadillac ?

Timmy indiqua la direction est du doigt, leur expliquant qu'ils devraient tourner à gauche lorsqu'ils atteindraient le chemin en gravier.

À la surprise de Jasper, Timmy demanda ensuite à Garcia :

— Qu'y avait-il dans la valise ? De la drogue ?

Jasper était surtout surpris par le fait qu'il n'ait pas lui-même pensé à poser cette question.

Garcia adressa une mine amusée à Jasper, assez efféminée, puis riva son attention sur Timmy.

— Alors vous voulez continuer ce petit jeu, si je comprends bien. Si vous voulez absolument le savoir, petit, je vais vous le dire, répondit Garcia, avant de tourner le regard vers l'homme qui se trouvait au volant, le fixant froidement tout en parlant. La valise contenait de l'argent, *señor*. Beaucoup d'argent. De l'argent propre et intraçable. Est-ce que ça vous surprend?

— Quelle somme? demanda Timmy, comme s'il parlait de la météo.

Une fois encore, Garcia sourit.

— Plus d'argent liquide que vous n'en verrez de toute votre vie. Sûrement de vos deux vies combinées. Pour moi, ce n'est que de l'argent de poche, vous comprenez, mais je ne tolère pas qu'on me vole. Mes affaires en souffriraient, expliqua-t-il avant de ramener son attention sur l'homme qui conduisait. Tu n'es pas d'accord, Bateman?

Bourru sursauta comme si on l'avait piqué avec une aiguille. La dernière chose à laquelle il s'était attendu était d'être invité à participer à la conversation du patron. Il était un larbin et en avait conscience. Le fait que le patron focalise son attention sur lui le rendait nerveux. Plus que nerveux. Il tourna un regard surpris vers l'homme qui était installé à sa droite.

— Si, répondit-il, faisant très attention à ses mots. Vous perdriez votre crédibilité. Les gens penseraient que vous perdez le contrôle de la situation. Vous devez protéger votre territoire. Si certaines personnes vous pensaient faible, elles essaieraient certainement de prendre votre place. En vous tuant. C'est ce que vous me demandiez? Monsieur?

— C'est exactement ce que je te demandais, Bateman. Et merci d'avoir répondu avec une perception si claire des circonstances.

— Eh bien, je vous en prie. Pas de souci.

Bateman regarda à nouveau la route. Son visage grêlé était tout rouge.

Apparemment, Garcia trouvait cela trop pénible de se retourner pour regarder Timmy. Il s'installa à nouveau droit sur son siège et posa son regard sur la route.

— Comprenez bien, petit. Dans mon secteur d'activité, le vol est une chose très grave. Presque aussi grave que la trahison, déclara-t-il avant de se tourner à nouveau vers le conducteur. Même si je dois dire que les traîtres sont bien plus répugnants que les simples voleurs. Tu ne trouves pas, Bateman?

— Euh… oui.

— Très succinct. Merci, Bateman.

Jasper vit une goutte de sueur se frayer un drôle de chemin sur le visage de Bateman, passant et contournant les creux formés par sa peau, comme la berline le faisait en évitant les nids-de-poule sur le chemin. Avant de pouvoir s'en empêcher, il nota dans un coin de sa tête qu'il devrait utiliser cette comparaison dans le roman qu'il était en train d'écrire une fois qu'il serait de retour au chalet, puis il se rendit soudainement compte qu'il mettait la charrue avant les bœufs. Mieux valait attendre de voir s'il allait survivre à cette journée.

Maintenant, Jasper comprenait que Timmy avait bien fait de semer le doute dans l'esprit de Garcia concernant Bateman. Mais il ne voyait toujours pas en quoi cela allait les sortir de la situation dangereuse dans laquelle ils se trouvaient. Jasper se rendit rapidement compte que Timmy avait encore quelques cordes à son arc pour faire douter Garcia. En ce qui concernait Timmy, la saison du semis n'était pas encore terminée.

— Vous ne m'avez toujours pas dit *combien* d'argent il y avait dans cette valise, dit-il. Il devait y en avoir beaucoup pour que vous mettiez deux assassins sans pitié sur le coup. Et que vous vous joigniez à nous. Nous devons prendre la direction nord, ici.

Suivant les indications de Timmy, Bateman tourna à l'intersection et prit l'ancienne autoroute à deux voies qui traversait la nationale et qui longeait la côte. Le Pacifique, à trente mètres en dessous d'eux sur leur gauche, au pied de la falaise, était gris et aussi lisse que du verre. Il s'étendait à perte de vue.

— Ah, laissa échapper Garcia. Les jolies petites routes. Charmant.

Il prit un instant pour regarder l'océan à travers la fenêtre conducteur. Jasper suivit son regard et vit un nuage de couleurs au loin, là où les voiliers naviguaient sur l'eau. Il aurait aimé se trouver sur l'un d'eux. Avec Timmy.

Jasper fut ramené à la réalité par le rire de Garcia.

— Oh, petit. Vous savez certainement de quelle somme nous parlons. Plutôt que de me faire perdre mon temps en me posant des questions idiotes, auxquelles vous connaissez déjà les réponses, vous pourriez plutôt me dire où se trouve cet argent. Non? D'accord, je vais continuer à jouer à votre petit jeu encore un peu, mais je vous préviens, ça commence à me fatiguer. La valise contenait cent mille dollars. Ou peut-être plus. Peut-être même beaucoup plus. Je ne suis pas vraiment sûr.

— Comment pouvez-vous ne pas être sûr? demanda Timmy, aussi surpris et curieux qu'un chaton.

— Il a reçu cet argent en échange de la drogue, intervint Jasper. N'est-ce pas?

— Oui, *señor*. De l'argent de la drogue. Pris aux faibles d'esprit pour nourrir leur sale addiction. Les consommateurs sont du bétail. Pourquoi ne devrais-je pas profiter du bétail? Les fermiers le font année après année sans aucune répercussion. Oh, je vous en prie, enlevez-moi cet air supérieur de votre visage, Monsieur Stone, avant que je demande à Bateman de le faire pour vous.

— J'en serai ravi, gronda Bateman tout en lançant un regard noir à Jasper dans le rétroviseur intérieur.

Se disant qu'il n'avait pas grand-chose à craindre dans cette configuration, Jasper lui tira la langue. Cela ne sembla pas amuser Bateman.

— Je n'ai pas votre argent, répéta Timmy. Et vous savez que je ne l'ai pas. Vous savez aussi qui l'a. Pourquoi ne lui posez-vous pas la question ?

Cette fois, ce fut Bateman qui décrocha son regard de la route et qui se retourna pour regarder Timmy.

— Bordel, qu'est-ce qu'il raconte ?

Garcia tapota l'épaule de Bateman de sa grosse main, non pas pour le calmer, mais pour attirer son attention.

— Regarde la route. Cette conversation ne te concerne pas.

Le visage de Bateman devint complètement écarlate. Timmy se mit à rire face à sa gêne, et le visage de l'homme devint encore plus rouge, mais il ne fit aucune remarque, même s'il était clair qu'il avait envie de le faire. Jasper savait que s'ils s'étaient trouvés seuls avec l'inimitable Monsieur Bateman, Timmy et lui-même seraient probablement criblés de balles.

Garcia semblait aussi en être conscient.

— Regardez ce que vous avez fait, voleur de voiture. Vous avez contrarié mon homme de main.

Puis Garcia éclata d'un rire féminin qui aurait tout aussi bien pu provenir d'une écolière de neuf ans.

Jasper était tellement perdu à cet instant qu'il ne savait plus du tout ce qui était en train de se passer. Il n'eut pas non plus le temps d'y réfléchir puisque Timmy intervint.

— Juste là ! s'exclama-t-il en désignant du doigt un point devant la voiture. Vous voyez l'endroit où l'herbe est écrasée et le chemin mène vers les broussailles ? Prenez cette direction ! Nous y sommes presque !

Ce que Timmy indiquait n'était pas vraiment un chemin. C'était deux bandes de terre à peine visibles qui marquaient un chemin menant à la mer. L'herbe avait été tassée sous les roues d'une automobile. L'océan se trouvait environ à deux cents mètres de là. En s'engageant sur le chemin, ils seraient rapidement cachés par un bosquet de poivriers qui se trouvaient entre la mer et la route.

Bateman fit sortir la voiture de la route, conscient qu'elle frôlait le sol comme Garcia était installé à l'intérieur. D'ailleurs, c'était aussi le cas sur

172

le bitume. Mais il n'y avait pas de bitume dans la direction qu'il prenait, seulement de l'herbe, de la boue et des cailloux. Pourtant, on y roulait mieux que sur le chemin de Jasper, ce qui n'échappa à aucun des hommes présents dans la voiture.

Si Jasper ne se trompait pas, une falaise n'allait plus tarder à apparaître. Timmy avait-il réellement conduit la Cadillac de cet homme jusqu'ici pour la détruire, comme il l'avait dit ? Pourquoi ferait-il cela ?

Jasper adressa un regard inquisiteur à Timmy, mais ce dernier ne dit rien. Cependant, il avait un sourire mystérieux sur son magnifique visage. Jasper n'avait aucune idée de ce qu'il pouvait bien signifier. Par contre, cela l'agaçait. Qu'est-ce qui pouvait bien faire sourire cet imbécile ?

En face de lui, Jasper aperçut ce qu'il s'était attendu à voir : un ciel bleu à perte de vue, surplombant un océan lointain. Et le commencement de cet océan se trouvait directement au bord de la falaise, trente mètres sous eux.

Bateman freina, et la berline s'arrêta à environ deux cents mètres de l'endroit où le ciel débutait et la terre cessait.

— Tout le monde dehors, ordonna Garcia. Le moment de vérité est arrivé, voleur de voiture. Ce qui va se passer déterminera si vous aurez la chance de voir un autre jour.

Garcia posa ensuite un regard compatissant sur Jasper alors qu'ils sortaient tous de la voiture.

— Et lorsque je dis « vous », Monsieur Stone, je veux parler de vous deux. Je suis désolé, mais c'est ainsi que ça doit se passer, malgré mon amitié pour votre défunt père.

Jasper ne sut quoi répondre. Aucun mot ne se forma dans son esprit. Par contre, il y avait de la peur dans son esprit. Oh oui. Beaucoup de peur.

Il se hissa hors de la voiture juste après Timmy. Dès que Garcia eut fermé les portières derrière eux, Jasper trouva du réconfort dans le fait que Timmy lui prenne la main.

Main dans la main, ils regardèrent autour d'eux. C'était un endroit magnifique. L'air était saturé de l'odeur de la mer. Le soleil tapait contre leur nuque. Devant eux, quelque part au-delà du bord de la falaise, ils pouvaient entendre les mouettes et le bruit des vagues se fracassant contre les rochers.

Jasper se dit qu'il ne pouvait pas demander un meilleur endroit où mourir.

Cependant, après avoir réfléchi, il préférerait éviter la partie où il était censé mourir et retourner dans son lit avec l'homme qui se trouvait près de lui.

— Je t'aime, murmura Jasper pendant que Bateman marchait devant et que Garcia était occupé à réajuster sa grande guayabera jusqu'à ce qu'elle retombe comme il fallait par-dessus son gros ventre.

— Je le sais, murmura Timmy à son tour, serrant les doigts de Jasper. Je le sais.

XV

BATEMAN LES interpella.

— Il y a une zone brûlée au sol, sur l'herbe, à l'endroit où le chemin prend la direction du bord de la falaise ! Et des traces de pneus !

— Tiens donc, dit Garcia, comme s'il s'y était attendu depuis le départ. Peut-être que notre voleur de voiture n'est pas un menteur invétéré, finalement.

L'herbe leur montait jusqu'à la taille des deux côtés des ornières. Garcia manœuvra ses cent quarante kilos délicatement à travers ces herbes, semblant un peu énervé de se retrouver entouré par tant de nature. Il faisait avancer Jasper et Timmy devant lui – plus pour qu'ils aplatissent l'herbe en marchant et lui dégagent le chemin qu'autre chose.

La voix de Garcia était aiguë et féminine dans l'air marin et semblait ne pas du tout être à sa place, comme ne le serait pas une colorature au sommet d'un arbre.

— Je ne comprends toujours pas pourquoi vous avez détruit la Cadillac, petit. Que cela vous apportait-il de le faire ?

Timmy se retourna pour faire face à Garcia. Ses yeux s'écarquillèrent lorsqu'il vit le petit revolver dans la main de Garcia. Mis à part le canif au manche en ivoire, c'était la première fois qu'il voyait cet homme avec une arme. Il avait comme l'impression que ce n'était pas très prometteur comme développement.

— La radio s'est enclenchée à la minute où j'ai quitté le centre-ville avec la Cadillac. Quelqu'un a essayé d'entrer en contact avec moi. La seule manière dont ils pouvaient savoir que le SUV avait bougé, c'était que ce dernier était équipé d'un émetteur. J'ai immédiatement compris qu'il ne s'agissait plus d'une simple virée en voiture. Quand je les ai entendus mentionner votre nom, j'ai compris que j'étais dans de sales draps. Le seul moyen de me protéger était de retirer l'émetteur. Je me suis arrêté à deux reprises sur des petites routes pour essayer de le trouver, mais je n'ai jamais réussi. Mon dernier recours était de détruire la voiture. Au moins, en faisant ça, j'étais sûr que vous ne pourriez plus me suivre.

175

Bateman avait avancé plus loin, mais il revint sur ses pas pour voir ce qui retenait les autres. Il se contenta d'écouter la conversation. Il tenait aussi son revolver à la main.

Garcia ignora son larbin et concentra toute son attention sur Timmy.

— Mais pourquoi ne pas simplement abandonner le véhicule et continuer votre chemin ? Quelque chose cloche dans votre histoire, petit. Et il y a bien trop d'insectes, bien trop d'herbe et bien trop de soleil ici pour que je sois de bonne humeur. Je vous suggère de dire la vérité ou votre cerveau va bientôt couler sur cette terre. Pourquoi n'avez-vous pas simplement fui en abandonnant la Cadillac ?

Jasper se tenait derrière Timmy. Ils étaient face à Garcia et dos à Bateman. Le danger venait de cet homme imposant et ils le savaient tous les deux.

Timmy poussa une mèche de ses yeux. Il avait toujours des traces de sang séché sur le visage. Ses yeux étaient rouges et fatigués.

— Quand je les ai entendus mentionner El Poco à la radio, j'ai compris que je ne pouvais plus me contenter de fuir. Personne ne peut faire du tort à El Poco et s'en sortir, du moins c'est ce que j'ai toujours entendu. Vous avez une réputation, vous savez. Vous auriez pu me trouver si j'avais abandonné le véhicule. Mes empreintes étaient partout. La voiture était garée juste en face de ma chambre d'hôtel en centre-ville lorsqu'elle a été volée. Et peut-être même qu'une personne m'a vu la voler. Je ne pouvais pas risquer d'abandonner la voiture et de m'enfuir. Je devais m'en débarrasser une bonne fois pour toutes.

La chemise de Garcia était trempée de sueur et collait à son ventre. Il semblait se sentir très mal à l'aise. Mais il paraissait aussi fasciné, comme un scientifique regardant une toute nouvelle souche de virus à l'aide d'un microscope. Il était manifestement captivé par ce que lui racontait Timmy.

Il était aussi clairement sceptique.

— Vous auriez pu vous enfuir très loin avec cent mille dollars, *señor*. Si loin qu'El Poco ne vous aurait probablement jamais retrouvé. Je n'ai pas le bras si long. Je ne suis qu'un petit homme d'affaires, après tout.

Fatigué par cette conversation, il se tourna vers Bateman.

— Montre-moi cette zone brûlée dont tu as parlé. Laisse-moi vérifier ça.

Bateman marcha alors le long du chemin, suivi de Garcia et ses deux prisonniers.

Jasper avait la terrible sensation que la situation leur échappait. Pourquoi les deux hommes tenaient-ils chacun une arme ? Ce n'était pas comme si Timmy et lui pouvaient partir, s'enfuir. Allaient-ils être exécutés ici ?

Il n'avait pas fait plus de trois ou quatre pas lorsque Jasper attrapa la main de Timmy et l'empêcha d'avancer, obligeant Garcia à s'arrêter aussi. Jasper se tourna vers Garcia, essayant de ne pas faire attention à la sueur qui lui brûlait les yeux. Et il transpirait autant à cause de sa nervosité que de la chaleur. Avant de focaliser son attention sur cet énorme monsieur, il aperçut une lueur de vraie peur sur le visage de Timmy. Ceci, plus que n'importe quoi d'autre, lui indiqua que la situation leur échappait *vraiment*.

Il attira Timmy contre lui, pour le prendre dans ses bras, puis il se tint droit face à Garcia et le sale revolver qu'il tenait dans sa main.

— Laissez-nous partir. Je vous en supplie. Vous savez que Timmy dit la vérité. S'il avait votre sale argent, vous ne pensez pas qu'il vous l'aurait déjà rendu ? Je vous en prie. Ne faites pas ça. J'ai attendu toute une vie pour trouver l'homme que j'aime. Ne me l'enlevez pas maintenant.

Bateman se mit à rire, mais Jasper ne fit pas attention à ce crétin. Il était focalisé sur Garcia. Il pouvait peut-être se servir du fait qu'ils soient tous les deux homosexuels. Cela impliquait une *certaine* camaraderie, après tout, même si cet homme était en train de braquer une arme sur sa tête. Jasper s'occuperait de Bateman plus tard, et il espérait que l'opportunité se présenterait bientôt, vraiment. Rien ne pourrait rendre Jasper plus heureux que d'effacer ce petit sourire du visage grêlé de ce crétin.

Garcia ne semblait pas amusé par ce contretemps, ni même vraiment influencé par la logique de Jasper. S'il était touché par la déclaration d'amour de Jasper envers Timmy, il ne le montra pas du tout. Ce qu'il fit, ce fut de ne rien dire. Il fit un léger signe avec son arme, pour faire comprendre à Jasper et à Timmy de continuer à marcher.

Mais Jasper refusait d'avancer. Seule la mort les attendait s'ils prenaient cette direction, et il en était pleinement conscient.

— Si vous nous tuez, vous ne récupérerez jamais votre argent, laissa-t-il échapper.

Garcia sourit en entendant cela.

— Mais selon votre petit ami, l'argent est déjà parti en fumée. Comment pourrais-je le récupérer ?

Une pensée, logée dans l'esprit de Jasper depuis que tout ce fiasco avait commencé, se déversa d'entre ses lèvres.

— Je vous donnerai cet argent si vous nous libérez.

À ces mots, Garcia et Bateman éclatèrent de rire.

— Bien sûr, comme si vous aviez ce genre de pactole ! s'exclama Bateman.

Furieux, Garcia se retourna brusquement vers son larbin.

— Ferme-la, Bateman ! lança-t-il comme un grand cobra crachant son venin.

Bateman se tut, mais la haine contenue dans son regard s'intensifia. Il n'appréciait manifestement pas que quelqu'un lui parle de cette manière, que ce soit un prisonnier *ou* son employeur, mais il était assez malin pour ne pas faire part de son mécontentement.

Jasper insista, appréciant la friction soudaine causée entre Garcia et Bateman, tout en sachant que cela ne suffirait pas à les sauver. Loin de là.

— Je *possède* cet argent. Mon père me l'a donné il y a bien longtemps. Il n'a pas quitté la banque depuis. Laissez-moi aller à la banque et je vous le prouverai. Je peux vous donner cent mille dollars avant la fin de la journée. En liquide. Je vous les donnerai si vous nous laissez partir. Timmy est plus important que cet argent. Je peux… Je peux vivre sans l'argent.

Timmy leva les yeux vers Jasper, puis il pencha la tête contre son épaule, glissant ses bras autour de sa taille pour le serrer fort.

— Très romantique, dit Garcia d'une voix traînante. Vous devriez avoir votre propre émission télévisée.

Garcia jeta un œil à sa montre et ajouta :

— Il se fait tard. Avancez.

Jasper ne pouvait pas y croire.

— Mais… Et *l'argent* ?

Garcia fixa Timmy du regard, ses petits yeux plissés de dégoût.

— Vous n'auriez aucune honte à laisser cet homme qui vous aime payer le prix de vos mensonges, n'est-ce pas, petit ? Monsieur Stone, j'ai bien peur que vous aimiez la mauvaise personne. Un voleur ne se soucie que de lui-même. Je suis au regret de vous apprendre qu'il s'agit d'une vérité universelle. Comme on dit, vous avez fait fausse route en faisant confiance, et en *aimant*, ce *voleur*.

— Non ! répliqua Timmy en libérant brusquement Jasper pour se tourner vers son accusateur. Je suis peut-être un voleur, mais je n'ai pas volé votre argent ! Je ne savais même pas qu'il se trouvait là ! Comment puis-je voler une chose dont j'ignore l'existence ? Et pensez-vous vraiment que j'aurais brûlé votre voiture si j'avais su qu'il y avait cent mille dollars dans le coffre ? Hein ? Vous le pensez vraiment ?

Garcia rit face à la tentative de Timmy d'expliquer rationnellement les choses.

— *Señor*, cela ne change pas grand-chose que vous ayez volé ou brûlé l'argent. Dans tous les cas, je l'ai perdu, non ? Maintenant, c'est vous qui faites fausse route. Demandez pardon à votre petit ami si vous le souhaitez, mais ne vous excusez pas auprès de moi. De toute façon, il a sûrement davantage besoin de vos excuses que moi.

— Laissez-moi les tuer, dit calmement Bateman.

— La ferme ! entendit-il les trois hommes qui se trouvaient devant lui répondre.

Bateman se tut, mais le sourire ne quitta pas ses lèvres. Et l'arme ne quitta pas sa main. Jasper ne put s'empêcher de remarquer qu'elle était pointée vers son cœur.

La voix de Garcia était maintenant froide et dangereuse. Il était fatigué de jouer à ce petit jeu.

— Je vous laisse encore une chance, petit. Soit vous et votre ami avancez, soit vous mourrez ici même. C'est à vous de voir.

Jasper comprit qu'ils avaient perdu. Il toucha le bras de Timmy et ils recommencèrent à marcher le long du chemin d'herbe aplatie, vers cette étendue infinie de ciel bleu.

Dans un endroit où les herbes étaient plus fines, Jasper vit une trace de pneu imprimée dans la boue séchée. Ses yeux s'écarquillèrent lorsqu'il observa l'empreinte laissée. Nom d'un chien ! Il lança un regard vers Timmy, mais ne dit rien. Plus perplexe qu'il ne l'avait jamais été, Jasper se mordilla l'intérieur de la joue et essaya d'assembler les pièces du puzzle. Cette empreinte de roue était celle de sa Jeep ! Il la reconnaîtrait parmi mille autres. Comment pouvait-elle se trouver si loin de chez lui ? Puis Jasper pensa aux deux heures durant lesquelles Timmy s'était absenté avec la Jeep lorsqu'il était parti récupérer ses outils et ses vêtements. Timmy avait-il profité de ce temps pour mettre en place toute cette mascarade ? Et quel serait son objectif si c'était le cas ?

Timmy avait-il volé l'argent de Garcia ou non ? S'il l'avait fait, était-il réellement prêt à mettre leurs deux vies en péril pour le garder ?

La peur que Garcia ait finalement eu raison, à propos de *tout*, provoqua une douleur atroce dans le ventre de Jasper, et il retira doucement sa main de celle de Timmy. Au même moment, Timmy trébucha. Dans ce court instant durant lequel il perdit et retrouva son équilibre, Timmy ne sembla pas remarquer que Jasper et lui ne se touchaient plus. Ou peut-être qu'il n'en avait tout simplement rien à faire.

Une expression grave sur le visage, Jasper tourna le regard vers l'avant. Il eut soudain l'impression d'être seul face à son destin. Cela aussi lui brisa le cœur. L'amour avait existé quelques instants plus tôt. Du moins, selon lui. Peut-être qu'en réalité, il n'avait jamais existé.

Jamais. Pas avec cet homme. Pas avec Timmy. Et surtout pas *de la part* de Timmy. Il déglutit difficilement. Comment pouvait-il se retrouver si rapidement sur le point de tout perdre ? Timmy, sa vie, l'amour qu'il pensait avoir trouvé. Bon sang. Il était possible qu'il périsse dans les taillis dans cinq minutes. Tous les deux. L'amour aurait un peu de mal à survivre à cela.

Le visage de Jasper s'assombrit. Il devait faire quelque chose. Il ne pouvait pas se contenter de marcher tranquillement vers sa mort. *Il devait faire quelque chose.*

Devant eux, Bateman s'arrêta un instant pour leur indiquer un endroit dans les arbustes.

— Un bidon d'essence, annonça-t-il avant de continuer à avancer vers le bord de la falaise où le magnifique ciel bleu commençait.

— Il est à moi, répliqua Timmy avec le sourire, toujours en sueur, mais plaquant un sourire d'autosatisfaction sur son visage. Je vous ai dit que j'avais mis le feu à votre Cadillac.

Jasper était ahuri par l'attitude effrontée de Timmy. Qu'est-ce qui lui prenait ?

— Dites-moi comment vous vous y êtes pris, ordonna Garcia. Dans les moindres détails. Et continuez à avancer en me l'expliquant.

Jasper observait les moindres mouvements de Garcia, cherchant toujours un moyen de sauver sa peau. Mais alors qu'il l'observait et se rapprochait du bord de la falaise, il remarqua que Garcia lançait des coups d'œil méfiants vers son satané larbin. À moins que Jasper soit complètement à côté de la plaque, il ne semblait pas y avoir beaucoup de confiance dans la manière dont il le regardait. Et peu de confiance dans la manière dont Bateman lui rendait ses regards. D'ailleurs, Bateman semblait aussi tendu que Jasper face à l'arme que Garcia tenait dans sa main. Le seul qui ne semblait pas du tout nerveux était Timmy. Et Jasper ne le comprenait pas.

Timmy pouvait lire les émotions qui se cachaient derrière chaque visage autour de lui. En tant que voleur, il avait appris à cerner les gens. D'après Timmy, Garcia était déchiré entre l'envie de le croire ou de ne pas le croire. Il éprouvait manifestement de la méfiance envers Bateman, surtout après ce que Timmy lui avait dit, mais il n'avait pas encore décidé de la suite des événements. Pour le moment, son principal objectif était de s'assurer que la Cadillac Escalade avait vraiment été détruite et de savoir si l'argent se trouvait à l'intérieur lorsqu'elle l'avait été. Garcia était un homme d'affaires. Il ne faisait que son travail.

Quant à Bateman, Timmy pouvait voir la furie l'envahir de l'intérieur, au point qu'il ne pourrait peut-être bientôt plus la contrôler. Il détestait Timmy et Jasper, et il avait peur de Garcia. Il n'appréciait pas le fait que Garcia tienne une arme dans sa main. Il n'avait peut-être jamais vu cet homme énorme tenir une arme. Timmy imaginait Bateman en train de se demander ce que la petite tafiole avait bien pu dire à Garcia pour que ce dernier ne fasse plus confiance aux hommes qui travaillaient pour lui. Bateman pouvait clairement voir que Garcia ne lui faisait pas confiance, et cela l'inquiétait. Cela l'énervait aussi. C'était évident dans la manière dont il relevait le menton, dont il envoyait des regards assassins à tout le monde, surtout à Garcia. Puis dans la haine, pure et dure, qu'il affichait chaque fois qu'il apercevait le visage de Timmy. Ceci, plus qu'autre chose, donna l'impression à Timmy d'avoir pris la bonne décision.

Et pour finir, Timmy savait exactement ce qui se passait dans la tête de Jasper. Et cette vérité était la pire de toutes, puisqu'il voyait Jasper s'éloigner de lui. Il voyait la peine dans ses yeux, cette certitude de plus en plus concrète que tout ce qu'il pensait avoir enfin trouvé était sur le point de lui être retiré. C'étaient les doutes que Jasper arborait envers lui qui lui faisaient le plus mal. Mais en toute honnêteté, comment Timmy pouvait-il lui en vouloir? Tout ce qu'il pouvait espérer, c'était d'avoir une chance de s'expliquer une fois que tout cela serait terminé.

Parce que la seule vérité que Timmy lui avait dite était la plus importante de toutes.

Il aimait Jasper. Et cet amour ne contenait pas une once de mensonge.

Timmy se prépara pour ce qu'il était sur le point de faire. Il était temps de mettre un terme à toute cette histoire et de récupérer Jasper. Il pria pour avoir bien cerné l'état d'esprit de chaque personne qui l'entourait. Bien entendu, il n'y avait qu'un seul moyen de le vérifier.

Bateman, toujours devant, fut le premier à s'arrêter lorsque la terre cessa. Il se tint au bord de la falaise, regardant vers le bas pour voir les vagues se fracasser contre les rochers. Un ensemble de sternes, ayant peut-être construit leur nid sur le flanc de la falaise, apparut brusquement dans le ciel en hurlant et s'éparpilla dans les airs.

Les quatre hommes, surpris, sursautèrent.

Sans se donner le temps de trop y réfléchir, Timmy fixa l'arrière du crâne de Bateman et lui demanda directement :

— Qu'avez-vous fait de l'argent ?

Bateman se retourna vivement, à seulement quelques centimètres du bord de la falaise. Son regard, plein de haine et d'étonnement, se focalisa sur le visage de Timmy.

Dans le silence stupéfait qui suivit la question de Timmy, ce fut la non-intervention volontaire de Manuel Garcia, alias El Poco, qui donna le plus d'espoir à Timmy.

Et ce fut l'expression totalement choquée sur le visage de Bateman, alias Bourru la Face de Pizza, qui lui fit le plus plaisir.

Bateman fronça les sourcils, et sa bouche se transforma en un trait fin et pale traversant son visage. Les trous dans sa peau prirent soudainement une teinte rosée, comme s'il était sur le point d'avoir une crise cardiaque. L'arme dans sa main était braquée une fois sur Jasper, une fois sur Timmy, et l'homme était si tendu que personne ne pouvait croire qu'il n'avait pas commencé à appuyer sur la détente.

Timmy pria pour qu'il bascule en arrière et chute du haut de la falaise pour disparaître dans les cieux, mais ce n'était bien évidemment pas prêt d'arriver. Timmy n'était pas chanceux à ce point.

— Qu'est-ce que tu viens de dire ? gronda Bateman.

L'importance du silence de Garcia n'avait pas non plus échappée à Bateman, et cela l'énervait encore plus.

Timmy rassembla tout le culot qu'il possédait – qui était assez conséquent – pour regarder l'homme droit dans les yeux.

— Je vous ai demandé ce que vous aviez fait de l'argent. Je vous ai vu le récupérer à l'arrière du SUV dans le parking. J'étais de l'autre côté de la rue, en train de vous regarder par la fenêtre. Vous avez pris la valise, essuyé vos empreintes à l'arrière de la Cadillac, et vous êtes parti. Vous et moi, nous savons que c'est la vérité. Vous feriez mieux d'avouer. Et tant qu'à faire, vous devriez probablement dire à votre patron où vous avez planqué son argent. Ensuite, Jasper et moi pourrons rentrer à la maison.

Timmy prit une pose nonchalante, du moins en apparence. Il pencha la tête comme un instituteur attendant qu'un élève lent d'esprit lui réponde, mais à l'intérieur, son cœur battait comme si un forgeron frappait le fer d'un cheval. Il était en fait plus effrayé à l'idée de regarder Jasper que de regarder les deux autres hommes. Lorsqu'il avait dit que lui et Jasper pourraient rentrer à la maison, il s'était rendu compte que Jasper ne voulait peut-être plus de lui dans sa maison.

Cette peur dépassait presque celle qu'il éprouvait face à l'arme de Bateman. Presque.

Le regard de Jasper passait d'une personne à l'autre toutes les trois secondes. Timmy, Garcia, Bateman. Son regard se posa finalement sur la main de Bateman. Celle qui tenait le revolver. Jasper remarqua qu'elle tremblait. Elle tremblait de fureur. Jasper espérait que la sécurité était enclenchée parce que Bateman semblait appuyer fort sur cette satanée détente.

Jasper regarda, tellement fasciné par la situation dans laquelle il se trouvait qu'il en oublia presque de craindre pour sa vie.

Ce fut à ce moment-là que Bateman retrouva sa voix. Il ne s'adressa pas à Timmy. Il s'adressa directement à Garcia.

— Vous croyez cet enfoiré de menteur, n'est-ce pas ? Vous pensez que j'ai volé votre argent.

Garcia laissa un petit sourire faire remonter ses grosses pommettes. On aurait dit qu'il prenait du bon temps.

— Je n'ai pas à m'expliquer, *señor*. Contente-toi de me dire ce que tu vois lorsque tu regardes en bas de cette falaise. Les décombres de cette luxueuse Cadillac Escalade sont-ils étalés sur les rochers ou bien a-t-elle coulé dans l'océan, là où nous ne pourrons plus jamais la revoir ? Une fois que tu me l'auras dit, je serai curieux de t'entendre prouver que tu n'as pas volé mon argent. Mais seulement si tu en as envie, bien sûr. C'est à toi de décider.

Pendant un instant, Jasper crut que Bateman allait braquer son arme sur Garcia. Mais à la dernière seconde, il sembla comprendre que ce ne serait pas la meilleure chose à faire. Surtout parce que Garcia avait aussi une arme à la main. Et même si Bateman aimait faire souffrir les autres, lui-même ne supportait pas la douleur. Les blessures par balle causent une forte douleur. C'est un simple constat médical. Elles causent aussi la mort. Cette perspective ne plaisait pas non plus à Bateman.

Il jeta un œil dans le vide. Il était furieux, et ce n'était plus seulement sa main qui tremblait, mais tout son corps. Cependant, il fit ce que Garcia lui avait demandé. Jasper pouvait le voir réfléchir discrètement aux différentes options qui s'offraient à lui.

— La falaise s'arrête ici, dit Bateman, la voix serrée, les lèvres à peine ouvertes. Il n'y a rien sous cette falaise à part de l'eau. Et ça semble profond.

Garcia hocha la tête, comme s'il s'y était attendu.

— Je vois. Alors si la voiture a été envoyée dans le précipice, elle est perdue pour toujours. Correct?

— Oui. C'est correct. Et elle a été envoyée dans le précipice. Les traces de pneus continuent jusqu'au bord de la falaise. Comme vous pouvez le voir, les traces de brûlé continuent aussi jusqu'au bord de la falaise. Votre ami la tafiole a dû arroser la voiture d'essence pendant que le moteur tournait encore, puis il a retiré le frein à main et l'a laissée rouler alors qu'elle brûlait. Il devait vraiment vouloir se débarrasser des empreintes de doigt dont il parlait.

Bateman déplaça l'arme dans sa main, la braquant un peu plus vers Garcia.

— Vérifiez vous-même si vous ne me croyez pas.

Garcia accepta sa proposition. S'il remarqua le mouvement de l'arme que tenait Bateman, il n'en montra rien. Il avança jusqu'au bord de la falaise, tenant son arme vers le bas, braquée vers le sol. Restant à soixante centimètres du bord, il se pencha prudemment en avant pour jeter un œil vers le bas. Il entendait bien mieux les vagues d'ici. En effet, la mer était profonde au pied de la falaise. Profonde et *violente*. Il n'y avait pas de plage. L'eau montait le long de la falaise. Les vagues frappaient la roche avec une telle furie que n'importe quelle tentative pour récupérer quelque chose serait vouée à l'échec. Même des plongeurs ne pourraient pas survivre dans ces vagues. Ils seraient écrasés contre les rochers avant même de pouvoir plonger sous l'eau.

Garcia regarda le sol et vit les traces de voiture disparaître au bout de la falaise.

Il leva les yeux vers Bateman et lui adressa un sourire qui faisait froid dans le dos.

— Mon ami la tafiole, comme tu l'as si bien dit, semble avoir fait cela dans les règles de l'art, tu ne trouves pas?

Bateman ne répondit rien. Une goutte de sueur coula le long de son visage jusqu'à son cou, mais il n'y prêta pas attention. Il se contenta de rester là, face à Garcia, attendant la suite des événements. Son arme était maintenant braquée sur le ventre de Garcia.

184

Jasper priait silencieusement pour que l'arme soit assez puissante pour que la balle traverse toute la graisse et tue cet enfoiré, si des tirs venaient à être échangés. *Attendez*, pensa Jasper. Cela laisserait Timmy et lui seuls face à Bateman. Et Jasper ne se faisait aucune illusion quant à l'issue de *ce* scénario. Bateman les tuerait tous les deux, sans hésiter. Et il prendrait plaisir à le faire.

Garcia baissa sereinement les yeux sur l'arme braquée sur lui. Ce ne fut qu'à cet instant que Jasper observa le courage de l'homme, qui avait dû le propulser dans le dangereux secteur du trafic de drogue et lui permettre de se faire respecter aussi longtemps. Il était peut-être énorme, mais il avait du cran quand la situation le demandait. Jasper aurait dû s'en douter depuis le début.

— Me voler ne te suffit pas ? Tu dois aussi me menacer avec ta petite arme ?

Bateman n'avait plus aucune raison de nier les circonstances dans lesquelles ils se trouvaient. Il leva son arme et enfonça directement la pointe dans le nombril de Garcia.

— Je n'ai pas volé votre argent.

Garcia lui fit un clin d'œil.

— Ah non ? Alors pourquoi me menaces-tu ?

— Jetez votre arme par-dessus la falaise, ordonna Bateman. Jetez-la dans la mer.

Il prit le risque de jeter un coup d'œil vers Jasper et Timmy.

— Vous deux, restez où vous êtes. Je m'occuperai de vous dès que j'en aurai terminé avec ce gros lard.

Cette perspective n'enjouait pas Jasper. Ni Timmy. Et ni Garcia.

— Alors, maintenant, tu m'appelles « gros lard » ? Franchement, *señor*, je préférais lorsque tu m'appelais « Monsieur ».

— Jetez votre arme, demanda à nouveau Bateman.

— Comme tu voudras, répondit Garcia en souriant.

En un mouvement rapide, il fit passer son arme devant le visage de Bateman et la lança par-dessus la falaise.

Garcia profita de cette fraction de seconde durant laquelle Bateman recula en voyant l'arme passer devant ses yeux pour empoigner le canif au manche en ivoire, qu'il avait tenu dans son autre main sans que personne ne s'en rende compte, et effectuer un mouvement rapide dans l'autre sens à travers le visage de Bateman. La lame affûtée blessa Bateman aux deux yeux, coupant son nez en passant. De l'humeur vitrée s'échappa de ses yeux. Puis du sang. Il se répandit sur les joues de Bateman, puis sur sa chemise.

Bateman hurla. L'arme dans sa main s'actionna. Garcia baissa les yeux et une surprise immense se lut sur son visage lorsqu'un cercle de sang se dessina sur son ventre, tachant de rouge sa guayabera, dégoulinant sur son pantalon parfaitement plissé et coulant sur ses chaussures. Garcia posa une main sur son ventre, et du sang frais la couvrit. Bateman leva son arme une fois encore et tira à l'aveugle devant ses yeux meurtris. Cette balle toucha Garcia directement à la gorge. Ses yeux, qui avaient été tout petits, ressortaient maintenant de leur orbite alors qu'un cri, atténué par le gargouillis causé par sa blessure, jaillissait d'entre ses lèvres.

Garcia commença à s'effondrer, et alors qu'il approchait du vide au bout de la falaise, il tendit le bras et empoigna le col de la chemise de Bateman, l'emportant avec lui au-delà du bord, où ils disparurent immédiatement.

Quelques instants plus tard, on n'entendait plus que les cris des sternes. Des sternes et des vagues.

Jasper et Timmy se tenaient debout parmi les herbes.

Puis, doucement, ils avancèrent jusqu'au bord de la falaise et regardèrent vers le bas. Là, ils ne virent… rien. Seulement de l'eau, des rochers et une vague violente s'écrasant contre la falaise.

Bateman et Garcia avaient disparu. Emportés par la mer.

XVI

— NOM DE Dieu ! s'écria Timmy lorsqu'il retrouva enfin sa voix. Je ne l'avais pas vu venir, celle-là !

Jasper ne pouvait pas regarder le visage de Timmy. Il ne supporterait pas que la douleur dans son cœur devienne encore plus forte. Et il ne supporterait pas de penser à ce qu'il venait de voir.

Tournant le dos à la mer, cette mer *vide*, parce qu'il le devait, il leva les yeux vers le ciel bleu.

— Ils sont morts, dit-il, étonné d'entendre sa propre voix.

Elle semblait normale. Elle semblait vivante.

Et Timmy hocha la tête.

— Oui. C'est terminé.

À ces mots, Jasper regarda le visage de Timmy. Le choc qu'il y lut devait refléter ce qui devait se lire dans son propre regard. Il y avait aussi du soulagement sur le visage de Timmy, mais Jasper n'avait pas encore creusé assez profondément en lui-même pour ressentir du soulagement. Il ne ressentait qu'une fatigue extrême. Et du dégoût. Du dégoût face à ce bain de sang. Du dégoût face à ce qu'il avait vu. Du dégoût face à ce qu'il avait perdu.

Timmy. Il avait perdu Timmy.

— Alors, commença Jasper, se lançant avant de décider ce qu'il allait faire de cette situation. Je ne sais toujours pas si tu as volé cet argent.

Timmy eut un sourire triste.

— Non, en effet.

Timmy se mit sur la pointe des pieds et regarda tout autour de lui pour voir ce qu'il était possible de voir, ce qui se révéla être principalement des herbes, des poivriers et l'océan. Personne ne pouvait les voir depuis l'autoroute et personne ne pouvait les voir depuis l'océan. C'était une bonne chose. Au grand étonnement de Jasper, Timmy retira son tee-shirt en descendant le chemin qui menait à la berline.

— Qu'est-ce que tu fais ? demanda Jasper d'une voix neutre, méfiante.

— Les empreintes, répondit Timmy.

Puis il ouvrit la portière arrière de la voiture et commença à essuyer chaque surface : les vitres, les poignées, les accoudoirs, le dos en cuir des sièges avant, tout.

— Nous devons appeler la police, dit Jasper. Ou une ambulance. Nous ne sommes pas *certains* qu'ils soient morts.

Timmy le regarda comme s'il avait perdu la tête.

— Tu es fou ? Garcia a été touché deux fois par balle, Bateman a été poignardé dans les yeux et les deux sont tombés d'une falaise haute de trente mètres pour atterrir parmi des vagues énormes. Tu penses vraiment qu'ils sont encore vivants ?

Il recommença à nettoyer l'intérieur de la voiture et les poignées extérieures. Une fois satisfait, il secoua la poussière de son tee-shirt et le renfila.

— Monte, dit-il. Rentrons à la maison.

Jasper planta ses pieds dans la boue.

— Je ne ramène pas cette voiture chez moi. En plus, *nous devons appeler la police*. Deux personnes viennent juste de mourir. La police doit être mise au courant.

Timmy se mit à rire.

— Tu dois souffrir d'un coup de chaleur. Si la police doit savoir quelque chose, elle l'apprendra en temps voulu. Mais tu as raison sur une chose : nous ne ramenons pas cette voiture à la montagne. Nous allons l'abandonner quelque part et prendre un taxi pour rentrer à la maison. Nous devons parler, toi et moi.

— De ce qui vient de se passer ?

— Non. De nous.

Jasper monta dans la voiture avec réticence pendant que Timmy s'installait au volant.

— Ne touche à rien, ordonna Timmy. Garde tes mains sur tes genoux. Je la nettoierai une dernière fois avant que nous l'abandonnions.

— Oui, patron, répliqua Jasper, se sentant triste.

Triste que Timmy puisse se montrer si froid face à de telles horreurs. Tellement centré sur lui-même, même lorsque deux corps inertes étaient en train de couler sous l'assaut des vagues à trente mètres sous eux.

Timmy démarra le moteur et ajusta le rétroviseur intérieur, en professionnel. S'il était en train de penser aux corps qu'ils laissaient derrière eux, il n'en montra rien.

— J'ai toujours voulu conduire un de ces bébés, dit-il.

Et Jasper détourna le regard.

DE RETOUR au chalet, Timmy paya le taxi avec un billet de cent dollars et dit au chauffeur de garder la monnaie. Ce n'était pas excessif lorsque vous saviez que la facture s'élevait à soixante-treize dollars.

Ils avaient laissé la berline dans une rue isolée d'un quartier pauvre de la ville après l'avoir nettoyée une dernière fois, à l'intérieur et à l'extérieur. Il n'en resterait certainement qu'une paire d'enjoliveurs et un levier de vitesse lorsque la police la retrouverait, ce qui convenait parfaitement à Timmy.

Pour s'éloigner de ce dernier, étant donné qu'il ne savait plus quoi penser de tout cela, Jasper se précipita directement vers l'appentis à l'arrière du chalet pour libérer les chiens à la minute où le taxi s'arrêta. Dès qu'il ouvrit la porte, les chiens lui sautèrent dessus. Jasper se retrouva rapidement à terre, hurlant de rire et couvert de bave de chien. Lorsque les chiens se rendirent compte qu'ils avaient récolté tout le plaisir qu'ils pouvaient obtenir chez Jasper, ils coururent vers Timmy.

Lorsque les chiens commencèrent à fatiguer, Timmy et Jasper riaient tous les deux et étaient plus fatigués qu'ils ne l'avaient jamais été.

Jasper versa quatre litres de bouillie dans la mangeoire d'Harry et Harriet. Après les avoir regardés manger pendant une minute, leurs petites queues en tire-bouchon tremblantes de plaisir, Jasper laissa la porte ouverte pour qu'ils puissent le suivre à l'intérieur du chalet s'ils le voulaient ; ce fut exactement ce qu'ils firent.

Dans le chalet, Fidji et Guatemala ouvrirent légèrement leurs yeux endormis et fixèrent les deux humains, puis ils se rendormirent. C'était difficile d'impressionner un chat. Vous avez frôlé la mort ? C'est cool. Réveillez-moi avec une boîte de thon quand vous aurez terminé.

Regardant d'un œil distrait les deux porcelets se blottir l'un contre l'autre devant la cheminée froide, comme un couple de chiens de chasse, l'esprit de Jasper était ébranlé par cette sensation désagréable d'avoir enfreint un bon nombre de lois. Il se doutait que beaucoup de témoins de scènes de crime étaient trop effrayés pour appeler la police, soit par peur d'être traîné devant la justice en tant que témoin important, soit par peur des représailles par les criminels. Pourtant, être témoin d'un double homicide et ne pas le dire était en train de détruire l'honneur et la moralité qui étaient deux valeurs essentielles chez lui. Son père avait peut-être enfreint la loi à quelques reprises – et d'après le défunt et non regretté El Poco, c'était exactement ce qu'il avait fait – mais Jasper n'était pas son père. Tellement de culpabilité l'accablait à cet instant qu'on aurait dit que c'était lui qui avait brandi les armes qui avaient servi à tuer.

À première vue, être témoin d'un crime ne troublait pas du tout Timmy. Il pensait qu'il serait plus prudent pour Jasper et lui de rester éloignés de la police, et pour être tout à fait honnête, Jasper ne lui donnait pas tout à fait tort. Ce n'étaient pas deux citoyens modèles qui s'étaient entre-tués. Ils étaient les pires citoyens de tous. La crème de la crème. Peut-être qu'ils n'avaient eu que ce qu'ils méritaient, et il ne serait pas surprenant que la police soit aussi heureuse de les savoir morts que Jasper l'était.

Alors, à contrecœur, Jasper essaya de ne plus y penser. Il avait d'autres soucis à régler.

Timmy. Timmy était son plus grand souci.

Ébahi, Jasper regarda Timmy s'installer à la table de la cuisine après avoir vidé le réfrigérateur et commencer à ingurgiter assez de nourriture pour alimenter un rhinocéros. Il avait dit être mort de faim, et c'était clairement vrai. Jasper but doucement sa bière, le regardant avec stupéfaction en se demandant comment quelqu'un pouvait manger *quoi que ce soit* après avoir été témoin d'un tel carnage.

Jasper mouilla un gant sous le robinet et, durant ces rares moments où la fourchette de Timmy était éloignée de sa bouche, nettoya le sang de son visage, comme une mère nettoierait le visage sale de son enfant. Timmy siffla comme si cela faisait mal, aussi comme un enfant, mais il le remercia très tendrement lorsque Jasper eut terminé. Il adressa aussi un léger sourire de reconnaissance à Jasper, ce qui lui fit encore un peu plus mal au cœur.

Timmy recommença à piocher dans son assiette alors que Jasper le regardait, envoûté.

La seule fois où Timmy arrêta de manger assez longtemps pour pouvoir parler, il laissa échapper un rire nerveux et, avec émerveillement, il déclara :

— Je n'avais jamais vu une paire d'yeux humains exploser. Et je ne veux pas le revoir de sitôt. Non merci.

Jasper lui adressa un toast avec sa bouteille de bière pour montrer qu'il était totalement d'accord, et le silence retomba sur la table pendant que Timmy continuait à avaler sa nourriture. Il lui fallut vingt bonnes minutes pour être rassasié, pendant que Jasper buvait sa deuxième bière pour calmer ses nerfs toujours tendus.

Au bout de la quatrième bière, les mains de Jasper cessèrent de trembler, et il savait ce qu'il avait à dire. Il était même presque sûr qu'il avait assez de courage pour le dire.

Dès qu'il eut l'impression que Timmy était prêt à l'écouter, Jasper décida de lui dire le fond de sa pensée. Il était déterminé à ne rien garder pour lui.

Mais avant qu'il puisse ouvrir la bouche, Timmy tendit le bras et lui prit la main.

— Tu vas bien ? demanda-t-il.

Ses beaux yeux sombres le regardaient à travers les cheveux qui tombaient sur son visage. Il les poussa d'un revers de main et demanda à nouveau :

— Jasper ? Tu vas bien ? Tu sembles un peu sous le choc.

Jasper souleva sa bière et en but les dernières gouttes. Il jeta la bouteille vide dans la poubelle, mais elle tomba à côté, se fracassant au sol et faisant sursauter les chiens de surprise. Jasper sursauta un peu lui aussi. Il était vraiment sur les nerfs.

— Tu m'as menti. Tu m'as menti depuis le début.

Timmy soupira.

— Je ne t'ai pas menti. Je ne t'ai simplement pas tout dit.

— Oh ! Je t'en prie !

— D'accord. J'ai menti.

Jasper caressa le dos de la main de Timmy de son pouce, savourant toujours la chaleur de l'homme qui se trouvait devant lui.

— Ce que j'ai besoin de savoir, c'est si tu mentais tout le temps. Est-ce que tu ne faisais que dire ce qu'il fallait pour pouvoir continuer à rester ici et te planquer ou…

— Non ! cria Timmy. Non ! Ce n'est pas du tout ce qui s'est passé, continua-t-il en serrant plus fort la main de Jasper. Ce que je ressens pour toi est une nouvelle sensation pour moi. Je m'y suis mal pris. Et je suis désolé d'avoir menti. Sincèrement. Mais je me suis dit que si tu apprenais la vérité me concernant, alors tu ne m'aimerais jamais. Et je sais que je t'aime, Jasper. Ce n'était pas un mensonge. Mon cœur bat tellement fort lorsque je te regarde que j'en ai mal. C'est de l'amour, n'est-ce pas ? Ou peut-être que je ne sais juste pas comment faire les choses bien. Peut-être que… peut-être que je ne sais pas *comment* aimer.

Jasper ferma les yeux. Quand il le fit, il sentit son cœur envoyer du sang dans tout son corps, il entendit presque le son du sang parcourant ses artères.

Et ici, dans le silence obscur derrière ses paupières closes, dans son esprit, Jasper s'entendit remercier Dieu pour ce que Timmy venait de lui dire.

Il ouvrit les yeux et vit de la peur sur le visage de Timmy. La peur qu'on lui tourne le dos. La peur du rejet. Jasper porta la main de Timmy à ses lèvres et la tint contre sa bouche pendant qu'il parlait, appréciant sa chaleur, sa texture. Sa saveur.

— Personne n'a besoin de savoir *comment* aimer. Ce n'est pas quelque chose que l'on *apprend*. C'est quelque chose que l'on *ressent*. Quelque chose d'*instinctif*. Si tu aimes une personne, ton cœur te le dira. On ne peut pas aimer d'une mauvaise manière, Timmy.

Une larme se forma dans l'œil de Timmy et se posa sur ses cils inférieurs. Fasciné, Jasper regarda cette perle d'eau étinceler un moment avant de couler le long de la joue de son amant.

— Que te dit ton cœur à propos de moi, Jasper? Hein? Est-ce qu'il te dit de fuir ou bien de t'accrocher?

Une fois encore, Jasper adressa un sourire las à Timmy. Il posa leurs mains sur la table, toujours serrées. Jasper pouvait encore sentir la saveur douce et salée de la peau de Timmy sur ses lèvres. Entre son trouble émotionnel et ses états d'âme, il fut surpris de ressentir un frisson de désir sexuel parcourir sa verge. Il dut se réinstaller sur sa chaise pour lui faire de la place.

— Tu sais déjà ce que mon cœur me dit, Timmy. Il me dit de m'accrocher. Il me dit…

— Mais est-ce qu'il te dit de m'aimer? Est-ce qu'il te dit ça?

Et Jasper hocha la tête.

— Oui, répondit-il doucement. C'est exactement ce qu'il me dit de faire.

L'espoir brilla dans les yeux de Timmy. Il se redressa, rapprocha sa chaise de la table et serra plus fort les mains de Jasper. Mais son visage se décomposa lorsque Jasper ajouta :

— Il me dit aussi d'être prudent. Le problème dans cette histoire, ce n'est pas le pétrin dans lequel tu nous as mis, mais le fait que tu m'aies menti.

La peine qu'il vit sur le visage de Timmy en prononçant ces mots lui donna envie de céder, mais il devait continuer. Il devait lui dire ce qu'il ressentait exactement. Sinon, ils continueraient à se mentir mutuellement.

— Comment puis-je te faire confiance pour ne pas recommencer? Surtout quand tu l'as fait alors que nos vies étaient en péril. Tu dois être un excellent joueur de poker, Timmy. Mais parfois, les coups de bluff ne fonctionnent pas dans la réalité. Parfois, c'est susceptible de causer ta mort. Aujourd'hui, ton coup de bluff a failli nous tuer tous les deux.

Jasper jeta un coup d'œil par la fenêtre. La fin de l'après-midi approchait. Bientôt, une nouvelle nuit tomberait. Timmy et lui seraient seuls dans le chalet. Mais de quel genre de nuit serait-il question? Serait-ce un commencement ou une fin? La première nuit de leur vie commune ou leur dernière nuit ensemble? Ce choix lui revenait. Il connaissait l'avis de Timmy sur ces questions. Mais qu'en était-il de lui? Qu'en pensait-il?

— Je ne sais toujours pas si tu as volé l'argent de Garcia. Mais si c'est le cas, tu étais un peu trop disposé à nous mettre en danger pour le garder.

— Je suis désolé.

— Je sais que tu l'es. Mais tu étais aussi un peu trop disposé à me laisser offrir toutes mes économies pour nous sortir du pétrin dans lequel tu nous avais fourrés. Il y a beaucoup de choses que tu étais prêt à me prendre aujourd'hui, Timmy. Mais très peu de choses que tu étais prêt à m'offrir.

Timmy se leva, poussant sa chaise hors de son chemin. Elle crissa contre le lino, et les chiens levèrent la tête pour voir ce qui se passait.

— Suis-moi, dit Timmy en attrapant la main de Jasper.

Jasper ferma les yeux.

— Timmy, je…

— S'il te plaît, Jasper. Suis-moi.

Alors il se leva à son tour et, main dans la main, Timmy lui fit passer la porte de derrière et traverser la pelouse. Timmy surprit Jasper en se baissant et en plongeant sous la porte de la cabane à cochons bancale, tout en le tirant derrière lui. Lorsque Timmy se retourna enfin, il sourit face à la perplexité qui se lisait sur le visage de Jasper.

— Assieds-toi, dit-il en indiquant la paille.

Jasper était trop fatigué pour discuter. Il se laissa tomber et s'assit à l'indienne sur la paille, ses deux jambes musclées pliées devant lui.

Dos à lui et toujours voûté parce que le plafond était bas, Timmy passa la main en haut du mur, à l'endroit où il était rattaché à l'avant-toit. Là, il commença à sortir des petits sacs en plastique des chevrons, les uns après les autres. On aurait dit des sacs à sandwichs. Jasper regarda, ébahi.

Et lorsque Timmy lui lança deux de ces sacs sur les genoux, Jasper fut encore plus surpris. Dans chacun d'eux se trouvait une liasse de billets. Des billets de cent dollars. Chacune était enveloppée dans un sac et tenue par un élastique.

Timmy continua de lancer les sacs sur les genoux de Jasper, et lorsqu'il s'arrêta enfin, il y avait douze paquets de même taille. Chacun d'eux contenait une grande liasse de billets de cent dollars.

— L'argent, dit Jasper, ne trouvant rien à dire d'autre.

— L'argent *propre* et *intraçable*, ajouta Timmy avec le sourire. Je l'ai caché ici la nuit où je t'ai emprunté ta Jeep. Je l'avais caché dans un garage en location le jour où je l'avais volé, mais je savais que cet endroit ne serait bientôt plus sûr, alors je l'ai amené ici. Harry et Harriet l'ont protégé pour nous.

L'esprit de Jasper semblait avoir cessé de fonctionner.

— Mais…

— Si j'avais dit à Garcia que j'avais son argent, il m'aurait torturé jusqu'à ce que je lui dise où il se trouvait et ensuite il aurait fini par nous tuer. Tous les deux. Je sais que je t'ai mis en danger et j'en suis désolé, mais je ne pensais pas qu'ils me trouveraient ici. Je pensais que nous étions à l'abri. Lorsqu'ils nous ont retrouvés, je savais que le seul moyen de nous libérer d'eux était de gagner du temps et de voir si une opportunité se présenterait pour que nous leur échappions. C'est curieux, Jasper, mais lorsque tu laisses le temps aux choses pour s'arranger, elles finissent presque toujours par le faire. J'ai trouvé un moyen de creuser un fossé entre Garcia et Face de Pizza. J'ai rompu la confiance qu'ils avaient l'un pour l'autre. Cependant, je dois avouer que je ne m'étais pas du tout attendu à la manière dont ils ont résolu leur différend. Mais cela a résolu *notre* problème.

— Vraiment ? demanda Jasper, ne semblant pas convaincu.

Il posa les sacs de billets auprès de lui, sur la paille, n'étant pas très sûr de vouloir les toucher. Deux personnes étaient mortes à cause de cet argent. Deux *enfoirés*, mais ce n'était pas important. C'était aussi l'argent de la drogue. Jasper n'était pas sûr de vouloir avoir quelque chose à faire avec *cela* non plus.

— Combien ?

Timmy rit.

— Il y a cent billets de cent dollars dans chaque sac.

— Ça représente…

— Dix mille dollars. Douze sacs. Ce qui fait cent vingt mille dollars. Plus que la somme à laquelle s'attendait El Poco. J'ai compté pendant que j'étais allongé dans les buissons, malade comme un chien. C'était avant que j'entre par effraction dans ton chalet et que je t'entraîne avec moi dans ma chute. D'ailleurs, il manque deux cents dollars. J'ai donné un billet au chauffeur de taxi et un billet à la vieille dame à qui je louais le garage. Les frais professionnels.

Jasper ne put s'empêcher de sourire.

— Les frais professionnels, répéta-t-il. Au moins, maintenant je sais. Tu as vraiment volé cet argent.

— Oui. Et laisse-moi te rappeler ceci : j'ai volé de l'argent *propre* et *intraçable*.

Jasper sentit la déception envahir à nouveau son cœur.

— Alors tu as l'intention de le garder.

Timmy s'assit sur la paille en face de Jasper et tendit les bras pour poser ses mains sur les genoux de Jasper.

— Non, bébé. Je veux que *nous* le gardions. À quoi cela servirait de rendre l'argent ? J'aurais avoué, tu sais, pour pouvoir échanger ta liberté contre cet argent si la situation avait vraiment dégénéré avec El Poco, mais heureusement, la situation a dégénéré pour lui. Lui et Face de Pizza sont les deux seules personnes qui peuvent remonter jusqu'à nous, et leur chasse à l'homme est terminée, tu ne crois pas ? Ils servent de nourriture pour poissons. D'ailleurs, El Poco peut nourrir beaucoup de poissons à lui tout seul.

Jasper tendit la main pour repousser les cheveux du visage de Timmy. Il sut à ce moment-là comment les choses allaient tourner. Et il sourit légèrement à cette idée.

— Il reste Blondinet. On dirait que tu l'as oublié. Tu ne penses pas qu'il cherchera à se venger ?

— Tu te moques de moi ? Il sera probablement surexcité lorsqu'il apprendra que ces deux crétins sont morts. Il est même possible qu'il cherche à reprendre la direction du cartel. Les voleurs n'ont pas d'honneur, et j'en sais quelque chose puisque j'en suis un.

Timmy vit le sourire de Jasper s'effacer, alors il fit marche arrière.

— Pardon, Jasper. Mauvaise blague. Cependant, je ne pense pas que nous devrions nous inquiéter par rapport à Blondinet. Et d'ailleurs, il ne sait même pas que l'argent existe, si ? En tout cas, il n'est pas au courant que je l'ai pris, d'accord ? Tu te sens mieux ?

Jasper fixa les mains de Timmy qui étaient posées sur ses genoux. Il avait peur de les toucher maintenant. Il restait encore des points à éclaircir.

— Où est la Cadillac ? Je sais qu'elle ne gît pas au fond de l'océan, au pied de cette falaise. Tu as peut-être conduit ma Jeep jusqu'au bord de cette falaise, mais tu n'y as pas conduit la Cadillac.

Timmy se mit à rire.

— Non, tu as tout à fait raison. Elle est garée à environ cinq cents mètres d'ici. Je l'ai conduite à travers la broussaille, et elle est encore là-bas, en sûreté.

— Et tu ne t'es pas dit qu'ils pourraient la traquer jusqu'ici?

— Ils *l'ont* traquée jusqu'ici. C'est comme ça qu'ils m'ont trouvé. Je n'ai pas trouvé et détruit l'émetteur avant d'abandonner la Cadillac dans les buissons qui bordent le chemin qui mène ici. J'aurais dû continuer à courir, m'éloigner encore plus de l'endroit où je l'ai garée, mais j'étais trop malade pour continuer. Ils ne savaient pas exactement où se trouvait la Cadillac, mais ils avaient sûrement délimité une zone par rapport au dernier signal qu'ils avaient reçu. Et ça les a menés droit à nous.

Timmy remit ses idées en place. Puis il continua :

— C'est lorsque j'ai emprunté ta Jeep pour me rendre en ville que j'ai acheté de l'essence et fait des traces de brûlure sur le sol pour faire croire que la Cadillac avait brûlé. J'ai aussi utilisé les roues de la Jeep pour fabriquer les empreintes de pneus menant jusqu'à la falaise, comme tu l'as si bien deviné, et pour qu'El Poco pense que j'avais vraiment fait rouler sa Cadillac en feu jusqu'à sa tombe. Désormais, elle est inexistante aux yeux de tous. Personne ne sait où elle se trouve sauf nous. Un jour, je la nettoierai comme je l'ai fait avec la berline et j'irai l'abandonner dans une petite ruelle. Si la police arrive à remonter jusqu'à quelqu'un, ce sera jusqu'à son vrai propriétaire, pas jusqu'à nous.

— Tu as pensé à tout, se contenta de dire Jasper.

Timmy hocha la tête.

Ils restèrent assis dans la cabane à cochons silencieuse, sentant la paille se tasser sous leurs fesses et regardant les ombres devenir plus noires alors qu'une nouvelle journée touchait à sa fin. Une journée qu'ils n'oublieraient jamais. De temps en temps, leurs yeux se posaient sur les douze liasses de billets étalées sur la paille auprès d'eux.

Timmy posa la question qui lui vint en premier à l'esprit.

— Alors, quelle est ta décision, Jasper? Tu sais tout, maintenant. Peux-tu me pardonner? Est-ce que tu penses toujours pouvoir... m'aimer?

Jasper secoua légèrement la tête. Ce jeune homme était tellement innocent. Il pensait que l'amour pouvait effacer tous ses doutes. Mais le pouvait-il vraiment?

La voix de Jasper était douce et chaleureuse comme de la flanelle. Il posa ses mains sur celles de Timmy et dit :

— Je n'ai jamais *cessé* de t'aimer. J'ai perdu foi en toi pendant un moment, mais l'amour n'a jamais été le problème.

Comme un enfant, Timmy posa la question la plus importante de toutes.

— Alors je peux rester avec toi ? Peut-on être un couple ? Un vrai couple ?

Jasper se pencha et pressa ses lèvres contre celles de Timmy. Ils s'embrassèrent un long moment, les yeux fermés, leurs cœurs battants la chamade. Et pendant ce baiser, Jasper fit de son mieux pour ignorer assez longtemps l'explosion de désir qui le parcourait pour réfléchir à sa question. Il mit un terme à ce baiser lorsqu'il sut exactement ce qu'il voulait dire.

Il prit le visage de Timmy entre ses mains, puis il sourit.

— Mon cœur sera la dernière chose que tu voleras de ta vie. Compris ?

Timmy acquiesça. Des larmes montèrent à ses yeux et coulèrent le long de ses joues. Sa langue rose sortit d'entre ses lèvres sur lesquelles apparaissait un sourire, et il lécha ses larmes lorsqu'elles tombèrent.

— Compris, répondit Timmy. Alors tu veux toujours de moi.

Les larmes de Timmy continuaient de couler, alors Jasper les essuya de ses pouces.

— Oui, idiot. Je veux toujours de toi. Plus que tout au monde. Mais tu dois trouver un travail. Un vrai travail.

— Pas de soucis, répliqua Timmy en haussant les épaules. Je vais être mécanicien. Je réfléchissais déjà à cette idée, de toute manière.

Jasper se mit à rire.

— Tu vas probablement gagner plus d'argent que moi.

Timmy lui tapota gentiment le menton.

— C'est l'idée. Je ne voudrais pas que la personne que j'aime ait honte de moi.

— Jamais, répliqua Jasper. Jamais.

Ils se regardèrent droit dans les yeux, leurs cœurs battants, l'un ayant les yeux aussi larmoyants que l'autre.

Finalement, Timmy posa la dernière question à laquelle il fallait répondre.

— Et l'argent ? Est-ce que nous allons le garder ?

Jasper se releva en grognant et tira Timmy derrière lui. Il glissa ses bras musclés autour de la taille fine de Timmy et le serra contre lui comme un enfant le ferait avec un nounours. Il enfouit son visage dans les cheveux de Timmy, inspira son odeur, puis il dit :

— Nous en discuterons.

Le sourire de Timmy disparut lorsqu'il embrassa le creux à la base du cou de Jasper et sentit une montée de désir chez l'homme qui le tenait. Ainsi qu'une montée de peur.

— Ce n'est pas une réponse, dit Timmy. Tu es déçu. Tu es déçu de moi.

— Timmy, nous ne pouvons pas garder cet argent. Tu le sais bien, non ?

Timmy pressa son visage contre le torse large et accueillant de Jasper. Se perdre dans ses bras était un réconfort dont il ne se lasserait jamais. Les battements du cœur de Jasper étaient comme une musique qui ne battait doucement que pour lui. Timmy ne pouvait pas permettre que cette musique s'arrête. Jamais.

— Si nous appelons la police, ils pourraient m'arrêter pour avoir volé la Cadillac.

Il semblait calme en disant cela. Il semblait aussi résigné. Comme s'il avait déjà pris sa décision.

— Ils le pourraient, dit Jasper. Mais peut-être qu'ils ne le feront pas. Après tout, nous les avons aidés à se débarrasser de l'infâme El Poco. Je suis sûr qu'ils le prendront en compte.

— Toujours aussi optimiste, dit Timmy en souriant.

La peur de se retrouver en prison serra la gorge de Timmy. Mais la peur de perdre Jasper était une poigne glaciale qui serrait son cœur tel un étau.

Jasper caressa le dos de Timmy, autant pour se réconforter lui-même que son amant, priant pour ne pas avoir à prononcer les mots qui allaient suivre tout en sachant qu'il devait le faire.

— Si nous en arrivons là, nous engagerons le meilleur avocat possible, Timmy. Un simple vol de voiture ne va pas te faire aller en prison. Si tu dois partir, ce ne sera pas pour longtemps. En plus, lorsque tu leur rendras l'argent, ils verront que tu n'es pas une personne malintentionnée. Et ils verront que tu essaies de faire ce qui est juste. Ils y prêteront attention, Timmy, je le sais. Et la police se rendra compte qu'aucun de nous n'a poussé ces deux crétins à se tuer mutuellement. C'était de leur faute.

Timmy leva les bras pour glisser ses doigts dans les cheveux épais et ondulés de Jasper, comme pour rester ancré sur cette terre grâce à sa force. Grâce à son amour. Jasper pencha la tête contre la main de Timmy, appréciant manifestement de sentir les doigts de son partenaire dans ses cheveux, ayant besoin de ressentir cette connexion autant que lui. Il embrassa l'avant-bras de Timmy, respirant l'odeur de cet homme, sentant la chaleur de son bras.

— Si… Si je finis en prison, est-ce que tu m'attendras ? demanda Timmy, tremblant de désir en sentant les lèvres de Jasper sur sa peau.

Et Jasper posa ses lèvres sur celles de Timmy. Ce baiser était délicat, long et doux. Lorsqu'il se termina, Jasper serra Timmy plus fort dans ses bras et posa la tête de son amant près de son cœur. Lorsqu'il parla, ses mots n'étaient qu'un murmure, comme s'ils venaient d'un endroit profond en lui et qu'ils avaient de la peine à sortir.

— Oui, répondit-il, son souffle faisant voler quelques-unes des mèches de cheveux de Timmy. Je ne pense pas que nous en arriverons là, mais si c'est le cas, je t'attendrai. Je te le promets. Et quand tu reviendras à la maison, ce sera pour de bon. Nous serons ensemble. Je t'en prie, dis-moi que c'est ce que tu veux, Timmy. Je t'en prie. Dis-le-moi. Dis-moi que tu m'aimes.

— Tu sais que je t'aime. Et je pense que tu m'aimes aussi. Je ne sais pas comment c'est possible, mais tu m'aimes. Et tu as raison, Jasper. Nous ne pouvons pas commencer une relation avec une épée de Damoclès au-dessus de nos têtes. Je dois régler cette histoire. Et je vais le faire. Promis. Je vais le faire pour nous. Je ne te laisserai jamais plus avoir honte de moi.

Jasper ferma les yeux, savourant les mots de Timmy. Tout en continuant à le serrer fort contre sa poitrine, il ouvrit finalement les yeux. Il posa sa main sur la joue de Timmy et regarda les arbres d'Endor, qui s'assombrissaient en ce début de soirée. L'odeur de pin accompagnait les ombres grandissantes. Déjà, les colombes roucoulaient une mélodie nocturne dans les branches, invisibles, ne révélant leur présence qu'à travers leur chant.

— Je t'aime tellement, soupira Jasper en laissant glisser une larme dans les cheveux de Timmy.

Alors même que son cœur se brisait légèrement, il ressentait aussi de la satisfaction. La satisfaction de savoir que Timmy allait arranger les choses. Et que lorsqu'il l'aurait fait, plus rien ne pourrait se mettre en travers de leur chemin vers le bonheur. Rien.

Timmy leva les yeux et sourit en essuyant une larme de la joue de Jasper avec son pouce, tout comme Jasper l'avait fait pour lui. Il ne pouvait pas expliquer pourquoi, mais il se sentait plus léger. Plus libre.

— Rentrons, Jasper. J'ai un coup de fil à passer.

Jasper acquiesça et, main dans la main, ils se dirigèrent vers le chalet.

Seuls les chiens, les chats et les colombes entendirent le son du loquet lorsque la porte du chalet se referma doucement derrière eux.

John Inman écrit des romans depuis qu'il est en âge de tenir un crayon. Lui et son compagnon vivent dans la magnifique ville de San Diego, en Californie. Ensemble, ils adorent aller au théâtre, lire, faire des randonnées et du vélo le long des sentiers et des canyons de San Diego ou, si le cœur leur en dit, se détendre simplement devant un film avec une bière à la main. Les conseils de John pour les écrivains en herbe ? « Gardezvous du temps pour écrire chaque jour et tenezvousy. N'ayez pas peur de partager ce que vous avez écrit. Il est important d'avoir des retours. Quand vous recevez un refus, déchirezle et retentez le coup. Continuez à envoyer vos écrits. N'arrêtez pas d'écrire, de réécrire et de réécrire encore. Chaque moment de difficulté en vaudra la peine à la fin, alors ne lâchez rien. Jamais. Souvenezvous que les éditeurs ressemblent beaucoup à des amants. Parfois, il faut chercher longtemps avant de trouver le bon. »

Si vous souhaitez contacter John, vous pouvez le faire via :

– Son adresse email : john492@att.net
– Sa page Facebook : www.facebook.com/john.inman.79
– Son site : www.johninmanauthor.com

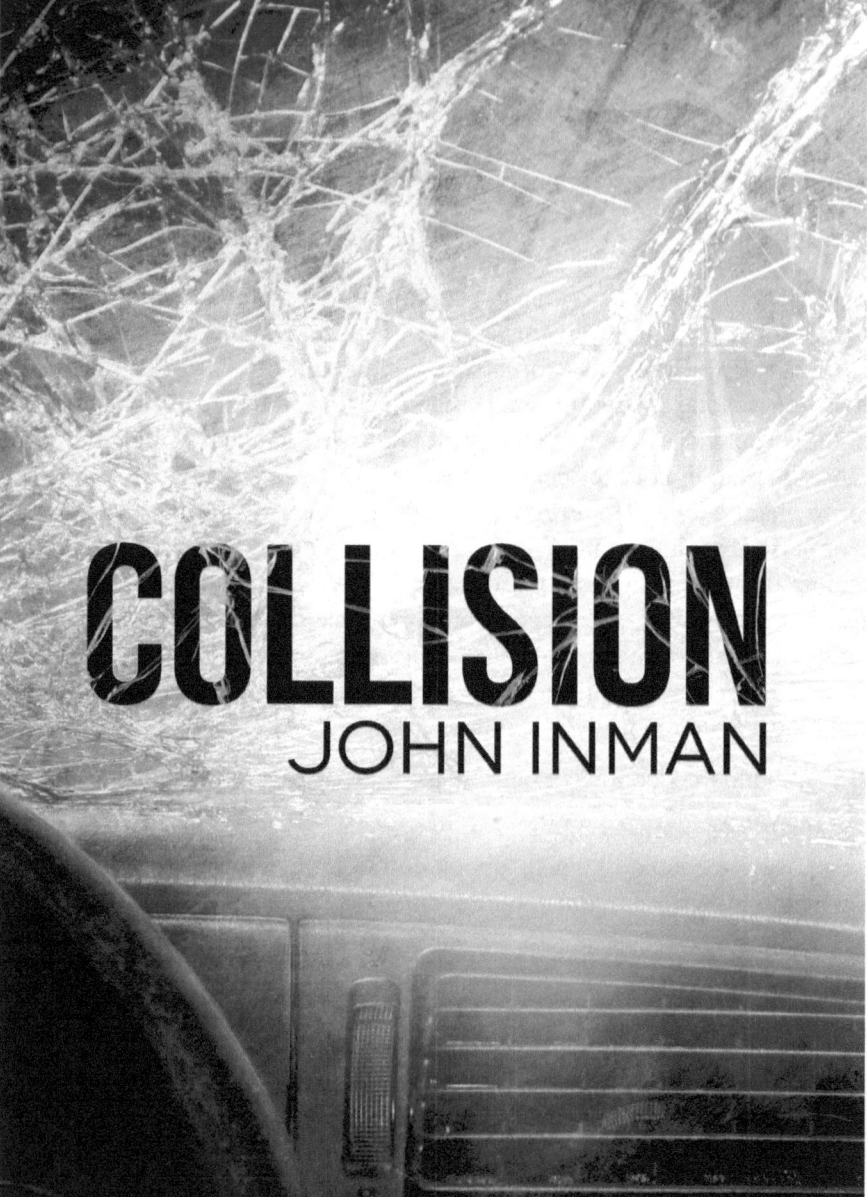

À vingt-six ans, les jours de Gordon sont comptés. Du moins, il espère qu'ils le sont. Lassé de la culpabilité et des regrets qui découlent d'un horrible accident de voiture, deux ans auparavant, dans lequel un homme a perdu la vie, il se réveille chaque matin avec des pensées suicidaires. Alors que la loi l'oblige à travailler pour expier ses péchés, sa rédemption personnelle est beaucoup plus difficile à trouver.

Puis Minus – un simple sans-abri qui a sa propre croix à porter – sauve Gordon d'un terrible destin. Une nuit, non seulement Gordon trouve une lumière à suivre, et peut-être même un but à sa vie, mais aussi la possibilité que l'amour l'attende au bout du tunnel.

Il n'aurait jamais imaginé qu'il découvrirait un moyen de se pardonner et, qu'en le faisant, il ouvrirait suffisamment son cœur pour gagner l'acceptation et l'amour de la personne qu'il a le plus blessée.

www.dreamspinner-fr.com

Lorsqu'un crime épouvantable détruit la vie de Tyler Powell, son désir de vengeance prend le dessus. Chaque jour, à chaque instant, alors qu'il tente de reconstruire sa vie brisée, il n'a plus que cela en tête… la vengeance.

Cèdera-t-il à la colère pour devenir cette chose qu'il déteste par-dessus tout : un tueur ?

Il n'y a qu'avec l'aide de Christian Martin, inspecteur à la brigade criminelle chargé de son affaire, que Tyler voit une nouvelle vie possible se profiler devant lui, avec la révélation inattendue d'un nouvel amour qui lui tend les bras. Un amour qu'il pensait ne jamais plus connaître.

Le laissera-t-il entrer dans sa vie, ou est-ce déjà trop tard ? Sa vengeance a-t-elle plus d'importance pour lui que son propre bonheur ? Et celui de l'homme qui l'aime ? Tyler est bien déterminé à trouver un moyen d'assouvir sa vengeance sans pour autant sacrifier tout espoir d'un avenir avec Christian, mais cela s'avèrera difficile – si ce n'est impossible – et au final, il risque d'être confronté à un choix cornélien.

www.dreamspinner-fr.com

Par JOHN INMAN

Collision
La montagne de Jasper
Vengeance

Publié par DREAMSPINNER PRESS
www.dreamspinner-fr.com

Jamie Fessenden

Requiem
meutrier

www.ingramcontent.com/pod-product-compliance
Lightning Source LLC
Chambersburg PA
CBHW022144240626
47153CB00007B/2505